Suffrage/Rieger
Das Regenmacherkind
Band 2
Suche

DAS REGEN MACHER KIND

Suche

Victoria Suffrage
Elsa Rieger

Impressum

1. Auflage

Copyright 2019 Suffrage/Rieger

Covergestaltung und Buchsatz: Birte Lämmle

Bildmaterial:

Irochka © 123RF.com, Andrew Mayovskyy © 123RF.com,

Konstantin Kalishko © 123RF.com,

canicula © 123RF.com, Vladimir Yudin © 123RF.com,

kuco © 123RF.com

Verlag und Druck:

tredition GmbH, Halenreie 40-44, 22359 Hamburg

ISBN:

978-3-7482-8455-0 (Paperback)

978-3-7482-8456-7 (Hardcover)

Suche

Was bisher geschah

Band 1 – Aufbruch

Seit der fünfzehnjährige Finn, Eriks Sohn, bei einem Urlaub auf Teneriffa spurlos verschwand, ist das Leben des Vaters eine schiere Katastrophe. Der Junge wäre jetzt fünfundzwanzig, doch immer noch reist Erik an den Schauplatz des Verschwindens, obwohl Stella, nunmehr seine Ex-Frau, und die beiden Töchter ihn für verrückt halten. Er ist tot, das hört Erik immer wieder, doch er glaubt nicht daran. Mittlerweile hat er auch seinen Job als Maschinenbauingenieur verloren und vegetiert vor sich hin.

Doch eines Tages spürt er, dass er dieses Leben nicht mehr ertragen kann, weder die Albträume noch die Wachträume, die ihn plagen. Er bucht eine Reise zur ihm unbekannten Isla des Cascades, um über sich und das Leben nachzudenken. Eine Insel mitten im Atlantik, weit ab von den viel befahrenen Schifffahrtsrouten. Gerade die Bedeutungslosigkeit zieht Erik an.

Dort angekommen, möchte er die Wasserfälle sehen, derentwegen die Insel ihren Namen trägt – doch es existieren keine. Immer stärker wird Eriks Interesse für die Geschichte der Insel, schließlich leiht der Padre ihm eine Chronik mit Aufzeichnungen des ersten Entdeckers des Eilands.

Da beginnen Eriks Träume, unglaubliche Träume, die ihn ins 16. Jahrhundert zurückführen, in den Werdegang des Kapitäns Fernando Calvez und an die Seite der Spanier, der berühmten Seefahrer. Sie landeten hier durch Zufall, weil eines der Schiffe, die San Cristobal des Admirals Calvez, vor der Insel kenterte. Zunächst wurden sie von den Ureinwohnern freundlich willkommen geheißen. Es dauerte jedoch nicht lang, bis ein Kampf darum entstand, welcher Gott der richtige sei, der Gott der Christen oder die Götter der Inselbewohner.

KAPITEL 1

Erik blinzelte in die Morgendämmerung, sein Gesicht juckte entsetzlich, er rieb über die Haut. Auf den Händen spürte er raues Zeug. Fühlte sich wie Sandkörner an. Wo war er? Im ersten Moment konnte er sich nicht orientieren. Erst als er sich aufrichtete und umschaute, stellte er fest, dass er sich in seinem Feriendomizil, der Casa Maria, befand. Und dann fiel ihm der Traum wieder ein …

Das Beiboot mit Calvez war am Strand aufgelaufen, einige Matrosen sprangen ins seichte Wasser und zogen das Boot soweit als möglich auf Land. Er, Erik, war einer der Matrosen!

Wie vom Teufel gejagt sprang er aus dem Bett. Es war unfassbar, er spürte noch den Wind, die Gischt, hörte die Möwen kreischen … heute Nacht war er leibhaftig auf der San Cristobal gewesen! Ungläubig hielt er sich die Hände vor die Augen, versuchte, sich wider besseren Wissens das Gegenteil zu beweisen; sie waren ledrig und rau aufgerissen. Die Erinnerung verstärkte sich, ja, Erik zog Taue über die Planken, führte Befehle aus. Sein Blick glitt zu den Füßen, die waren dreckig.

»Heiliger Klabautermann!«, rief er und lief ins Bad. Eine schöne Bescherung; im Spiegel glühte ihm sein sonnenverbranntes Antlitz entgegen, die Lippen ausgedörrt, aufgesprungen. Er schmeckte Salz, als er darüberleckte. Entsetzt hockte er sich auf die Klobrille.

Nach und nach kamen die Begebenheiten dieser Nacht zurück.

Admiral Calvez hievte sich mit Hilfe des Steuermannes mühsam aus dem Boot, die Schmerzen in seinem linken Bein waren unerträglich. Die Verletzung war wohl schlimmer, als er gedacht hatte. Zwei Matrosen geleiteten ihn an Land. Eine ältere Frau kam auf ihn zu und reichte ihm eine Schale mit Wasser. Calvez versuchte, den Schmerz zu unterdrücken, lächelte freundlich und dankbar, hätte dann aber fast vor Schreck die Schale fallen lassen. Die Gesichtszüge und Hautfarbe der Inselbewohner glichen denen der Eingeborenen, die er auf seinen früheren Weltreisen gesehen hatte.

Sollten sie doch weiter nach Westen geraten sein, als er und Kapitän Ronte vermutet hatten? Waren sie von ihrem ursprünglichen Ziel vielleicht gar nicht so weit entfernt? Doch die Bewohner der Insel schienen irgendwie anders als die Wilden, die er auf früheren Reisen gesehen hatte. Sie trugen kunstvoll gewebte Kleider, die Schale, die Calvez in den Händen hielt, bestach durch die gleichmäßige Verarbeitung, war sogar poliert. Wo befanden sie sich, wer waren diese Menschen? Seine Gedanken überschlugen sich und Calvez wusste nicht, wie und was er empfinden sollte. Doch er war neugierig, welche Ergebnisse seine Messungen bei besserem Wetter ergeben würden.

Das Pochen in seinem Bein wurde stärker. Erschöpft setzte er sich in den Sand und schloss die Augen. Wie ein Summen schwirrten Stimmen um ihn herum. Als er lautes Rufen vernahm, blinzelte er. General De Manoz steuerte mit einem ganz in weiß gekleideten Mann auf ihn zu. Der Admiral wollte aufstehen, doch das linke Bein versagte den Dienst. Er zog seine Hose etwas zurück und erschrak bei dem Anblick. In der Mitte des Unterschenkels knickte das Bein in einem seltsamen Winkel ab, der Fuß war ungewöhnlich verdreht.

Das Bein war mit Sicherheit gebrochen. Auch der Mann mit dem weißen Umhang hatte anscheinend erkannt, dass etwas nicht stimmte. Er beugte sich wortlos hinab und begann, das Bein abzutasten und zu untersuchen. Calvez beobachtete den Fremden. Auch wenn es wegen der von Sonne und Meer geprägten Gesichtszüge schwerfiel, schätzte er ihn auf nahezu sechzig Jahre. Bartwuchs war nicht zu erkennen, die Haare waren ergraut und die dunklen Augen schauten ruhig und gütig. Das Gewand bestand aus zwei Teilen Tuch: Einem, das oberhalb der Hüfte mehrmals um den Körper gewickelt war und fast bis zum Boden reichte. Das andere aus dickerem Stoff bedeckte den Oberkörper und war in der Mitte ausgeschnitten, sodass es über den Kopf gezogen werden konnte. So hing das Tuch locker auf den Schultern.

Die Untersuchungen schienen abgeschlossen. Der Mann winkte einen in Gelb gekleideten Jungen herbei. Mit Ausnahme der Farbe unterschied sich dessen Kleidung nicht von der des Älteren. In einer teils glucksenden, teils kratzigen Sprache erteilte der jetzt einige Anweisungen und der junge Mann eilte davon. De Manoz wollte dem Alten offensichtlich erklären, wer der Admiral sei, gestikulierte eifrig, doch es schien Calvez, als würde der Inselbewohner nicht verstehen. Er legte seine linke Hand in die rechte Handfläche und führte so die Hände an die Brust, wobei er seinen Körper straffte. Ein Gruß? Der Admiral versuchte, sich im Sitzen zu verbeugen, doch dies gelang nur halbwegs. Nochmals wiederholte der Insulaner seinen Gruß, wandte sich ab und ging zu einem verletzten Matrosen. De Manoz blieb bei Calvez.

»Nun, das nenne ich Glück! Die Menschen sind freundlich und hilfsbereit. Die Männer in Weiß begutachten sorgfältig alle Verletzungen und behandeln sie. Sie scheinen so etwas wie Mediziner zu sein.«

»Ich sehe das so wie Ihr und doch rätsele ich, mit wem wir es zu tun haben. Gesichtsausdruck und Gesichtsfarbe gleichen den Menschen, die ich bei früheren Überfahrten gesehen habe und dennoch scheinen sie mir kultivierter … ich weiß keine Worte, anders, einfach völlig anders.«

»Ich bin gespannt, wo wir tatsächlich sind, wenn es endlich möglich wird, unsere Position zu bestimmen. Doch nun entschuldigt, Admiral. Ich denke, der Anstand verlangt, dass ich meine Aufmerksamkeit wieder den Medizinern widme. Ich glaube, dass Ihr gut versorgt werdet.«

Calvez schaute sich um, sein Blick blieb an einer Gruppe aus Inselbewohnern und Soldaten hängen.

Die Eingeborenen lachten herzlich, als einer der Soldaten eine fast kindskopfgroße Frucht in der Hand hielt und hineinbeißen wollte. Ein Bewohner eilte dem verlegenen Soldaten zu Hilfe und vierteilte die Frucht mit einem Messer, schnitt aus der Mitte des goldgelben Fleisches etwas weg und reichte die Frucht dem Soldaten zurück. Dieser nickte sichtlich dankbar. Der Saft rann dem Mann zwischen den Fingern hindurch und als er den ersten Bissen probiert hatte, rollte er die Augen vor Begeisterung. Auch die anderen Früchte, die Calvez erblickte, hatte er noch nie in seinem Leben gesehen. Den Matrosen und Soldaten schienen sie ausgesprochen gut zu schmecken. Egal, was die Fremden reichten, alles wurde probiert. Niemand schien Argwohn gegen die Inselbewohner zu hegen, zu herzlich, zu freundlich war der Empfang. Die Kleidung der Eingeborenen glich der der Medizinmänner in der Gewebeart und dem schlichten Schnittmuster. Doch sowohl Wickelröcke als auch Überwürfe schillerten in allen Farben des Regenbogens. Calvez schien, dass es in erster Linie diese Farbenpracht war, die trotz des anhaltenden Regens eine Stimmung von Heiterkeit und Lebensfreude verbreitete.

Der Admiral schaute zum Himmel. Der war immer noch grau und er musste sich die Hand schützend vor das Gesicht halten. Es regnete in Strömen. In Spanien wäre er bei so einem Wetter möglichst in seinem Haus geblieben. Umso mehr wunderte er sich, dass die Bewohner hier ihre trockenen Unterkünfte, mochten es Hütten oder Höhlen sein, verlassen hatten, um sie zu empfangen. In ihren Gesichtern waren keinerlei Verärgerung oder Unmut zu erkennen. Fast hatte Calvez den Eindruck, die Fremden freuten sich, helfen zu können.

Er beobachtete einige der jungen Männer in gelben Gewändern. Immer wieder wurden sie von den Alten in den weißen Kleidern weggeschickt, kamen mit Blättern und Gefäßen zurück und übergaben die mit einer Verbeugung an die Weißgekleideten. Diese rieben die Verletzten mit Salben aus den Gefäßen ein, andere drückten Blätter auf die Wunden. Hin und wieder war leises Stöhnen zu hören, das aber schnell verklang.

Als zwei Männer in gelben Gewändern mit Gerätschaften zurückkehrten, wandte sich der alte Medizinmann wieder Calvez zu. Zunächst breitete er eine Matte aus dünnen geflochtenen Zweigen aus, legte Blätter hinein und zog diese dann zu ihm. Als der Alte das Bein des Admirals anhob, hätte dieser vor Schmerzen schreien können, und als es endlich auf der Matte lag, glaubte Calvez schon, die Behandlung sei vorüber.

Ehe er wusste, wie ihm geschah, presste ihn einer der Medizinmänner auf den Boden, der zweite hielt sein Knie fest, und der Alte zerrte und drehte an dem verletzten Bein. Die Schmerzen schienen Calvez unerträglich, fast glaubte er, die Besinnung zu verlieren. Immer wieder drückte, bog und zog der Medizinmann, bis er endlich mit seinem Werk zufrieden war. Calvez wurde an Schultern und Knie wieder freigelassen und sein Blick auf das Bein zeigte, dass sie den Bruch gerichtet hatten. Der Medizinmann rollte die Matte zweimal fest um den Unterschenkel und band sie mit dünnen, aber robusten Schnüren fest. Dann stand er auf, wiederholte seinen Gruß und wandte sich, ohne eine Reaktion von Calvez abzuwarten, dem nächsten Verletzten zu. Einer der jungen Assistenten gab ihm ein Zeichen, dass er nicht aufstehen dürfe, half ihm aber in eine sitzende Position. Dankbar lächelte Calvez den jungen Mann an, der sich ebenfalls mit einem Lächeln verabschiedete.

»Nun, wie geht es Euch?« De Manoz kam auf ihn zu und der Sarkasmus in seiner Stimme war nicht zu überhören. Er wartete die Antwort des Admirals nicht ab und sprach weiter: »Wie ich sehe, seid auch Ihr mittlerweile behandelt worden und noch am Leben. Das hier sind keine unkultivierten und wilden Eingeborenen, die der große Colón auf den Inseln entdeckt hat.«

Calvez schüttelte ratlos den Kopf.

»Ich kann mir denken, wie es um Euch steht, Admiral. Ruht Euch aus und versucht, zu Kräften zu kommen!«

De Manoz hatte recht. Die Bewohner der Insel, die er früher auf der ersten Reise mit Colón kennengelernt hatte, waren meist nackt gewesen, trugen allenfalls um die Hüfte eine Schürze aus Blättern und kannten als Waffen nur angespitzte Holzspeere. Die Bewohner dieser Insel waren dagegen äußerst bewandert in der Medizin. Es war ihnen gelungen, auf dem großen Berg Terrassen anzulegen, um Ackerbau zu betreiben. Wer immer diese Menschen auf der Insel auch waren, sie hatten außer der Gesichtsform und der Hautfarbe nichts mit den Wilden gemein.

De Manoz lief zwischen den Matrosen und Soldaten umher, klopfte ihnen hier und da aufmunternd auf die Schultern, machte anscheinend auch kleine Scherze. Alles schien sehr entspannt und doch erkannte Calvez, dass der General unauffällig darauf achtete, dass einige Soldaten immer wachsam und wehrbereit waren.

Calvez schaute auf das Meer. Die San Cristobal schien allenfalls geringfügig weiter gesunken, und er hegte die Hoffnung, doch das eine oder andere bergen, unter Umständen sogar die San Cristobal wieder reparieren zu können. Die Santa Rosita kreuzte weiterhin vor der Bucht. Er sah, dass zwei Beiboote der Santa Rosita auf das Haff zuhielten, rief nach De Manoz, machte ihm ein Zeichen und deutete auf die sich nähernden Boote. Der General eilte zum Wasser hin. Calvez war begierig, von Ronte zu erfahren, wie es an Bord der Santa Rosita stünde, doch niemand kam zu ihm.

Stattdessen redete der General auf den Kapitän und Hauptmann Vazevar ein, fuchtelte in der Luft und gab Anweisungen. Während aus den Beibooten Verletzte der Santa Rosita an den Strand getragen wurden, eilte De Manoz voraus und versuchte, sich mit einem der Medizinmänner zu verständigen. Dieser wiederum gab scheinbar Anweisungen an andere Inselbewohner weiter, die umgehend den Strand verließen. De Manoz verbeugte sich sichtlich dankbar vor dem Medizinmann und eilte zum Strand zurück, um erneut auf den Kapitän und den Hauptmann einzureden. Bald darauf brachten die Inselbewohner große Mengen Früchte und Brote herbei, die in die Beiboote verladen wurden. Während die Schaluppen die Bucht verließen, wandte sich De Manoz den Verletzten zu und versuchte erneut, sich mit den Medizinmännern zu verständigen.

In Calvez stauten sich Ärger und Enttäuschung. Seine erste Weltreise unter Colón hatte er in der Hoffnung angetreten, neue Völker und Kulturen entdecken zu können. Doch tatsächlich fand er nur Wilde vor. Jetzt endlich, da er auf eine Insel mit hoher Kultur stieß, lag er hilflos am Strand, anstatt sich an der Erforschung zu beteiligen. Zunehmend machte er seine Verärgerung auch an De Manoz fest. Calvez redete sich ein, dass der General ihm bewusst Informationen vorenthielt.

Andererseits bewunderte er ihn, der mal hier, mal da plauderte oder sich mit wilden Handbewegungen zu verständigen bemühte. Er suchte den Kontakt nicht nur zu den Medizinmännern und deren Gehilfen, sondern auch zu den Inselbewohnern und versuchte zu deren Erheiterung, aber auch selbst lachend, sich verständlich zu machen. Calvez wunderte sich, woher De Manoz, der genauso übermüdet, hungrig und ausgelaugt sein müsste wie er selbst, diese Kraft nahm.

Als De Manoz endlich wieder in der Nähe war, machte Calvez seiner Verärgerung Luft.

»Gedenkt Ihr, mich auch einmal über Eure Erkenntnisse zu unterrichten, mir mitzuteilen, wie es um die Santa Rosita steht und meine Meinung einzuholen?«

De Manoz runzelte erstaunt die Stirn. »Admiral, Ihr kennt den Beschluss des königlichen Rates. Wir befinden uns auf einer Insel, also an Land, und ich bemühe mich, meine Aufgaben ordnungsgemäß zu erledigen.«

Dann eilte er einem Medizinmann hinterher. Calvez benötigte einige Zeit, die Worte des Generals zu verdauen. Sicherlich war der Hinweis von De Manoz richtig, und dennoch fühlte er sich gedemütigt, zutiefst in seiner Ehre gekränkt. Am liebsten hätte er ihm hinterhergebrüllt, ihn vor allen Anwesenden zur Rede gestellt. Doch Calvez war klar, dass ein offener Streit auch Zwietracht unter den Soldaten und Seeleuten hervorgerufen hätte, und er wollte sich nicht vorstellen, wie die Inselbewohner auf einen solchen Konflikt reagieren könnten. Zu einem anderen Zeitpunkt würde er De Manoz aber die passenden Worte an den Kopf werfen.

KAPITEL 2

Einige der Fremden trugen armdicke Stangen und Tücher an den Strand. Die Stäbe wurden durch Ösen geschoben, die sich an den Längsseiten der Stoffe befanden.

Verletzte und Schwache, die nicht mehr auf eigenen Beinen stehen und laufen konnten, wurden auf die Tücher gehoben. An den Kopf- und Fußenden wurden zwischen die Stangen Hölzer von fast einem Schritt Länge geklemmt. Jeweils vier Männer des Inselvolkes brachten die Kranken davon.

Calvez kannte Tragen nur als einfache Bretter und die Männer, die einen Verletzten transportierten, mussten stets aufpassen, dass dieser nicht von dem Brett rollte. Bei der Konstruktion der Fremden bestand diese Gefahr nicht. Das Tuch hing durch, sodass der Verletzte wie in einer Wanne ruhte. Gewiss, es handelte sich dabei nicht um eine hochtechnische Erfindung. Dennoch fragte sich Calvez, warum solche Tragen, die leichter und kleiner waren als die in Spanien und Portugal üblichen, in den Ländern nicht bekannt waren, die sich berufen fühlten, ihren Glauben und ihre Macht anderen Völkern aufzuzwingen.

Auch er wurde nun vorsichtig auf einer Tragevorrichtung gelagert und sorgte sich allenfalls, ob das Tuch auch sein Gewicht aushielt. Er lag bequem. Direkt an den Strandabschnitt schloss sich ein über zehn Mann hoher Berghang an. Treppenstufen erleichterten den Aufstieg. Die Karawane aus Seeleuten, Soldaten, vor allem Inselbewohnern, Verletzten und Kranken verließ der Strand. Es mochte nach Calvez Schätzung eine Schlange aus über tausend Mann von Inselbewohnern sein, die sich nun den Abhang hinaufwand. Er wurde unruhig und fühlte sich immer unsicherer, als er das Meer und die Santa Rosita aus den Augen verlor. Wohin brachte man sie? Was würde mit ihnen geschehen? De Manoz schien es wohl wieder nicht für nötig zu halten, ihn zu informieren. Er tröstete sich jedoch damit, dass sich niemand die Mühe machen werde, einen Verletzten zu heilen, um ihn nur Stunden später zu quälen oder zu töten.

Nach einem kurzen, steilen Anstieg erreichten sie einen Weg, nein, eine richtige Straße. Glatt behauene Steine waren eng zusammengefügt und so eben, dass sie sich jederzeit mit einer Prachtstraße Madrids oder Granadas hätten messen können. Zwei, sogar drei Kutschen hätten bequem nebeneinander Platz gefunden.

Die Kunst der Mediziner, die in den Berg gearbeiteten Terrassen, der sorgfältig verlegte Weg – nein, die Menschen der Insel waren keine Wilden. Von der Entdeckung einer solchen Kultur hatte Calvez geträumt, wenn er im Mittelmeer segelte und nachts in den klaren Sternenhimmel starrte. Die Hoffnung, solche Menschen zu treffen, war es, die ihn trieb, sich Reisen wie der Colóns und Hojedas anzuschließen.

Nach einer kleinen Biegung der Straße hatte er freien Blick über die Häuser der Insel. Nach dem, was er bisher von der Insel wusste, überraschte es ihn nicht, keine primitiven, einfachen Schilfbauten zu sehen. Sämtliche Gebäude schienen aus massiven Steinquadern zusammengefügt. Sie waren eingeschossig, das Dach bestand aus einem Geflecht von Ästen und Zweigen, die man mit Lehm verdichtet hatte. Die Quader, aus denen die Häuser erbaut waren, wirkten ebenso glatt und genauso behauen, wie die Steine, die er auf der Straße gesehen hatte.

Seine Träger brachten Calvez in eines der Häuser, legten ihn auf einer mit Decken gepolsterten Steinbank ab und verließen den Raum sofort. Erst langsam gewöhnten sich seine Augen an die dunkle Umgebung. Der Raum verfügte über eine Tür und zwei kleine Fenster, die mit dickem Wollstoff verhängt waren. In der einen Ecke des Raumes erkannte er eine Feuerstelle, abgedeckt mit einer Steinplatte, die auf vier steinernen Füßen ruhte. Ansonsten gab es nur fünf weitere Steinbänke, die der seinen glichen. Er wartete vergebens, dass noch weitere Verletzte hereingebracht wurden. Stattdessen erschien nach längerer Zeit De Manoz, mit offensichtlich glänzender Laune.

Der General freute sich, dass alles bestens gelaufen sei. Er begann Einzelheiten zu erzählen, die er glaubte, aus den Zeichen der Inselbewohner verstanden zu haben. In seinem Überschwang wurde ihm nicht bewusst, dass Calvez ihm gar nicht zuhörte.

»Admiral, entschuldigt, interessieren Euch meine Schilderungen nicht?«

»Wenn Ihr eine ehrliche Antwort wollt: Nein! Vielleicht könnt Ihr es nicht verstehen, aber als Admiral bin ich auch für das Wohl der Matrosen der Santa Rosita verantwortlich. Bisher wurden mir, obwohl Kapitän Ronte am Strand war, alle Informationen vorenthalten. Ich habe Wert daraufgelegt, in allen Belangen dieser Reise auch Eure Meinung einzuholen. Ich bin befremdet darüber, dass ich bisher nichts über Eure Gespräche mit den Medizinmännern erfahren habe und auch in keine einzige Entscheidung eingebunden wurde. Ihr müsst das sicherlich nicht tun, mir ist der Beschluss des königlichen Rates bekannt. Dennoch denke ich nicht, dass es des harschen Tones bedurft hätte, mit dem Ihr mich am Strand an diesen Beschluss erinnert habt.«

De Manoz schaute betroffen zu Boden und zwischen den Männern herrschte betretenes Schweigen. Schließlich ging der General einige Schritte auf Calvez zu, legte ihm die Hand auf die Schulter und räusperte sich.

»Es war nicht meine Absicht, Euch Nachrichten vorzuenthalten oder Euch zu kränken. Als wir Spanien verließen, wusste ich aus den Berichten anderer Atlantikfahrer, dass der zehnte Teil meiner Truppe, unter Umständen auch ich selbst, mit Sicherheit das Leben auf dem Meer verlieren würde. Doch Ihr habt dadurch, dass Ihr die Verantwortung für die drei zu kleinen Schiffe ablehntet, dadurch, dass Ihr eine hervorragende Mannschaft zusammengestellt habt und dank einer gut geplanten Ausrüstung und letztlich durch Euren unermüdlichen Einsatz dafür gesorgt, dass jeder an Bord – wenn auch irgendwo auf einer Insel – lebend angelangt ist und somit Maßstäbe gesetzt. Diesen Leistungen möchte ich es gleichtun, da es für mich keine schlimmere Schmach gäbe, als durch leichtfertiges Handeln Menschenleben zu verlieren, die Ihr zuvor unter größtem Einsatz gerettet habt. Ich habe es immer geschätzt, dass Ihr mich vor jeder Eurer Entscheidungen nach meiner Meinung befragt habt. Selbstverständlich will ich es an Land genauso halten. Ich war jedoch darum bemüht, Rücksicht darauf zu nehmen, dass Ihr in den letzten Tagen kaum geschlafen und eine Verletzung davongetragen habt. Euren unermüdlichen Einsatz wollte ich nun zurückgeben, indem ich Euch von der Sorge um die Mannschaft und den Problemen mit der Verständigung mit den Inselbewohnern fernhielt.«

Erleichterung erfasste Calvez, die es dann auch zuließ, dass er kurz darauf vom Schlaf eingefangen wurde.

Heftige Schmerzen in seinem gebrochenen Bein weckten ihn wieder auf. Sein Blick fiel direkt auf einen der Medizinmänner, der vorsichtig an seinem Bein zog, während sein Assistent den Admiral an den Schultern festhielt. Diese Prozedur dauerte nur wenige Minuten, dann verschwanden die beiden lautlos. Zuvor schoben sie den Vorhang zurück und Tageslicht fiel herein. Calvez schaute sich vergeblich nach De Manoz um. Stattdessen trat Ronte ein. Calvez war hocherfreut und begann nach einer kurzen Begrüßung Ronte nach allem und jedem auszufragen. Der Kapitän schmunzelte, als er von der Flut der Fragen überrollt wurde, ohne dass er die Möglichkeit gehabt hätte, zu antworten.

»Beruhigt Euch, Admiral. An Bord der Santa Rosita gibt es keine Probleme. Wir wurden durch die Inselbewohner mit reichlich Nahrung versorgt. Niemand von uns kennt zwar die Früchte, aber sie sind fast alle wohlschmeckend. Da es regnet, konnten wir unsere Wasservorräte ergänzen. Die Verletzten und Kranken sind alle an Land und werden von den Medizinmännern versorgt.

Als wir erkannten, dass die San Cristobal aufgelaufen war und zu sinken begann, machten wir uns große Sorgen. Wir waren jedoch sehr erleichtert, als uns die Ruderer unserer Beiboote berichteten, dass alle Mann gerettet werden konnten. Wir waren auch froh, dass die Inselbewohner uns freundlich aufnahmen und so haben wir nach einigem Abwarten die am schwersten Verletzten und Erkrankten der Santa Rosita in zwei Beiboote verladen und an Land gebracht. General De Manoz schimpfte uns, als er sah, dass sowohl Hauptmann Vazevar als auch ich die Santa Rosita verlassen hatten. Wir sollten unbedingt auf dem Schiff bleiben, bis wir uns versichert hätten, dass uns die Inselbewohner dauerhaft freundlich gesonnen seien. Daher sind wir sofort wieder aufgebrochen und haben lediglich ausreichend Nahrung mitgenommen. Solche Fahrten fanden im

Laufe des Abends dreimal statt. Zur Sicherheit sind kleine Landtrupps am Ufer geblieben, welche die Besatzung der Santa Rosita warnen könnten. Glücklicherweise hat sich die Haltung der Inselbewohner uns gegenüber nicht geändert, sodass General De Manoz die Sicherungsmaßnahmen gelockert hat. Überhaupt ist der General ständig dabei, zu verhandeln und zu organisieren. Er kümmert sich um die Matrosen im gleichen Maße wie um seine Soldaten, bemüht sich um Kontakt zu den einfachen Inselbewohnern ebenso wie zu den Männern in den weißen Gewändern. Manchmal habe ich den Eindruck, General De Manoz ist allgegenwärtig, und egal wohin man schaut, entweder ist er bereits da oder eilt gerade dorthin.«

Calvez musste schmunzeln. Er konnte sich gut vorstellen, wie der General wie ein Irrwisch hin und her sauste und fand die Beschreibung Rontes mehr als zutreffend. Er war erleichtert und erfreut, dass es gut um die Mannschaft und den Kontakt mit den Inselbewohnern stand. Dennoch marterte ihn eine Frage und er wagte nicht, sie auszusprechen.

Doch Ronte wusste offensichtlich auch ohne Worte, was Calvez quälte. »Admiral, es ist nicht Eure Schuld, dass die San Cristobal aufgelaufen ist. Der Meeresgrund ist tückisch, er fällt aus der flachen Bucht fast senkrecht ab und nach bereits vier Schiffslängen konnten wir die Tiefe nicht mehr messen. Ebenso unerklärlich ist die starke Strömung in der Bucht. Die Männer in den Beibooten müssen sich, wenn wir aus der Bucht hinausfahren wollen, kräftig in die Riemen legen, um gegen die Strömung zu bestehen. Selbst die Santa Rosita, die ja nun weit genug vor der Insel kreuzt, muss immer wieder gegen die Strömung manövrieren. Die Schäden an der San Cristobal scheinen nicht so schlimm, als dass sie nicht behoben werden könnten. Allerdings dürfte es schwierig werden, die Karavelle tatsächlich seefest zu machen. Das Schiff liegt gerade auf der Kante, an der die flache Bucht in den steil abfallenden Meeresgrund übergeht. Besonders ärgerlich ist, dass die Strömung die San Cristobal stets weiter auf die Kante drückt und dadurch zusätzliche Schäden verursacht.«

»Ach, hören wir doch auf zu träumen, Kapitän. Die San Cristobal ist nicht zu retten und alles auf ihr ist verloren.«

»Das stimmt mit Sicherheit nicht. General De Manoz lässt von einem Beiboot aus gerade die Bucht erforschen. Offenbar spielt er mit dem Gedanken, die San Cristobal weiter in die Bucht zu ziehen.«

»Dann würde sie zwar zerbrechen, aber immerhin könnten Kanonen und sonstiges Rüstzeug aus dem Rumpf geborgen werden, oder, Kapitän?«

»Ich bin mir sicher, General De Manoz wird eine solche Entscheidung nicht ohne Euch treffen, Admiral. Doch wir hätten ohnehin ein weiteres Problem mit der Reparatur der San Cristobal. Die auf der Insel wachsenden Bäume sind durchweg zu klein oder das Holz zu weich, als dass es für eine Reparatur geeignet wäre.« Ronte machte eine Pause. Er war verlegen und fuhr schließlich vorsichtig fort. »Sollte die San Cristobal wirklich nicht mehr zu retten sein, vielleicht können wir dann einen Mast gewinnen, um die Santa Rosita wieder vollständig auszustatten.«

Calvez spürte einen Stich im Herzen. Ächzend, stöhnend und knarrend hatte die San Cristobal die Mannschaft durch Stürme und Flauten getragen und sicherlich nicht so ein unglückliches Ende verdient. Dennoch war es tröstlich, dass sie nicht endgültig versunken war und ein Teil von ihr auf der Santa Rosita weiterleben würde.

Ronte verabschiedete sich, er müsse an Bord zurück. Calvez starrte gedankenverloren in den Raum.

Kurz bevor ihm langweilig wurde, stürmte De Manoz in das kleine Haus, schüttelte sich den Regen ab und erkundigte sich herzlich, aber belustigt: »Nun, wie geht es unserem Kapitän zu Lande?«

Calvez erkannte De Manoz kaum wieder. Der General war zweifelsohne ein dynamischer Mensch, dennoch wirkte er stets ruhig und wie ein Mann, der jede Entscheidung wohl überdenkt. Die einst eiserne Disziplin schien er aufgegeben zu haben. Zwar waren Haar und Schnurrbart geschnitten, doch die früher sorgsam gelegte Frisur war völlig vom Wind zerzaust. De Manoz schien noch nicht einmal Interesse zu haben, an diesem Zustand etwas zu ändern. An den Augen hatten sich Lachfältchen eingegraben. Nun lief er im Zimmer auf und ab und kicherte in sich hinein. Plötzlich drehte er sich um.

»Glaubt bloß nicht, diese Inselbewohner seien dumm. Nein, sie sind wirklich kein primitives Volk.« Er wiederholte diesen Satz noch dreimal.

»Die Priester – die Männer in den weißen Gewändern sind Priester und Medizinmänner – wissen genau, was sie wollen. Ich wollte mich heute Morgen bei ihnen für die freundliche Aufnahme und die Hilfe bedanken. Die Priester und ihre Gehilfen leben getrennt von der übrigen Bevölkerung auf dem Gipfel des großen Berges. Also bin ich hinaufgestiegen. Das war ganz schön anstrengend, sage ich Euch. Als ich den Gipfel fast erreicht hatte, dachte ich, mich trifft der Schlag. Eine große, massive Mauer hinderte mich am Weitergehen. In der Mitte der Mauer war ein Tor. Ich klopfte und gleich darauf wurde es einen Spalt weit aufgezogen. Einer der Gehilfen gab mir zu verstehen, ich solle einen Moment warten und … bums – die Pforte war wieder geschlossen. Kurz darauf öffnete sie sich erneut und ein Priester trat heraus, hinter dem man die Öffnung so schnell wieder zudrückte, dass ich nur einen flüchtigen Blick auf das erhaschte, was sich im Inneren verbarg. Es erschien mir wie eine Art Tempelanlage.«

De Manoz hielt kurz inne, redete dann aber weiter.

»Ich verzettele mich mit meinen Erzählungen, doch es gibt so viel zu berichten, dass ich gar nicht weiß, wo ich anfangen soll. Also, Ihr erinnert Euch an die bunten Glasperlen, die uns der königliche Rat für die Eingeborenen mitgegeben hat, um sie ihnen zu schenken? Ich bedankte mich bei dem Priester und wollte ihm die Perlen geben. Der verschwand gleich wieder und erschien darauf in der Begleitung des alten Mönchs, der Euer Bein gepflegt hat. Ich glaube, Euch ist eine große Ehre zuteilgeworden. Der Alte scheint der Oberpriester zu sein. Immer, wenn eine Entscheidung zu treffen ist, wird dieser Geistliche herangezogen und er hat das letzte Wort.

Kurzum, der Alte prüfte die Perlen eingehend und lehnte sie dann ab. Ich gab zu verstehen, dass ich darauf bestünde, ein Geschenk zu machen. Da zeigte der Kerl doch glatt auf den Krummdolch, den ich am Gürtel trug. Diese Waffe ist ein Erinnerungsstück aus der Schlacht um Melilla. Glücklicherweise habe ich noch drei weitere dieser Dolche zu Hause, sodass es mir nicht allzu schwerfiel, mich von diesem Stück zu trennen.

Gut, ich weiß, wir haben den Befehl, fremden Völkern keine Waffen zu überlassen, aber ich glaube nicht, dass von einem einzigen Krummdolch eine Gefahr für die Truppe ausgeht. Kaum hatte der Priester den Dolch in der Hand, prüfte er eingehend, ob die Klinge scharf und elastisch wäre. Er schien mit dem Geschenk sehr zufrieden zu sein. Dann deutete der Mann immer wieder auf die Klinge. Ich dachte zuerst, er wolle noch mehr Messer haben. Erst als er auch auf meinen leichten Brustpanzer zeigte, verstand ich, dass er an Eisen jeder Art interessiert war. Ich glaube fast, die Menschen hier verstehen die Kunst des Schmiedens, wenn ich auch nicht weiß, wie und wo sie das machen. Auf jeden Fall habe ich den Priester so verstanden, dass er Nahrungsmittel und dergleichen im Tausch gegen Metall anbieten will.«

De Manoz machte eine Pause. Er versuchte offensichtlich, seine

Gedanken zu ordnen. Calvez verfluchte unterdessen sein gebrochenes Bein. Zu gern hätte er auch mit den Priestern verhandelt, ihre Anlage gesehen und zusammen mit dem General die Örtlichkeiten erkundet. Jetzt hatte er eine neue Insel entdeckt und musste die Erforschung anderen überlassen. Ein Hauch von Traurigkeit überkam ihn, doch sie konnte sich nicht festsetzen, da De Manoz mit seiner Erzählung fortfuhr.

»Ohnehin, Admiral, den großen Berg – ich habe beschlossen, ihn Tempelberg zu nennen – müsst Ihr Euch anschauen, sobald Ihr könnt. Es sind, wie wir von Bord aus richtig gesehen haben, von der Höhe der Wasserfälle bis fast zu den Tempelanlagen Terrassen angelegt. Die meisten der Felder sind abgeerntet und die Bauern bereiten sie für die nächste Aussaat vor. Ich bin neugierig, wie die Anbauflächen und der Berg aussehen, wenn noch fast alles im Wachstum begriffen ist.«

Plötzlich unterbrach De Manoz seinen Redefluss. Nachdenklich ging er in dem Raum auf und ab, räusperte sich schließlich verlegen. Es war ihm anzusehen, dass er nach Worten suchte.

»Außer an Metall scheinen die Priester auch an Holz interessiert zu sein. Ich kann mir denken, wie Ihr als Admiral für Euer Schiff empfindet. Ich habe mir das, was ich jetzt sage, eingehend überlegt. Sicherlich wäre es am erfreulichsten, wenn wir die Schäden an der San Cristobal beheben und mit ihr zu der großen Insel im Westen segeln könnten. Dann hätten wir nicht nur eine neue Insel und ein kluges Volk entdeckt, sondern auch noch unseren Auftrag erledigt. Wenn wir die San Cristobal verlieren, haben wir das Problem, dass ein Teil der Männer auf der Insel zurückbleiben muss und wir sicherstellen müssen, dass sie ausreichend geschützt und versorgt sind, bis ein weiteres Schiff kommen und die Männer abholen kann. Aber wir sollten uns den Tatsachen stellen: Ich weiß nicht, wie wir die San Cristobal wieder seetüchtig bekommen. Wenn wir die Karavelle weiter durch die Bucht ziehen, würde vermutlich auch der Rumpf zerstört. Der Boden der Bucht ist sehr uneben, sodass wir auch keine Bohlen unter den Rumpf legen können. Admiral, glaubt mir, auch wenn ich kein Seemann bin, so ist mir die San Cristobal dennoch ans Herz gewachsen. Das Schiff hat den Stürmen getrotzt und uns sicher hierhergeführt. Wenn uns die San Cristobal einen letzten Dienst erweisen kann, dann sollten wir sie …« De Manoz suchte nach den passenden Worten. »… abwracken und jedes Teil, das wir verwerten können, zum Handel mit den Priestern einsetzen. Selbstverständlich soll das Schicksal der San Cristobal einzig Eure Entscheidung sein, doch ich bitte Euch, diese bald zu treffen. Jeder Tag, an dem die San Cristobal weiter an der jetzigen Stelle liegt, setzt ihr weiter zu. Ich befürchte, dass sie in schon zwei Wochen so beschädigt sein könnte, dass sie in der Mitte auseinanderbricht. Das Heck würde wohl für immer im Meer versinken.«

»Ich habe mich bereits entschieden. Wir geben die San Cristobal auf.« Calvez wandte sich De Manoz zu. »Habt Ihr schon einen Plan?«

»Ich schlage vor, mit Hilfe der zahlreichen Inselbewohner die San Cristobal vollständig in flaches Gewässer zu ziehen. Dort könnten wir in Ruhe alles bergen, was wir benötigen. Ich denke darüber nach, einen Teil des Holzes als Gegenleistung für die Hilfe der Einheimischen anzubieten. Unsere Männer, die auf der Insel zurückbleiben werden, können nicht die ganze Zeit unter freiem Himmel verbringen, sodass wir die Priester auch bitten müssen, uns Steine für eigene Behausungen zu überlassen. Handelsgut könnten Eisen und sonstiges Metall von der San Cristobal sein.«

»Danke, General, veranlasst das Nötigste. Doch wenn Ihr die San Cristobal in die Bucht zieht, möchte ich das sehen.«

»Selbstverständlich, Admiral.«

De Manoz setzte sich auf eine der Steinbänke und starrte vor sich hin. Beide Männer schwiegen und Calvez wusste, dass De Manoz sich scheute, ihn gleich wieder allein in dem Haus zurückzulassen.

»General, ich danke Euch, dass Ihr mir Gesellschaft leisten wollt. Ich bin mir jedoch sicher, dass einige Arbeit auf Euch wartet. Vertut Eure Zeit nicht bei mir. Bald wird der Tag kommen, an dem auch ich wieder laufen und mir alles ansehen kann.«

De Manoz grinste verlegen, hob wortlos die Hand zum Gruß und verschwand durch die Tür. Calvez schloss die Augen und dachte darüber nach, was er von De Manoz erfahren hatte. Er sah den erzählenden Mann vor sich, der schelmisch grinste wie ein kleiner Junge und erkannte, dass der große General und Stratege es genoss, zu planen, zu organisieren und all seine diplomatischen Fähigkeiten einsetzen zu können, ohne dass es um Leben und Tod ging. Die Erforschung dieser Menschen und dieser Insel erschien wichtiger als die Eroberung des großen Goldes.

Ein Lichtstreifen fiel aufs Blatt und ließ Erik beim Schreiben innehalten. Er rührte von der Sonne her, wusste er, sie musste schon recht hoch stehen. Später Vormittag, dachte er, und er hatte noch nichts gefrühstückt, geschweige denn, seinen Morgenspaziergang unternommen. Das Eintauchen in die Erlebnisse von Calvez und das Schreiben waren so intensiv, dass Erik kaum einen Gedanken an diese Alltäglichkeiten verschwenden wollte. Stattdessen war er ganz beim Admiral. Dessen Felle sah er buchstäblich davonschwimmen. Wie nur kam Calvez aus dieser Bredouille wieder raus? Was, wenn das Schiff nicht geborgen werden konnte? Was, wenn das gebrochene Bein nicht heilen würde, eine Infektion vielleicht

Calvez hinwegraffte? Während er diesen Gedanken nachhing, nahm er zumindest einen Apfel aus der Obstschale und aß ihn. Den Morgenspaziergang ließ Erik ausfallen, er musste aufschreiben, was er nachts gesehen hatte.

KAPITEL 3

Die Tage vergingen, und obwohl De Manoz täglich ausgiebig über die Fortschritte und Rückschläge in den Verhandlungen mit den Priestern über die Bergung der San Cristobal berichtete und ihn über alle Einzelheiten auf dem Laufenden hielt, wurde Calvez bald verrückt vor Langeweile. Einzig der Umstand, dass es stetig regnete, ließ ihn sein Schicksal, weiterhin liegen zu müssen, erträglich scheinen. Je länger er darüber nachdachte, umso mehr kam er zu der Überzeugung, dass er als Admiral der beiden Schiffe kläglich versagt hatte. Zum ersten Mal in seinem Leben war es ihm nicht gelungen, einen ihm erteilten Auftrag ordnungsgemäß zu erledigen. Er hatte die Fracht, die Soldaten von De Manoz, nicht an den Bestimmungsort gebracht und darüber hinaus auch noch ein Schiff verloren. Er sah sich als Gespött der Spanier, dem nie wieder ein Schiff anvertraut werden würde, und sein Ende als trinkender Raufbold in einer Hafenkaschemme schien nahezu sicher.

Am zwölften Tag der Entdeckung der Insel lud De Manoz Ronte, Vazevar und Calvez zu einer Besprechung. Die Verhandlungen mit den Priestern gediehen nicht mehr weiter und es lag an ihnen, eine

Entscheidung zu fällen. Noch bevor De Manoz die Besprechung einleitete, bat Calvez um das Wort.

»Ich bitte die anwesenden Herren um Entschuldigung und bitte auch darum, diese Entschuldigung an die Seemänner und Soldaten weiterzugeben. Ich habe als Verantwortlicher dieser Expedition unverzeihliche Fehler gemacht und das Leben tapferer Männer aufs Spiel gesetzt. Unser Auftrag ist gescheitert, da ich …«

»Verzeiht, Admiral«, fiel De Manoz ihm ins Wort, »doch was Ihr sagt, ist völliger Unsinn. Wir haben – soweit die ungefähren Berechnungen durch Kapitän Ronte zutreffend sind – mitten im Ozean eine kleine Insel gefunden, die reich an Früchten und Wasser ist. Sie ist, wenn wir es verstehen, mit den Bewohnern ein freundschaftliches Verhältnis aufzubauen, der ideale Ort, um bei künftigen Expeditionen Nahrung und Wasser aufzunehmen. Fast wichtiger erscheint mir jedoch, dass wir auf ein kluges Volk getroffen sind. Wenn ich mir die Erfolge der Priester bei der Heilung der Verletzten ansehe, bin ich der Überzeugung, dass unsere Mediziner in Spanien noch einiges lernen können, und bisher haben wir keine Ahnung, über welch weiteres Wissen die Priester verfügen. Und solltet Ihr der Ansicht sein, unsere Expedition sei gescheitert, nur weil wir die große Insel nicht erreicht haben, so will ich Euch sagen, dass es die spanische Krone mit Sicherheit vorzieht, Nutzen jeglicher Art aus dieser Insel zu ziehen, als über ein zehnmal so großes Sumpfland und einen Haufen Wilder zu herrschen. Und was die Soldaten angeht, die würden Euch bestimmt die Füße küssen. Für sie ist es sicher kein Unglück, auf dieser Insel zu schlemmen, statt auf einer anderen Insel zu kämpfen.«

Ronte und Vazevar pflichteten De Manoz bei. Der Kapitän ergriff das Wort.

»Admiral, ich kenne Euch schon eine geraume Zeit. Ich kann verstehen, dass Euch der Verlust der San Cristobal schmerzt. Sicherlich ist es auch nicht leicht, ans Bett gefesselt zu sein und untätig zusehen zu müssen, was um Euch herum geschieht. Dennoch solltet Ihr Euch nicht mit Vorwürfen überschütten, sondern ein Augenmerk darauf richten, welche Vorteile wir bisher aus dieser Reise gezogen haben.«

Calvez fühlte sich nach diesem Zuspruch erleichtert, obwohl er sich immer noch Vorwürfe machte.

De Manoz hatte die Verhandlungen mit den Priestern so weit getrieben, dass diese grundsätzlich bereit waren, bei der Bergung der San Cristobal mitzuhelfen. Allerdings bestanden sie darauf, dass sie als Gegenleistung nicht nur Holz, sondern wie erwartet auch Eisen bekämen. De Manoz hatte festgestellt, dass die Insel zwar reich an Obst und Gemüse war, sonstige Rohstoffe jedoch nur spärlich oder gar nicht zur Verfügung standen.

»Auch, wenn es mir nicht recht ist, so werden wir nicht umhinkönnen, den Priestern neben einem Teil des Holzes auch eine Kanone für ihre Hilfe anzubieten. Ich habe bisher auf der ganzen Insel keine Waffen entdecken können und gehe davon aus, dass den Priestern Schwarzpulver unbekannt ist. Ich glaube daher nicht, dass die Kanone als Waffe gegen uns verwendet werden soll, sondern umgearbeitet wird. Wenn wir nicht auf die Forderungen der Priester eingehen, ist ohnehin damit zu rechnen, dass Teile der San Cristobal von den Bewohnern geborgen werden. Dann jedoch fallen ihnen noch mehr Metalle und Holz in die Hände, als sie zurzeit fordern. Schließlich sind wir in Zeitdruck, da die San Cristobal auseinanderzubrechen droht.«

»Ich habe mich noch nicht mit den Priestern unterhalten, sofern man Zeichensprache als Unterhaltung bezeichnen will«, begann Calvez vorsichtig, »doch da wir bisher herzlich aufgenommen wurden, habe ich ebenfalls nicht die Befürchtung, dass die Kanone gegen uns verwendet werden würde. Im Gegenteil, vielleicht haben wir die Möglichkeit herausfinden, was sie aus den Metallen herstellen und wie sie verarbeitet werden.«

Auch Ronte und Vazevar schlossen sich der Entscheidung des Generals an.

Weiterhin schlug De Manoz vor, eine Planung für den Fall der Abreise vorzubereiten. Sicher war, dass nicht alle Männer an Bord der Santa Rosita gehen konnten. Für seine Truppen hatte De Manoz festgelegt, dass alle Mann, die nicht einsatzfähig waren, auf der Insel verbleiben müssten und zu ihrer Sicherheit eine kleine Gruppe gesunder und gut ausgerüsteter Soldaten stationiert werden sollte. In die Planungen, wie die Kapitäne ihr Schiff besetzen würden, wollte er sich nicht einmischen.

Calvez wusste, dass es seine Aufgabe war, das Kommando an Bord der Santa Rosita zu übernehmen. Doch er sah in den Augen Rontes dessen Heimweh nach seiner Familie. Außerdem musste sich Calvez eingestehen, dass er aufgrund seines gebrochenen Beines als Kapitän nicht unbedingt hochseetauglich war. Im Falle eines weiteren Unwetters hätte er die Mannschaft wohl mehr geschwächt als gestärkt. Er verwies auf sein krankes Bein und bestand darauf, dass er auf der Insel verbleiben und das Kommando für die Heimreise Ronte übertragen würde. Nicht ganz uneigennützig verschwieg er, dass er gern zurückblieb, um diese Insel und ihre Bewohner, zu denen er bisher nur wenig Kontakt gehabt hatte, genauer erkunden zu können.

Zwei Tage nach dieser Besprechung erschienen zwei kräftige Soldaten mit einer Trage. De Manoz hatte sie geschickt, um Calvez an den Strand bringen zu lassen. Die Bergung der San Cristobal stand bevor. Calvez' Herz hüpfte vor Freude. Er konnte es kaum erwarten, unter Menschen zu kommen, die Insel, das Schiff und das Meer zu erblicken.

Es regnete immer noch leicht, aber er fieberte danach, etwas zu sehen, zu riechen, zu schmecken. Als sie endlich das Ufer erreichten, war das Bild überwältigend. Wohl alle Bewohner der Insel, auch Kinder und Frauen, hatten sich dort versammelt, um bei der Bergung der San Cristobal mitzuhelfen. Er schätzte die Menge auf nahezu dreitausendfünfhundert Menschen, die zum Teil bis zu den Hüften im warmen Wasser der Bucht standen. An die zwanzig fast armdicke Taue waren an unterschiedlichen Punkten der San Cristobal befestigt. Die Menschen standen bereit, daran zu ziehen. Auf beiden Seiten des Schiffes lagen Boote, an deren Hecks ebenfalls Taue befestigt waren, die unter dem Bug der San Cristobal durchführten.

Unvermittelt erschien auch De Manoz. »Die Freude, endlich mal etwas anderes zu sehen als Euer Zimmer, merkt man Euch an. Ich hoffe, dieser Anblick ist für Euch kein Schock.«

»Nein General, das ist es nicht. Bitte erklärt mir, wie Ihr die San Cristobal bergen wollt?«

»Gerne. Der Bug liegt nahezu vollständig auf dem Meeresboden auf, der mitten in der Bucht steil abfällt. An zwei Stellen ist es uns gelungen, ein Tau unter dem Bug durchzuführen. Diese Taue haben wir an den Beibooten links und rechts der San Cristobal festgemacht. Die Boote sollen nun Richtung Meer rudern und versuchen, den Bug der San Cristobal anzuheben. Wir hoffen, verhindern zu können, dass sie auseinanderbricht. Es ist uns gelungen, die vier Heckkanonen abzumontieren und dadurch das Schiff etwas leichter zu machen. Die Bugkanonen konnten wir nicht bergen, das Wasser ist zu tief. Ihr seht das Floß mit den Männern in der Bucht?«

Calvez nickte.

»Diese Männer sollen, so wie ich es von Euch gelernt habe, genau im richtigen Moment, wenn die San Cristobal Richtung Land gezogen wurde, den Anker bergen und näher am Ufer wieder ablassen. Zum Glück sind einige der Männer gute Taucher. So haben wir den Grund der Bucht genau untersucht und einige Stellen gefunden, an denen der Anker Halt finden müsste. Ich glaube nicht, dass es gelingt, die San Cristobal beim ersten Versuch vollständig in die Bucht zu ziehen. Wenn wir das Schiff etwas hineingezogen haben und der Anker hält, haben die Männer etwas Zeit, sich zu erholen. Denkt Ihr, mein Plan könnte gelingen oder habt Ihr Anregungen, was noch geändert werden sollte?«

»Nein, wirklich nicht. Habt Ihr schon einmal darüber nachgedacht, Eure Karriere beim Heer zu beenden und als Kapitän zur See zu fahren?«

De Manoz lachte. »Bei allem Vertrauen, das Ihr in mich habt, die Bergung eines Schiffes erscheint mir um ein Vielfaches einfacher als es sicher über die Meere zu führen. Nun, ich werde mich zu den Priestern gesellen, um das Schauspiel zu überwachen.«

Einige verwirrende Handbewegungen wurden zwischen De Manoz und den Priestern ausgetauscht und dann schienen sie sich darauf verständigt zu haben, das Bergungsmanöver zu beginnen. Der General gab ein Zeichen und die Männer in den beiden Beibooten ruderten, unterstützt durch Nachen der Inselbewohner, kräftig zurück. Langsam erkannte Calvez die am Heck der Boote befestigten Taue, die sich zunehmend spannten. Die Ruderer legten sich in die Riemen und die Boote wurden am Heck mehr und mehr ins Wasser gedrückt. An der San Cristobal konnte er jedoch keine Bewegung erkennen. Dann gaben die Priester ein Zeichen und die Einheimischen begannen, an den Tauen zu ziehen. Langsam hoben sich die Taue aus dem Wasser und spannten sich, bis sie fast eine Gerade zwischen dem Strand und der San Cristobal bildeten. Die Priester stimmten nun einen Gesang an, der von Trommelschlägen begleitet wurde. Calvez hatte erwartet, dass der Takt der Trommeln dem Stechschritt der Soldaten gleichen würde. Das Trommeln wurde lauter und schneller, verfiel dann in einen seltsamen Rhythmus, und Calvez spürte, wie die Trommelklänge und der eher schreiende Gesang der Priester seinen Puls beschleunigten. Obwohl er fast hundert Schritte von den Einheimischen, die an den Tauen zogen, entfernt saß, konnte er dennoch ihre vor Anstrengung verzerrten Gesichter erkennen und bald hörte er, wie sich zu dem Gesang der Priester ein rhythmisches Atmen der Inselbewohner mischte. Die Taue waren nun fest gespannt und schwangen kaum merkbar. Doch die San Cristobal schien sich nicht bewegen zu wollen.

Die Inselbewohner legten sich mit aller Kraft in die Taue und der Atemrhythmus wurde lauter. Mit einem Ruck gelang es auf einmal, die San Cristobal zu lösen und ein Stück aus dem Wasser zu ziehen, doch durch das plötzliche Nachlassen der Spannung stürzten viele Inselbewohner und die Verbleibenden konnten das Schiff nicht halten, sodass es wieder zurückrutschte. Calvez hielt den Atem an und war erleichtert, dass der Anker hielt und die Karavelle nicht weiter im Meer versank. Die Inselbewohner nahmen die Taue wieder auf und die Priester verschärften den Trommelrhythmus. Dieses Mal löste sich die San Cristobal schneller von der Kante und ein Zurückrutschen konnte verhindert werden.

Trotz des ohrenbetäubenden Lärms der singenden und trommelnden Priester und der stöhnenden Menschen glaubte Calvez ein Ächzen der San Cristobal zu hören und es versetzte ihm einen Stich im Herzen, als er sich vorstellte, wie sich der Fels zunehmend in das Schiff fraß. Langsam wurde der Bug etwas angehoben und die in Richtung Land ziehenden Inselbewohner und Soldaten kamen einige Fuß voran. Die Ruderer in den Booten hatten die Schlagzahl erhöht, Fuß um Fuß konnte das Schiff aus dem Wasser gezogen werden. Calvez bemerkte, dass das Ankertau durchhing, wartete darauf, dass De Manoz den Befehl geben würde, den Anker zu bergen und weiter Richtung Ufer zu bringen. De Manoz rührte sich jedoch nicht, ließ weiterziehen.

Erst als die Landsmannschaft wohl zehn Schritte gewonnen hatte und die San Cristobal etwa zur Hälfte aus dem Wasser ragte, gab er den Befehl, den Anker zu heben und weiter zum Strand hin erneut abzulassen. Vorsichtig ließ die Landsmannschaft die Taue los, die Karavelle rutschte knarrend etwas zurück, wurde jedoch vom Anker gehalten. Die Priester stellten den Gesang ein, Männer und Frauen, die beim Ziehen geholfen hatten, ließen sich achtlos ins Wasser oder auf den Boden fallen, genau dort, wo sie standen. Die Ruderer in den Booten holten noch die Riemen ein, bevor sie erschöpft zusammensanken. Auch Calvez war, nur vom Zusehen, schweißgebadet und kurzatmig.

Langsam erholten sich die Männer und Frauen, taumelten mehr als dass sie gingen an Land und erfrischten sich dort mit in Körben und Krügen bereitstehenden Früchten und Wasser.

De Manoz stand inzwischen wieder bei den Priestern und gestikulierte. Er schien mit dem Verlauf des Gespräches zufrieden zu sein. Bald darauf wandte er sich ab und ging auf Calvez zu.

»Es ist schon seltsam. Als Ihr vorhin an den Strand kamt, konntet Ihr kaum etwas von der San Cristobal sehen. Aber dennoch war sie eine Karavelle, die unter anderen Umständen hätte repariert werden können und dann seetüchtig gewesen wäre. Aber je weiter wir die San Cristobal aus dem Wasser ziehen, je mehr wir von ihr sehen, umso mehr hört sie auf, ein Schiff zu sein. Ich weiß nicht, was schwerer wiegt. Die Trauer über den Verlust des Schiffes oder die Freude darüber, die San Cristobal wiederzusehen.«

Calvez schaute De Manoz verwundert an. Eine solche sentimentale Seite hatte er an dem General bisher noch nicht entdeckt und er war sich nicht sicher, ob in De Manoz' Augen tatsächlich Tränen glänzten.

»Für einen Seemann hört sich das vielleicht seltsam an. Ich freue mich, die San Cristobal noch einmal sehen und von ihr Abschied nehmen zu können. Manch einer mag denken, es sei unwürdig, ein Schiff nicht dem Meer zu überlassen. Die San Cristobal war unser Schutz auf See und wenn wir einige Teile bergen und in Häusern verbauen oder den Mast auf der Santa Rosita ersetzen, so wird dieses Schiff auch weiterhin unser Schutz bleiben.«

»Ich muss zurück zu den Priestern, werde Euch jedoch nachher nochmals besuchen.«

Calvez war verwundert, dass De Manoz es vermied, ihn anzuschauen.

Das Heck der San Cristobal ragte noch immer nach oben. Ebenfalls schwebte der größere Teil des Schiffes jenseits der Kante über dem steil abfallenden Grund. Der Admiral konnte das große Loch im Bug erahnen und wünschte sich, dass die Karavelle bald vollständig in der Bucht ruhte, damit ihm dieser Anblick erspart bliebe.

Erneut tauchten die Männer in den Booten ihre Ruder ins Wasser. Wieder nahmen die Helfer an Land die Taue auf, die sich bald spannten, und das Trommeln und Singen der Priester setzte ein. Die San Cristobal konnte fast zehn Schritt weiter in die Bucht gezogen werden. Die Männer auf dem Floß hoben den Anker, brachten ihn jedoch nicht direkt Richtung Strand, sondern eher etwas östlich.

De Manoz nutzte die erneute Pause zu einem weiteren kurzen Besuch.

»Ich muss gestehen, nie hätte ich gedacht, dass wir so gut vorankommen. Der Einsatz der Inselbewohner ist unglaublich. Vielleicht haben sie jedoch keine Chance, als sich bis zur Besinnungslosigkeit anzustrengen. Ich kann mir gut vorstellen, dass die Priester ihren Leuten gedroht haben, sie mit Gesang und Getrommel so lange zu foltern, bis die Arbeit erledigt ist.«

De Manoz grinste und Calvez konnte sich ein prustendes Lachen nicht verkneifen.

»Ihr sprecht so wahr, ich bin weit von den Priestern entfernt, und dennoch gehen mir das Singen und Trommeln durch Mark und Bein. Ich will gar nicht wissen, wie es Euch geht, da Ihr neben ihnen stehen müsst.«

De Manoz beließ es bei einer abwinkenden Handbewegung und stapfte, immer noch grinsend, zu seinem Kommandostand neben den Priestern.

Bis zum Abend setzten Inselbewohner und Soldaten weitere viermal an und hatten dann die Karavelle vollständig auf das Plateau der Bucht gezogen. Als die Spannung der Taue zum letzten Mal nachließ, sprang De Manoz vor Freude durch die Gegend, umarmte jeden Matrosen, Soldaten und jeden Inselbewohner, der sich nicht rechtzeitig in Sicherheit bringen konnte. Calvez schaute zur San Cristobal. Sie stand im flachen Wasser und ihn überkam Trauer. Durch das Auflaufen und das anschließende Ziehen des Schiffes war nahezu der gesamte Kiel weggerissen worden, sodass die San Cristobal nicht zur Seite kippte, sondern tatsächlich stand. Und so, wie sie stand, mit allenfalls einer leichten Schräglage, machte sie nicht den Eindruck eines untergegangenen Schiffes, sondern hatte die Würde einer Karavelle, die allen Stürmen des Meeres getrotzt hatte.

Am nächsten Morgen begannen Mannschaft und Soldaten damit, die San Cristobal zu zerlegen. De Manoz hatte das Namensschild des Schiffes, eine fast sieben Fuß lange und zwei Fuß breite Messingplatte, abmontieren lassen und ließ es sich nicht nehmen, sie selbst zu Calvez zu bringen. Er wisse nicht, ob Calvez das Schild aufheben wolle, war das Einzige, was er bei der Übergabe sagte und ehe der Admiral etwas erwidern konnte, war De Manoz schon wieder aus dem Raum verschwunden. Calvez ahnte, dass der General bemerkt hatte, wie sehr er an der San Cristobal hing. So verschwand er diskret, wohl um jeden Moment der Peinlichkeit zu vermeiden. Calvez empfand dies als Freundschaftsdienst und obwohl sie nie darüber sprachen, war es in der Tat das, was sie beide verband: Freundschaft.

Auch die Priester bereiteten ihm an diesem Morgen eine besondere Freude. Sie erneuerten seinen Verband, übergaben ihm zwei Krücken, die von den Männern der San Cristobal gefertigt worden waren, und erlaubten ihm, damit zu laufen.

Trotz des Nieselregens ließ es sich Calvez nicht nehmen, sofort vor die Hütte zu treten. Die Niedergeschlagenheit und Nachdenklichkeit der letzten beiden Wochen wichen von ihm. Er hatte keine Orientierung, wo er sich befand, und humpelte zunächst durch die schmale Straße, die an seinem Haus vorbeiführte, in südliche Richtung. Nur vereinzelt sah er Inselbewohner, die allesamt sehr beschäftigt schienen, doch weitestgehend lag die Gasse leer vor ihm. Calvez war überrascht, als er plötzlich auf die größere Straße stieß, die er bereits am Tag der Ankunft bewundert hatte. Diese Prachtstraße führte von südöstlicher in nordwestliche Richtung und gab in der Flucht nach Nordwesten den Blick frei auf den unverkennbar mit Terrassen angelegten Berg. In einiger Entfernung, auf einem leicht ansteigenden grasbewachsenen Hang nahm er eine Bewegung wahr. Tiere, Wildziegen vermutlich. Ob die Inselbewohner das Vieh

nutzte, um sich mit Milch und Fleisch zu versorgen? Calvez humpelte noch einige Schritte weiter, konnte jedoch weder Menschen
noch architektonisch bedeutsame Gebäude entdecken. Es war schon
seltsam. Böden und Wände eines jeden Hauses schienen eben und
glatt, die Mauerfugen kaum erkennbar, Fenster und Türen winklig.
Diese Baukunst wäre eines Schlosses oder Palastes würdig gewesen. Und trotz dieser handwerklichen Meisterleistung fand er keine
Verzierungen, keine Erker, keine Ornamente. Das alles verlieh den
Häusern dann doch eher ein einfaches, fast ärmliches Aussehen.

Calvez merkte bald, wie entkräftet sein Körper nach den vierzehn
Tagen des Liegens war und kämpfte sich zurück in die Hütte.

Drei Tage später hatte er seine Arme und sein gesundes Bein durch
Übungen so weit gestärkt, dass er es wagen konnte, die Bucht aufzusuchen. Es hatte aufgehört zu regnen, stattdessen strahlte der
Himmel in sattem Blau, nur durchsetzt von vereinzelt vorüberziehenden Wolken. Calvez ging auf der Prachtstraße entlang. So wie
Bienen mit den ersten warmen Sonnenstrahlen ihre Körbe verließen,
schienen auch die Inselbewohner mit Ende des Regens ihre Hütten verlassen zu haben. Auf der dem Meer abgewandten Seite der
Straße arbeiteten hunderte Bauern auf den großen Feldern. Immer
wieder hielt der Admiral an und versuchte, die Bäume, Sträucher
und sonstigen Pflanzen zu erkennen. Schließlich erreichte er den
Weg zur Bucht und als er sich an der oberen Kante des Abstieges niedersetzte, merkte er, wie Arme und Beine vor Erschöpfung
zitterten.

Er schaute nach der San Cristobal und stellte erfreut fest, dass
nichts mehr an dem Schiff, das in der Bucht lag, an das ursprüngliche Aussehen erinnerte. Die Masten und Teile der Aufbauten waren
bereits abmontiert. Stattdessen zierte nunmehr der Hauptmast der

San Cristobal die Santa Rosita und Calvez war froh, dass ein Teil seines Schiffs dort weiterleben konnte.

De Manoz, der wie üblich am Strand dirigierte und organisierte, hatte ihn gesehen und stieg zu ihm herauf. »Welch ein herrliches Wetter. Die Insel scheint mir noch schöner und gastfreundlicher, wenn die Sonne scheint. Wie ich sehe, konntet auch Ihr den Verlockungen der wärmenden Sonne nicht widerstehen.«

»Ja, es tut gut, endlich aus der Hütte zu kommen. Ich habe den Raum zuletzt nicht mehr ertragen. Die frische Luft und die Sonne geben mir fast das Gefühl, wieder vollständig gesund zu sein.«

»Seid dennoch vorsichtig, Admiral. Ihr wisst, Ihr dürft Euer gebrochenes Bein erst in zwei Wochen leicht belasten.«

De Manoz machte eine kurze Pause.

»Ich bedaure, Euch an Eurem ersten Ausflugstag gleich mit einem Problem behelligen zu müssen. Wir sind uns einig, dass nicht alle Mann die Rückreise nach Spanien antreten können. Nach meiner Schätzung müssen etwa achtzig Mann auf der Insel zurückbleiben. Die Inselbewohner waren bisher über alle Maßen gastfreundlich. Eine Versorgung und Unterbringung der zurückbleibenden Männer bis zu unserer Rückkehr dürfte jedoch zu viel verlangt sein.«

»Ich stimme Euch zu, General, doch können wir, trotz unserer militärischen Überlegenheit, nicht einfach ein Stück Land besetzen und darauf eigene Häuser errichten.«

»So ist es. Militärische Mittel schließe ich ohnehin aus. Wir kennen die Früchte nicht und wissen nicht, wie man sie anbaut. Da es mit Sicherheit einige Monate dauern wird, bis eine neue Expedition zusammengestellt und ausgestattet ist, sind die Männer, die hierbleiben, auf die Versorgung durch die Inselbewohner angewiesen. Natürlich könnten wir sie versklaven, ich könnte jedoch nicht ruhig schlafen bei dem Gedanken, dass uns die Priester vielleicht vergiften. Jeder unserer Männer kann erkranken oder sich verletzen und sicherlich ist es gut zu wissen, dass die Priester uns mit ihren Heilkünsten helfen. Ich sehe keine andere Möglichkeit, als mit ihnen erneut zu reden und eine Gegenleistung dafür auszuhandeln, dass Männer auf der Insel auf Abholung warten müssen. Übrigens, aus der letzten Kanone, die wir den Priestern gegeben haben, wurden Harken und große Schlagmesser gefertigt, mit denen kleine Bäume gefällt werden.«

»Ich glaube nicht, dass von den Inselbewohnern eine Gefahr für unser Leben ausgeht, De Manoz. Holz und Metalle sind die einzigen Handelsgüter, die wir haben, und nun einmal auch die einzigen Tauschgüter, an denen ein Interesse seitens der Priester besteht. Wir sollten auflisten, um was wir sie bitten wollen und die Höhe unserer Gegenleistungen festlegen.«

»Gut, zunächst benötigen wir einen Flecken Land, auf dem wir eine Kaserne erbauen können. Ich dachte daran, das Lager am Ansatz der Landzunge zu errichten. Dieser Ort scheint mir in besonderem Maße geeignet. Erstens wird auf der Landzunge keine Landwirtschaft betrieben, sodass durch unsere Kaserne kein Acker- und Weideland verlorengeht. Zweitens ist der Ort für die Abwehr eines höchst unwahrscheinlichen, aber dennoch möglichen Angriffs von See wie geschaffen. Die einzige Möglichkeit für Angreifer, an Land zu gehen, ist meines Erachtens die Bucht. Diese läge jedoch genau im Beschuss unserer Kanonen, von denen einige zurückgelassen werden. Drittens befände sich die Kaserne weit genug vom Ort entfernt, sodass die Einheimischen durch uns in ihrem Alltagsleben nicht gestört werden, andererseits nahe genug am Dorf, um eine einfache Versorgung unserer Männer mit Obst und Gemüse sicherzustellen. Um die Kaserne errichten zu können, benötigen wir Steine. Wir müssen die Priester nach dem Steinbruch fragen und um Erlaubnis bitten, dort Steine abbauen zu dürfen.«

Calvez hörte schweigend und bewundernd zu. Da war er wieder, der kühle und nüchterne Stratege, der bereits alles bis ins Detail geplant hatte.

»Weiterhin müssen wir um dauerhafte Nahrungsversorgung bitten. Wir sollten in Erwägung ziehen, den Priestern anzubieten, bei der Bewirtschaftung der Felder zu helfen. Ich habe keine Vorstellung, ob die jährliche Ernte ausreichend ist, vorübergehend achtzig Mann mehr zu ernähren. Ganz besonders wichtig erscheint mir, dass wir uns versichern, was auf der Insel erlaubt ist und was nicht. Wir müssen unseren Männern klarmachen, dass sie die Sitten und Gebräuche der Inselbewohner zu beachten haben. Bisher waren Soldaten und Seeleute mit Arbeit beschäftigt. Wir müssen verhindern, dass sie auf gefährliche Gedanken kommen, wenn sie mehr Freizeit haben.«

De Manoz hatte abrupt geendet und schaute Calvez fragend an. Der Admiral brauchte einen Moment, um zu begreifen, dass der General tatsächlich nichts mehr sagen wollte.

»Nun, De Manoz, was fragt Ihr mich? Ihr habt alles bestens geplant, soll ich Euch etwa mit einer eigenen Meinung verunsichern? Seid gewiss, sollte ich jemals in eine Schlacht ziehen müssen, dann wollte ich dies nur unter Eurem Kommando tun!«

De Manoz schaute verlegen zu Boden.

»Nun ja, es ist nun einmal meine Aufgabe, Pläne zu schmieden, und ich hatte ausreichend Zeit. Wollen wir unseren künftigen Bauplatz ansehen?«

Sie stiegen hinauf zur Landzunge und wenn Calvez mit seinen Krücken Schwierigkeiten beim Anstieg hatte, fasste De Manoz ihn unter den Armen und half weiter. Mit einigen Mühen erreichten sie den Felsgrat, der sich auf der Landzunge hinzog. Der Admiral erstarrte und De Manoz schaute ihn fragend an.

»Die Wasserfälle …« stammelte Calvez.

De Manoz schaute zur Bucht. »Verdammt, wo sind die Wasserfälle? Gestern habe ich sie noch gesehen.«

Sie versuchten vergeblich, an den Felsen Anzeichen der Kaskaden zu entdecken, außer drei kleinen nebeneinanderliegenden Höhlen sahen sie jedoch nichts, noch nicht einmal ein kleines Rinnsal. Sie standen ratlos auf dem Grat und starrten die Felswand an. Doch die Wasserfälle blieben verschwunden.

Erik legte den Stift beiseite, streckte sich. Er fühlte die Anspannung der Muskeln und stand auf, um sich ein wenig zu bewegen. Während er die Arme kreisen ließ, um die Verspannung zu lockern, lief er im Raum auf und ab. Seine Gedanken konnte er jedoch nicht vom Geschehen auf der Insel lösen.

Also damals schon mussten die, auch von ihm vermissten, Kaskaden versiegt sein. Vielleicht kam er bald wieder in die Lage, wenigstens im Traum mit Calvez persönlich zu sprechen, ihm zu berichten, dass die Wasserfälle auch jetzt verschwunden seien. Eine Tatsache, die ihm Rätsel aufgab und ihn wieder und wieder grübeln ließ. Er sollte etwas essen, zumindest was trinken. Erik wusste, dass so was Profanes wie Nahrung aufzunehmen, nötig war und bestimmt auch seine Konzentration und seine Sinne schärfen würde. In der Küche brühte er sich Tee auf, briet ein paar Eier und setzte sich mit Teller und Tasse wieder an den Tisch. Erst als er den gegessen hatte, nahm er den Stift zur Hand.

KAPITEL 4

e Manoz und die Priester verhandelten wie alte Vertraute. Die Verständigung bereitete keine besonderen Schwierigkeiten. Zwei weitere Kanonen und zusätzliches Holz aus dem Wrack der San Cristobal führten zu einer schnellen Einigung. Gegen Ende der Verhandlungen konnte Calvez seine Neugier nicht mehr zügeln. Mit vielen Zeichen machte er deutlich, dass er keine Erklärung für das Verschwinden der Wasserfälle habe. Der älteste Priester gab eine kurze Antwort, gab sich jedoch keine Mühe, sie durch Handzeichen auch für den Admiral verständlich zu machen. Calvez fluchte innerlich, dass er die Sprache der Priester nicht verstand, und nahm sich vor, nach der Abreise von De Manoz zumindest Lernversuche zu unternehmen.

Am Abend lagen Calvez und De Manoz schweigend in der Hütte, Calvez freute sich, dass die Verhandlungen mit den Priestern so schnell und reibungslos abliefen und die nächsten Wochen und Monate, die er auf der Insel verbringen sollte, abgesichert waren. Ihm wurde jedoch auch bewusst, dass der Tag nahte, an dem die Santa Rosita Segel setzen und die Rückreise antreten würde. Schwermütig dachte er daran, dass ihn dann auch De Manoz verließ. Aus der anfänglichen Zweckgemeinschaft zweier Männer, die einen Auftrag erledigen mussten, war Freundschaft geworden. Ein wenig bereits auf dem Ozean, aber umso mehr auf der Insel, hatte er den Menschen kennengelernt, der hinter dem General steckte.

De Manoz war nicht der eiserne Krieger, den er nach außen darstellte, eher ein Mensch, der Streit hasste. Unter diesem Gesichtspunkt führte er seine Soldaten, führte er die Verhandlungen mit den Priestern, plante er die Zukunft der Insel. Calvez fiel auf, dass sie beide in allen Entscheidungen einer Meinung waren und auch im Umgang mit ihren Männern einen ähnlichen Ton pflegten. Die Gespräche mit De Manoz, dessen Humor und Urteile würden ihm fehlen.

»General!« Calvez sah, wie De Manoz aus seinen Gedanken aufschreckte. »General, wir haben Durst und Hunger gelitten, ein Unwetter überstanden, dann eine Insel entdeckt und mit fremden Menschen verhandelt, also viele Abenteuer erlebt. Doch egal, ob wir in Not waren oder keinen Ausweg sahen, wir haben uns nie gestritten, unsere Entscheidungen gemeinsam getroffen und an einem Strang gezogen. Wir haben an den langen Abenden in dieser Hütte über die Form der Erde, über Glaubensfragen, über Kriege und fremde Kulturen gesprochen, dabei immer die Meinung des anderen respektiert. Ich habe einmal gesagt, dass ich Euch wegen Eurer Verdienste im Kampf um Melilla schätze. Ich muss mich korrigieren. Jetzt, da ich Euch besser kenne, will ich Euch sagen: Ich schätze Euch besonders als Juan De Manoz, den Menschen. Es ist ein Privileg des Älteren zu sagen, dass mir Eure Bekanntschaft sehr viel bedeutet, mir Eure Freundschaft jedoch wichtiger wäre.«

De Manoz stand auf, ging auf Calvez zu und reichte ihm die Hand. »Ich danke dir, Fernando.«

Die Steine für den Bau der Kaserne wurden von den Inselbewohnern geliefert und unter dem Rat der Priester aneinandergefügt. Die Bautechnik auf der Insel war verblüffend einfach und dennoch aufwendig. Alle Steine, jeder wohl zwei Schritt lang und jeweils einen halben Schritt tief, wiesen über die Länge der gesamten Oberseite eine V-förmige Einkerbung auf. Die Unterseite war hingegen so geformt, dass sie genau in die Einkerbung passte. Jeder behauene Stein schien dem anderen zu gleichen, als seien sie aus einer Form gegossen. So genügte es, einen Stein ungefähr auf den unteren zu setzen, einiges Ruckeln und Schlagen reichte und er rutschte in die gewünschte Position. Immer wieder bewunderten Calvez und De Manoz die präzise Vorbereitung der Steine durch die Einheimischen. Doch so schnell sich einer der Bauquader auch setzen ließ, wenn er einmal in Position war, so mussten sie doch einsehen, dass der Aufbau nur langsam voranschritt. Immerhin wog so ein Quader bestimmt über vier Zentner. Die Rampen, auf denen die Steine zum Mauergiebel hochgezogen wurden, waren steil und der Admiral hielt immer öfter den Atem an, wenn ein Quader ins Rutschen geriet und einen Insulaner oder Matrosen zu erschlagen drohte.

Der Schiffszimmermann der San Cristobal fand die Lösung. Foro, so wurde er von allen genannt, war an die sechzig Jahre alt, hatte wallende Haare, der ebenfalls graue Vollbart bedeckte sein halbes Gesicht. Endlos viele Stunden auf ungezählten Schiffen hatten seine Haut gegerbt. Wenn Foro – selbst Calvez kannte seinen wirklichen Namen nicht – etwas zu sagen hatte, schwieg die Mannschaft.

»Admiral, wir haben doch noch den gebrochenen Mast der Santa Rosita?«

»Ja, Foro, warum?«

»Der Mast ist im unteren Drittel gebrochen, wenn wir das längere Teil in der Mitte durchsägen, können wir daraus ein Dreibein bauen, das fast drei Mann hoch ist. Wenn wir dann in die Gabelung eine Rahe hängen, müssten wohl zwei Mann am längeren Ende der Rahe reichen, um einen der Steine hochzuheben.«

Calvez musste einige Zeit nachdenken, um den Plan des Zimmermanns zu verstehen.

»Du meinst, ein Dreibein, das wir als Kran einsetzen können?«

»Ja, Admiral, je höher wir bauen, umso gefährlicher wird es, die Quader in die Höhe zu bringen.«

»Nun, warum stehst du noch hier herum? Besorge die Männer und das Material und fange an!«

»Jawohl, Admiral.« Foro schmunzelte und stiefelte los.

Gewiss, das Gestell war technisch und optisch kein Meisterwerk und die Ägypter nutzten solche Hebewerke bereits beim Bau der Pyramiden – die auf dem Bau anwesenden Priester konnten jedoch ihre Bewunderung für das ihnen unbekannte Gerät nur schwerlich unterdrücken. Immer wieder steckten sie ihre Köpfe zusammen, tuschelten und begutachteten das Gerüst von allen Seiten. So schlecht die Priester ihre Neugier verbergen konnten, umso mehr verwunderte es Calvez, dass sie jeden Inselbewohner, der dem Dreibein zu nahekam, mit harschen Worten vertrieben. Auch De Manoz war das Interesse der Priester nicht entgangen und nach einer Zeit bot er ihnen an, selbst einen Stein zu heben. Zunächst lehnten die fünf Priester ab. De Manoz drängte jedoch immer wieder und schließlich bestimmten die Prediger zwei anwesende Novizen, sich an dem Gerüst zu versuchen.

Die jungen Männer kicherten verlegen und es schien, als trauten sie sich nicht. Nach einigen entschlossenen Worten eines Priesters schlichen sie an das lange Ende der Rahe. Offensichtlich glaubten sie, dass es besonderer Kraft bedurfte, die Rahe nach unten zu ziehen. Mit all ihrem Gewicht hängten sie sich an die Querstange und als sei er eine Feder, wurde der Fels am Ende der Rahe in die Luft gehoben. Die Novizen waren so überrascht, dass sie vor lauter Schreck den Hebel wieder losließen und der Stein mit lautem Knall auf den Boden krachte. Die Miene der Priester verfinsterte sich, doch das verständnisvolle Lachen von De Manoz ersparte den Novizen eine Strafpredigt. Nach einigen Beratungen machte sich einer der Priester auf den Weg zur Tempelanlage.

Nach weniger als drei Stunden kehrte er mit dem Oberpriester zurück. Einige Zeit beobachtete der alte Mann die Arbeit der Spanier, signalisierte dann De Manoz, dass er mit ihm verhandeln wolle. Schon nach wenigen Zeichen war klar, die Priester wollten das Dreibein für Arbeiten auf der Insel.

Am Abend platzte es aus dem General heraus. »Mein Gott, Fernando, das soll noch ein Mensch verstehen. Als wir hier landeten, hatte ich die Hoffnung, Priester, Menschen und die Insel irgendwann verstehen zu können. Aber nein, jeden Tag erscheint mir alles verrückter.«

»Warum, Juan?«

»Nun, was die Heilkünste der Priester angeht, so sind wir uns einig. Die Steine, die man uns anliefert, werden so schnell und präzise behauen, dass wir zu Hause jedes Jahr eine neue Kathedrale erbauen könnten. Die Menschen hier haben kunstvolle Terrassen angelegt, um Landwirtschaft zu betreiben. Im Gegensatz dazu haben sie einfache und zerbrechliche Nachen, mit denen sie in der Bucht fischen. Aber nein, sie interessieren sich nicht für unsere wundervollen Karavellen, stattdessen bestaunen sie ein einfaches Dreibein wie ein Weltwunder. Kannst du mir das alles erklären?«

»Wie sollte ich. Aber seien wir froh. Wir sind vielleicht umso beliebtere Gäste, da wir außer Holz und Eisen auch Wissen anbieten können. Es wäre mir peinlich, wenn uns die Priester in allen Dingen überlegen wären.«

»Aber …« De Manoz schien noch etwas sagen zu wollen, beließ es dann bei einem »Ach« und winkte ab.

Die Ausbesserungsarbeiten an der Santa Rosita waren abgeschlossen und der Zeitpunkt der Abreise rückte in greifbare Nähe. Immer wenn Calvez die Karavelle sah, musste er schmunzeln. Der Hauptmast der San Cristobal war zu groß für das kleine Schiff, die Proportionen stimmten nicht mehr und die Santa Rosita wirkte zerbrechlich und schutzbedürftig wie ein kleines Kind, das in den Kleidern eines Erwachsenen umherlief. Umgekehrt schien es, als rage der Hauptmast der San Cristobal trotzend in den Himmel, als wolle er zeigen, dass es dem Sturm nicht gelungen war, die Karavelle zu versenken. Wie Geschwister hatten die beiden Schiffe dem Meer widerstanden und wie Geschwister würden sie, so Gott will, wieder spanische Häfen erreichen. De Manoz band Calvez zunehmend in die Verhandlungen und Gespräche mit den Priestern ein und versuchte diesen klarzumachen, dass Calvez als Befehlshaber über Matrosen und Truppen zurückbleiben, während er selbst die Rückreise antreten würde.

An den Abenden erklärte ihm De Manoz verschiedene Zeichen, die sich in der Verständigung mit den Inselbewohnern mittlerweile etabliert hatten und versuchte, Calvez noch einige vermeintliche Worte in der Inselsprache beizubringen. Immer wieder mussten sie lachen, wenn der General sich abmühte, einen der Kehllaute nachzuahmen oder Calvez daran scheiterte, die Aneinanderreihung von Konsonanten zu meistern.

Der Admiral und Ronte bestimmten mehrmals die Position der Insel, bis sie sich über deren Lage endgültig sicher waren. Calvez übergab dem Kapitän die Seekarte und besprach mit ihm nochmals den Kurs für die Rückfahrt.

»Und denkt daran, Kapitän, setzt auf keinen Fall alle Segel am Hauptmast. Die Santa Rosita würde das kaum überstehen.«

»Keine Sorge, Admiral, ich werde unseren Spatz nicht mit Adlerfedern schmücken.«

De Manoz schwor seine Soldaten darauf ein, Rontes Anweisungen zu gehorchen.

Trotz aller Betriebsamkeit an Land und auf der Santa Rosita herrschte unter den Soldaten und Seeleuten eine seltsam friedliche, beinahe nachdenkliche Stimmung. Immer häufiger schien es Calvez, als wetteiferten die Männer darum, sich gegenseitig zu helfen. Die sonst üblichen derben und lauten Witze wichen einem leisen Humor. Das friedfertige Leben der Inselbewohner, das Verwunschene der Insel, hatte auf die Gestrandeten abgefärbt. Sowohl die Zurückbleibenden als auch die Männer, die in die Heimat segeln würden, schwankten zwischen Freude und Trauer. Die Insel war ein kleines Paradies und so ließ wohl nur die Sehnsucht nach den Liebsten manch einen von der Rückkehr träumen.

Fast einen ganzen Tag lang wurden Vorräte zur Santa Rosita gerudert. De Manoz und Calvez schien die Menge an Früchten übermäßig hoch, doch die Priester bestanden darauf, die Männer ausgiebig zu versorgen. Mehr noch, in kleinen Schalen aus Stein wurden Salben mitgegeben, die der vom Salzwasser gequälten Haut Linderung verschaffen sollten.

Obwohl die Santa Rosita hätte absegeln können, fanden Calvez und De Manoz immer noch einen unwichtigen Grund, die fällige Abreise zu verschieben.

Knapp sechs Wochen nachdem sie die Insel betreten hatten, umarmten sich Calvez und De Manoz am Strand als Freunde, ehe der General in eines der Beiboote stieg und zur Santa Rosita hinüberruderte. Bald darauf wurden die Segel gesetzt und Calvez blickte der Karavelle so lange nach, bis sie fast am Horizont verschwunden war. Die Abenddämmerung brach herein und der Admiral besprach mit den Matrosen und Soldaten die Arbeitspläne der nächsten Wochen.

Erik betrübte der Traum der vorigen Nacht. Nicht nur die Wasserfälle waren verschwunden, auch Calvez' Freund hatte die Insel verlassen. Bei den Gedanken tauchte nach langem Finn vor seinem inneren Auge auf. Wie immer mit fragendem Blick, und Erik rannen die Tränen. Er musste sich sehr beherrschen, seinen unmittelbaren Gedanken, die Isla zu verlassen und dorthin zu fliegen, wo er seinen Sohn zuletzt gesehen hatte, zu unterdrücken. Zuletzt, das hieß, vor mehr als zehn Jahren. Was würde es bringen, die Suche wieder aufzunehmen? Er würde sich seinem Sohn kaum näher fühlen, als er es hier in Gedanken war. Und was würde dann aus seinen Aufzeichnungen, die er begonnen hatte und die ihn so sehr gefangen nahmen? Das Abwägen brachte Erik zur Vernunft.

Schließlich trocknete er seine Tränen und beschloss, eine Runde durch die Felder zu laufen, um zur Ruhe zu kommen. Er rannte, bis sein Shirt durchgeschwitzt war und der Schweiß ihm in Strömen übers Gesicht lief. Nachdem er geduscht und sich umgezogen hatte, stand sein Entschluss fest. Er würde bleiben, bis die Träume versiegten. Die Geschichte musste aufgeschrieben werden.

KAPITEL 5

Calvez fühlte sich unsicher und merkte, dass ihm der entschlossene Stil von De Manoz im Umgang mit den Soldaten fehlte. Zum Glück war Vazevar auf der Insel geblieben. Der hoch aufgeschossene schlanke Hauptmann war ein ruhiger Mensch, der manches Mal fast behäbig wirkte. Doch hinter der bedächtigen Art verbarg sich ein wacher Verstand und wenn Vazevar nach einiger Bedenkzeit etwas sagte, so war dies stets wohl durchdacht, jeder Satz sorgsam ausformuliert. Calvez hatte den Hauptmann noch nie schreien oder laut reden gehört, dennoch – oder vielleicht gerade deshalb – genoss er den Respekt der Soldaten. De Manoz hatte Calvez versichert, dass Vazevar ein zuverlässiger, guter Soldat sei und an seiner Loyalität gegenüber dem Admiral kein Zweifel bestehen könne. Trotzdem vermisste Calvez seinen Freund, mit dem er sich austauschen konnte, und der ihm bei schwierigen Entscheidungen den Rücken stärkte.

Doch die Ausbildung der Soldaten trug De Manoz' Handschrift. Sie folgten ohne Murren Calvez' Anweisungen und er hatte den Eindruck, dass keiner von ihnen bedauerte, nicht nach Spanien zurückgereist zu sein. Er konnte verstehen, dass sich die Soldaten auf der Insel wohlfühlten, da sie ihr Leben nicht in Schlachten riskieren mussten und frisches Obst und Gemüse im Überfluss vorhanden war. Auch verzichtete Calvez auf jeglichen militärischen Drill, obwohl er Wert auf Disziplin legte und insbesondere darauf achtete, dass es nicht zu allzu engen Bindungen der Soldaten zu den Inselbewohnerinnen kam.

Der Admiral sah es als vorrangige Aufgabe an, die Kaserne fertigzustellen und für deren Wehrhaftigkeit zu sorgen. Die Pläne, wie der Bau aussehen sollte, hatte er noch zusammen mit De Manoz ausgearbeitet. Ein Gebäude sollte vier große Schlafräume für die Seeleute und Soldaten umfassen, ein zweites das Quartier für die Offiziere, also je einen Schlafraum für Calvez und Vazevar, ein Arbeitszimmer sowie die Waffenkammer. In einem dritten Bau schließlich sollten die Küche und ein Speisesaal untergebracht sein.

Calvez sorgte sich, dass die Schlafräume noch nicht fertig waren und alle Männer bei einem neuerlichen Regen im Freien schlafen müssten. Zwar hatten ihm die Priester – soweit er verstanden hatte – versichert, dass es auf der Insel selten regne und mit heftigen Niederschlägen erst wieder zur Regenzeit in einem Jahr zu rechnen sei, doch dem Admiral schienen die Angaben der Priester wenig glaubwürdig. Viel zu üppig war die Vegetation der Insel, als dass sie mit wenig Regen hätte gedeihen können.

Jeden Tag schleppten die Einheimischen fast dreißig Steinblöcke herbei. Stets vier Mann mussten einen solchen Brocken auf einer Trage aus Holz transportieren. Calvez war verwundert, wie schnell es den Inselbewohnern zu gelingen schien, diese Blöcke im Steinbruch zu schlagen und exakt so zu bearbeiten. Er zweifelte nicht daran, dass auch bei der Gewinnung des Baumaterials eine Technik genutzt wurde, die auf dem großen Wissen der Priesterschaft basierte.

Das Verhalten der Priester war schwer einzuschätzen. Sie waren immer freundlich und hilfsbereit, doch auf manche Fragen reagierten sie ausweichend, auf andere so, als hätten sie nicht verstanden und auf wieder andere antworteten sie, als sei es das Selbstverständlichste auf der Welt. Daher zögerte Calvez auch lange, sich nach dem Steinbruch zu erkundigen. Als der Priester die Zeichen des Admirals endlich verstanden hatte, zuckte er teilnahmslos mit den Schultern und winkte nach einem Novizen, der ihn führen sollte.

Der junge Mann schritt voran, immer auf der Straße, quer durch das ganze Dorf. Am Ende des Ortes bogen sie in einen kleinen Feldweg ein, der am Fuß des Tempelberges entlanglief. Nach kurzer Zeit blieb der Novize stehen. Calvez war fassungslos, er wollte nicht glauben, was er sah. Tausende von behauenen, stets gleich großen Felsbrocken waren ordentlich neben- und übereinander gelagert, aber weit und breit war nicht zu erkennen, wo diese Steine abgebaut wurden. Immer wieder versuchte der Admiral, den Novizen nach den Steinbrüchen zu befragen. Zunächst dachte Calvez, der junge Mann habe seine Frage nicht verstanden, denn dessen einzige Reaktion war, die Schultern zu heben und den Kopf zu schütteln. Erst nach einiger Zeit wurde klar, dass der Novize die Frage zwar verstand, aber keine Antwort geben konnte. Er schien selbst nichts über die Herkunft der Steine zu wissen.

Calvez starrte ungläubig vor sich hin. Außer der ungewissen Herkunft gab es auch keine ersichtliche Erklärung, wann und warum ein solch enormer Vorrat an Baumaterialien angelegt worden war, der gut und gerne für zwei oder mehr Kasernen gereicht hätte. Gedankenverloren stapfte er zurück zur Landzunge. Der Weg war bequem zu laufen und fast völlig eben. Es gab keinen Grund, warum sich die Einheimischen mit dem Transport der Steine quälten und die schweren Brocken trugen, statt sie auf einen Wagen zu verladen. Dennoch, er hatte bisher noch keinen einzigen Karren gesehen. Sollten die Priester, die ein enormes Wissen um Heilkunst besaßen, etwa das Rad nicht kennen?

Es war offensichtlich, dass sie vollständig über die Insel herrschten und ihren Bewohnern genau vorgaben, was diese durften und was nicht. Selbst bei kleinsten Geschenken eilten die Einheimischen den Berg hinauf und reichten das Geschenk zurück, wenn die Priester ihre Zustimmung verweigerten.

An einem Nachmittag saß Calvez wieder einmal über seinen Plänen und beaufsichtigte dabei die Bauarbeiten, als ihm ein Junge auffiel, der ihn aus einigen Schritten Entfernung beobachtete. Die dunklen Augen waren auf ihn gerichtet und wenn er die Hand bewegte und etwas schrieb, schien der Knabe dieser Bewegung mit seinem Blick zu folgen. Calvez lächelte ihn an und der Junge strahlte zurück, als hätte man ihm ein Goldstück überreicht. Dieses kindliche Lächeln berührte etwas in Calvez, was er schon verdrängt zu haben glaubte. Bilder, die ihm während der Schwangerschaft von Rosa-Maria im Traum erschienen waren, als herrliche Zukunftsvision. Bilder von ihm und seinem Sohn, der ihn bewundernd anschaute, der sich von ihm Dinge zeigen und erklären ließ. Nach dem furchtbaren Tod von Rosa-Maria und dem Verlust seines ungeborenen Kindes, änderten sich diese Träume, verwandelten sich in quälende Schreckensszenarien, die ihn in vielen Nächten im Schlaf folterten.

Und jetzt dieses Lächeln. Er zögerte zunächst, dann winkte er dem Jungen, näherzutreten.

Fast hatte er erwartet, dass der Kleine fortlaufen würde, aber das tat der nicht. Er kam bereitwillig herbei und sah ihn wieder so interessiert an.

Sein Sohn hätte vielleicht auch solch dunkle Augen gehabt, wenn er hätte leben dürfen. Der Junge berührte das Papier, auf dem Calvez schrieb, und fuhr mit dem Finger über die ihm unbekannten Schriftzeichen.

»Du willst wissen, was das heißt?«, fragte Calvez, wohlwissend, dass er Junge ihn nicht verstand. Aber trotzdem strahlten die Kinderaugen ihn wieder an und er nahm dieses Geschenk und versuchte, sich einfach nur daran zu erfreuen. Er griff zur Feder und malte einige Buchstaben auf eine Ecke des Pergaments. Daneben zeichnete er jeweils die Bedeutung des Wortes. Er erklärte dies auch mit Worten und obwohl der Junge sicher nichts davon begriff, lauschte er Calvez, als würde er jedes Wort verstehen.

Als einer der Priester auf ihn zueilte, dachte sich Calvez zunächst nichts dabei, aber der Mann bedachte den Jungen mit einigen strengen Worten, woraufhin dieser mit einem Gesicht, in dem deutliche Enttäuschung zu lesen war, schnell davoneilte. Mit Bedauern sah Calvez dem Kind hinterher, während der Priester ihm energische Zeichen machte, so etwas nicht wieder zu tun. Sinn und Zweck dieses Verbotes konnte Calvez zwar nicht verstehen, aber er hatte erkannt, dass es besser sei, bei künftigen Entscheidungen das Einverständnis der Priester einzuholen. Dabei empfand er einen gewissen Groll gegen den Priester, der ihm diesen unbeschwerten Moment genommen hatte. Was war so schlimm daran, wenn er einem Jungen etwas zeigte, was diesen interessierte? Calvez hielt sich an diesem Tag zurück und suchte keinen weiteren Kontakt mit den Priestern, obwohl er den Bau eines Wagens mit ihnen hatte beraten wollen. Das verschob er einfach auf den nächsten Tag. In dieser Nacht träumte er von Rosa-Maria und seinem Sohn.

Jetzt, nach dem manischen Schreiben, denn Erik las stets erst im Nachhinein den neuen Text, wusste er, warum er sich seit gestern derart unglücklich gefühlt hatte.

Es war der Junge auf der Insel. Er erinnerte ihn so sehr an Finn. Einerseits fürchtete er, dass das erneute Auftauchen des Knaben die Wunden stärker aufreißen würde, andererseits wünschte er sich, der Junge möge ihm wieder im Traum begegnen. Er fühlte sich Calvez einmal mehr stark verbunden, konnte dessen Gedanken an sein ungeborenes Kind sehr gut nachvollziehen. Energisch versuchte er, diese Empfindungen zurückzudrängen und widmete sich seinen Aufzeichnungen.

Am nächsten Tag ging es Calvez besser. Heute wollte er die Sache mit dem Bau eines Wagens angehen und mit den verantwortlichen Priestern sprechen.

Er gestand sich ein, dass dies auch ein willkommener Anlass war, endlich die Tempelanlage zu sehen, von der ihm De Manoz berichtet hatte. Ein sorgsam angelegter Weg führte im Zickzack zur ersten bewirtschafteten Terrasse. Er war ausreichend breit, dass zwei Personen problemlos nebeneinander herlaufen konnten. Wurde das Gelände steil, waren Stufen aus Steinen eingearbeitet. So ließ sich der Anstieg bei gleichmäßiger Steigung gut bewältigen. Er kam gut voran und erreichte die unterste Terrasse. Dort war ein Feld angelegt und einige Bauern pflanzten Setzlinge. Die Erde sah dunkel und fruchtbar aus. Calvez bückte sich und ergriff eine Handvoll Erde. Obwohl es seit Wochen nicht mehr geregnet hatte, war der Boden zu seiner Überraschung feucht. Die Bauern mussten wohl täglich reichlich Wasser den Berg hinauftragen, um die Felder zu bewässern. Auf der dem Berg abgewandten Seite der Terrasse war am Rande des Beetes ein Trampelpfad angelegt, der zu einer schmalen, steilen Treppe führte, über die Calvez zu der nächsten Beetanlage gelangte.

Auch die folgenden Terrassen hatte man in dieser Art gestaltet. Überall waren die Inselbewohner damit beschäftigt, zu säen und zu pflanzen. Das Auftauchen von Calvez schien für die Bauern ein willkommener Anlass zu sein, ihre Arbeit einzustellen. Sie legten ihre Werkzeuge zur Seite, winkten ihm lachend zu, manch einer klopfte ihm sogar fröhlich auf den Rücken. Sie redeten auf ihn ein und da er nichts von dem Gesprochenen verstand, blieb ihm nur, das Lachen und die Freundlichkeit zu erwidern und ansonsten hilflos mit den Schultern zu zucken. Dabei ertappte er sich, wie er nach dem Jungen vom Vortag Ausschau hielt. Aber der Kleine war nirgends zu sehen.

Obwohl Calvez mit Sicherheit kein schwächlicher Mann war, musste er beim Aufstieg öfter als er es sich wünschte eine Pause einlegen. Zudem gestand er sich ein, dass sein beim Schiffbruch der San Cristobal gebrochenes Bein noch nicht die Kraft früherer Tage hatte. Ansonsten hatten die Priester bei der Behandlung der Verletzung hervorragende Arbeit geleistet. Er litt keine Schmerzen und war auch in seinen Bewegungen nicht beeinträchtigt. Die fehlende Kraft, da war sich der Admiral sicher, würde auch bald wiederkommen.

Doch es war nicht nur die leichte Schwäche, die Calvez immer wieder veranlasste stehenzubleiben. Die Terrassen führten in einer Spirale zum Gipfel und fast auf jeder Ebene lockte ein Blick über Meer und Insel zu kurzem Verweilen.

Zum ersten Mal sah er auf die Bucht und konnte auch die Gegebenheiten erkennen, die der San Cristobal zum Verhängnis geworden waren. Selbst aus der Höhe war der Grund der Bucht durch das klare Wasser des Meeres zu erkennen. In einer fast geraden Linie, die vom südlichsten Landzipfel im Osten bis zur Spitze der Landzunge im Westen führte, ging der helle Grund in das dunkle Blau des tiefen Ozeans über. Die Bucht, gesäumt von feinem Sandstrand, lag so friedlich und verträumt da, dass man die Tücke, die sie barg, kaum glauben wollte.

Im Norden schloss sich, nur getrennt durch die Straße, das fruchtbare Tal an. Wie ein Smaragd breiteten sich die Plantagen aus, geschützt von den kargen, spärlich bewachsenen graubraunen Bergen, die in Richtung Osten lagen. Der Felsgrat zog sich bis an den Tempelberg. Im Westen grenzte der Ort mit seinen grauen Häusern und Straßen das Tal ein. Die Plantagen waren gleichmäßig, jedoch asymmetrisch von Wegen durchzogen und teilten einzelne Äcker ab.

Calvez war unverständlich, warum keine geraden Wege durch das Tal angelegt worden waren. Die jetzige Gestaltung erinnerte ihn an ein verzerrtes Schachbrett, wobei dieser Eindruck durch die unterschiedlichen Grüntöne der vereinzelten Felder noch unterstrichen wurde. Er war so in die Bewunderung der Landschaft und der Aussicht vertieft, dass er die oberste Terrasse verließ, ohne seine Schritte wahrzunehmen. Nun verlief ein gut drei Schritt schmaler Weg, in den hin und wieder Stufen eingearbeitet waren, entlang einer Felswand zunächst aufwärts, dann fast eben, etwas um den Berg herum, bis er wieder anstieg und zum mutmaßlichen Gipfel führte.

Starr vor Staunen blieb der Admiral stehen und rang nach Atem. Er orientierte sich an der Sonne. Ein großes Plateau, dessen Maße er jedoch nicht bestimmen konnte, lag vor ihm. Quer über diese ebene Fläche, von Nord nach Süd, erhob sich eine mächtige Mauer, höher als drei erwachsene Männer, und verbarg alles, was hinter ihr geschah, vor neugierigen Blicken. Die Mauer bestand aus ähnlichen Felsquadern, wie sie zum Bau der Kaserne verwendet wurden. Das Feld vor dieser Verschanzung mochte vierhundert auf dreihundert Schritte messen, war nahezu waagerecht und hob sich erst zur Mauer hin etwas an.

Calvez lief den Weg ein Stück zurück und wie er vermutete, konnte von keiner Stelle des Aufstieges ein Blick auf das Gelände hinter der Schutzwand geworfen werden. Erst jetzt wurde ihm bewusst, dass die wohl fünfzig Fuß hohe Felswand, an der der Weg entlangführte, nicht eine Laune der Natur war, sondern von den Inselbewohnern geschaffen sein musste. Er schaute auf den Weg und an der Felswand entlang. Soweit ihm eine Schätzung möglich war, sollte das Gelände hinter der Mauer ähnlich groß, wenn nicht gar weitläufiger sein.

Wieder stieg er hinauf zum Plateau. Ein beständiger, nahezu strammer Wind strich über die Felsen. Die Temperaturen auf dem Gipfel waren spürbar niedriger als im Tal. Im Sommer mochte es angenehm sein, in dieser Höhe zu leben, doch zu einer kälteren Jahreszeit war es sicherlich nicht anheimelnd, bei Wind und Regen auf dem Berg auszuharren.

Wie De Manoz beschrieben hatte, sah auch Calvez das große Tor in der Mitte der Mauer. Die Ausmaße des Portals waren überdimensional, sicherlich zwei Mann hoch und jeder Flügel acht Schritte breit. Die Größe eines solch gewaltigen Durchlasses wäre verständlich gewesen, hätten große Gewerke durch das Tor transportiert werden sollen. Doch Calvez fiel kein triftiger Grund ein, der das Ausmaß des Durchganges rechtfertigte.

Im rechten Flügel des Tores war eine kleinere Tür eingearbeitet, die wohl dem täglichen unkomplizierten Zugang diente. Nach den Schilderungen De Manoz' über die Geheimnistuerei der Priester war er überrascht, dass dieser kleine Durchgang nicht verschlossen war. Zielstrebig hielt er auf die Tür zu. Mit jedem Schritt, mit dem sich Calvez dem Tor näherte, versuchte er mehr von dem zu erkennen, was sich hinter der Mauer verbarg. Er war enttäuscht, dass er nur einen kleinen Ausschnitt der Anlage einigermaßen einsehen konnte und dennoch war das Wenige, das er sah, so beeindruckend, dass er ein Zittern in den Beinen spürte.

Direkt in der Flucht des Tores führte ein gerader Weg zu jenem merkwürdigen Turm, den er bereits vom Meer aus gesehen hatte. Nun aber erkannte er, dass diese gewaltige runde Säule kein Turm, sondern der wahre Gipfel des Tempelberges war. Ebenso wie die Felswand zuvor war auch die Spitze des Berges von den Inselbewohnern in der Vergangenheit bearbeitet worden. Sie schien kreisrund, eben wie eine Säule, und nur in der Verlängerung des Weges führte eine breite und lange Treppe zum abgeflachten Gipfel. Unwillkürlich erwartete Calvez am Ende der Treppe einen Altar oder ein Kreuz zu finden, doch es gab nichts zu sehen.

Ein kalter Schauer kroch über seinen Rücken. Welch heidnischer Eifer mochte die Vorfahren ihrer Gastgeber zu solch übermenschlichen Anstrengungen getrieben haben? Wie lange hatten sie gebraucht, um den gesamten Gipfel so zu formen, dass es ihren Vorstellungen entsprach? Welchem Zweck diente der freie Platz auf dem Gipfel? Er kannte bisher keinen Grund, an der Hilfsbereitschaft und Menschenliebe der Priester zu zweifeln und dennoch wucherte in ihm ein Gefühl von Misstrauen und Angst, und so sehr er sich dagegen sträubte, so sehr hämmerte in seinem Kopf das Wort »Menschenopfer«. Wieder dachte er daran, wie der Priester den Jungen von ihm fortgetrieben hatte.

Zweifel und Fragen türmten sich in seinem Hirn, Gedanken überschlugen sich und Calvez bemerkte kaum, dass er nur noch wenige

Schritte von der Tür entfernt war. Ein Novize stürzte heraus und riss verlegen, fast ängstlich die Tür hinter sich zu.

Der Admiral war so überrascht von dem plötzlichen Erscheinen des Novizen, dessen seltsamem Gehabe, dass er einige Zeit benötigte, sein Anliegen vorzubringen.

Schließlich nickte der junge Mann, öffnete die kleine Tür gerade so weit, dass er sich durchzwängen konnte und verschwand. Bald darauf kehrte er im Gefolge eines Priesters zurück. Calvez erkannte den Mann in dem weißen Gewand sofort, es war der Oberpriester, der auch sein Bein gepflegt hatte und alle Entscheidungen traf.

Der freundliche, gütige Blick, diese Ruhe in den Augen und in den Bewegungen, im Nu waren Calvez Befürchtungen von Menschenopfern und blutigen Ritualen zerstreut. Er deutete stolz auf sein verheiltes Bein, zeigte, wie gut er es wieder bewegen konnte. Immer wieder verbeugte er sich, bis ihm der Priester eine Hand auf die Schulter legte. Die Dankbarkeit des Admirals schien ihm unangenehm.

Wie sollte er sein Gegenüber ansprechen? Er deutete auf sich selbst, nannte seinen Namen und als er den Eindruck hatte, dass sein Gegenüber nicht verstand, beschrieb er De Manoz und äußerte dessen Namen. Schließlich erhellte sich die Miene des Priesters.

Er deutete auf seine Brust: »Maktonatl.« Noch einige Male wiederholten sie gegenseitig ihre Namen, bis jeglicher Zweifel an der Richtigkeit ausgeschlossen war. Dann begann Calvez, wieder in Zeichensprache, sein Anliegen zu schildern.

Er malte mit der Hand ein Rad in die Luft, mit einem Stein einen Wagen und einen Reif in die dünne Erdkruste, doch Maktonatl verstand nicht. Calvez kramte einen Excelente aus seiner Jackentasche und ließ ihn auf einem ebenen Stück Fels auf der Kante rollen – der Oberpriester schaute ihn verwundert an. Der Admiral gab auf, kein

Zweifel, sein Gegenüber wusste nicht, was er ihm erklären wollte. Schließlich zeigte Calvez, dass er und seine Männer ein solches rundes Ding bauen wollten, er sägte und hämmerte mit weit ausholenden Bewegungen in der Luft. Nach einer Weile nickte Maktonatl freundlich, aber teilnahmslos. Calvez war zufrieden, er hatte die Zustimmung, die er wollte.

Beim Abstieg ins Tal dachte er über das Gesehene, über den Verlauf des Gespräches mit Maktonatl nach. Seine Angst, die Priester könnten Menschenopfer bringen, erschien ihm mittlerweile absurd. Zu klug, zu hilfsbereit und zu freundlich erschienen ihm die Einheimischen, als dass sie zu solchen Gräueltaten fähig wären.

KAPITEL 6

Am Abend setzte sich Calvez mit dem Schiffszimmermann zusammen, um zu planen, wie der Wagen aussehen sollte, welches Material benötigt würde.

»Was? Die Priester wissen nicht, was ein Rad ist? Das kann ich kaum glauben, Admiral.«

»Doch, so ist es, oder habt Ihr auf der Insel schon einmal einen Wagen oder etwas Ähnliches gesehen? Ihr wisst doch, selbst die schweren Steine, die man uns für den Bau unserer Kaserne liefert, werden getragen.«

»Aber ich dachte immer, die Priester seien kluge Köpfe … und jetzt das.«

»Ich bin noch immer überzeugt, dass die Priester über einiges Wissen verfügen, das uns unbekannt ist. Umso mehr sollten wir uns darüber freuen, ihnen nun zeigen zu können, dass wir auch nicht ganz dumm sind. Was meint Ihr?«

»Ihr habt recht, Admiral. Bedenkt jedoch bitte, ich bin kein Wagenbauer.«

»Beruhigt Euch. Der Karren, den Ihr bauen sollt, muss kein Schmuckstück sein, in dem unsere königliche Hoheit am Sonntag vor der Kathedrale vorfährt. Wichtig ist nur, dass er stabil ist und mehr als einen Stein transportieren kann. Ich denke, es wäre unendlich peinlich, wenn unser groß angepriesenes Meisterwerk vor den Augen der Priester beim ersten Einsatz zusammenbrechen würde.«

Der Schiffszimmermann lachte auf. »Das ist sicher. Doch was ich sagen wollte, ist, dass ich nicht wüsste, wie wir ein Fuhrwerk mit zwei Achsen bauen sollen. Die vordere Achse müsste lenkbar sein. Ich hätte zwar eine Idee, wie wir das anstellen könnten, zweifle jedoch, ob der Wagen dann stabil genug wäre.«

Calvez grübelte. »Was schlagen Sie vor?«

»Seht, Admiral, wir haben keine Ochsen, die den Wagen ziehen können. Aber nur ein schwerer Karren ist auch stabil genug, um mehrere Steine zu tragen. Deshalb sollten wir an Gewicht sparen, wo wir nur können, ohne dass die Haltbarkeit leidet. Ich frage mich, ob nicht ein Einachser für unsere Zwecke ausreichend wäre.«

»Nur eine Achse?«

»Warum nicht? Der Wagen ließe sich ohne großen Aufwand steuern und wir könnten das Gewicht für zwei Räder und eine Achse einsparen.«

»Das stimmt, fangt gleich morgen früh an. Wenn Ihr Hilfe braucht, sucht Euch einige Männer zur Unterstützung.«

Nach nur einer Woche hatte der Schiffszimmermann ein kleines Meisterwerk vollbracht. Zuerst war Calvez entsetzt. Das plumpe Gefährt entsprach kaum dem, was er sich unter einem Karren vorgestellt hatte. Für die Achse wurde ein Teil eines Ersatzmastes der San Cristobal verarbeitet. Der fast oberschenkeldicke Stamm würde sicherlich nicht leicht brechen. Die Räder waren aus massiven Planken der San Cristobal zusammengesetzt, jeweils so breit wie drei Finger. Diesem stabilen Gerüst stand ein leichter Aufbau gegenüber. Der Boden bestand lediglich aus sechs Bohlen, und vier gekürzte

Rahen bildeten die Einfassung, sodass die Steine nicht herabrutschen konnten.

Der Zimmermann hatte die Steine vermessen und den Wagen so breit gebaut, dass die Felsquader quer auf den Karren geladen werden konnten. Da die Achse mit Sicherheit dem enormen Gewicht von gar zehn Steinen gewachsen war, sollte die Hauptlast beim Transport auch über der Achse gelagert werden. So entstand ein nahezu quadratischer Aufbau mit einer Seitenlänge von etwas mehr als zwei Schritten.

Calvez hielt den Wagen noch versteckt. Bevor er den Priestern vorgeführt werden würde, wollte er den Karren prüfen. In der Abenddämmerung wurden acht Steinquader aufgeladen, das Fuhrwerk von vier kräftigen Soldaten einige Male hin- und hergezogen und Calvez war mit dem Ergebnis zufrieden.

Schon im Morgengrauen schickte er einen Boten zu den Priestern.

»Richtet den Priestern aus, dass wir ihnen etwas zeigen wollen. Versucht ihnen klarzumachen, dass wir uns am Steinbruch treffen wollen. Wenn Ihr Euch nicht verständlich machen könnt, führt sie einfach zu uns. Und vergesst auf keinen Fall die Begrüßung. Soll ich Euch noch einige Zeichen vorführen, damit Ihr Euch besser verständigen könnt?«

Der Soldat lächelte amüsiert.

»Keine Sorge, Admiral, die Priester haben meine entzündeten Wunden gepflegt und geheilt. Ich werde es sicherlich nicht an Hochachtung und Höflichkeit fehlen lassen. Und unser einfaches Anliegen werde ich zu übermitteln wissen.«

Der Bote brach auf und Calvez machte sich mit zehn anderen Soldaten und dem Karren auf den Weg zu den Steinbrüchen. Sie nahmen das Gefährt in ihre Mitte, damit es zunächst den neugierigen Blicken der Inselbewohner einigermaßen verborgen blieb.

Knapp zwei Stunden harrten sie am Steinbruch aus, dann näherte sich, angeführt von Maktonatl, eine kleine Prozession aus weißen und gelben Gewändern. Das Begrüßungsritual war höflich wie stets, doch das Zeremoniell war nicht mehr so förmlich und steif, sondern herzlicher und humorvoller.

Maktonatl schaute Calvez fragend an. Der Admiral gab seinen Männern ein Zeichen von dem Wagen wegzutreten. Maktonatl nickte anerkennend, doch es war unübersehbar, dass dies mehr ein Akt der Höflichkeit war. Der Sinn und Zweck der seltsamen Konstruktion war ihm immer noch nicht ersichtlich.

»Männer, beladet den Karren!«

Die Soldaten stapften zu dem nächstliegenden Stein und hoben ihn mit vor Anstrengung verzerrten Gesichtern an. Sofort eilten einige Einheimische herbei, um zu helfen. Der erste Quader wurde auf den Wagen gehoben. Die Inselbewohner zogen sich zurück, um zu sehen, wie es weitergehen würde. Sie zeigten sich verwundert, dass die Soldaten einen zweiten Stein anhoben. Erst nach einer Weile erhielten sie Unterstützung von den Insulanern. Die meisten schauten nur ängstlich zu, wie der zweite Fels auf dem Wagen abgeladen wurde.

Fast ungläubig halfen sie, den Karren auch mit einem dritten Stein zu bepacken. Keiner ihrer Gastgeber schien zu verstehen, was Calvez und seine Männer bezweckten.

Sie luden teilnahmslos einen vierten, fünften und sechsten Quader auf. Dann zeigte der Admiral, dass es genug sei. Niemand wusste, wie sich das Gefährt mit diesem Gewicht bei Steigungen und Gefällen steuern und kontrollieren ließ.

Vier Mann begannen nun, den Wagen zu schieben, die übrigen Soldaten blieben in der Nähe, um beim Bremsen oder zusätzlichen Anschieben einspringen zu können. Als der Karren ins Rollen kam, verstummte das Gemurmel unter den Inselbewohnern. Mit offenen Mündern und erstaunten Gesichtern sahen sie zu, dass nur vier Männer statt einem Quader nun sechs schwere Steine fortbewegen konnten. Auch die Priester, sonst Meister der Selbstbeherrschung, konnten ihre Verwunderung kaum verbergen. Ihre meist steinernen Gesichter zeigten deutliche Regungen des Erstaunens und sie beobachteten, wie der Wagen Schritt um Schritt weitergeschoben wurde. Immer wieder steckten einige von ihnen die Köpfe zusammen und tuschelten.

Wie eine Prozession dem getragenen Kreuz folgt, schlossen sich Calvez und die Priester dem Karren und den Soldaten an, gefolgt von weiteren Inselbewohnern. Ein Festumzug hätte nicht mehr Aufmerksamkeit finden können. Jeder der Einheimischen, der die seltsame Konstruktion und die nachfolgenden Priester sah, schloss sich dem Zug an. Immer länger wurde die Menschenschlange, die inzwischen das Dorf erreicht hatte.

Die Soldaten, die den Wagen schoben und zogen, hatten sicherlich schwere Arbeit zu leisten, dennoch winkten sie, wenn es das Gelände zuließ, in Richtung der Menschen, die mit offenen Mündern am Straßenrand staunten. Calvez wusste nicht, wie er sich verhalten sollte. Einerseits war er mindestens ebenso stolz wie die Soldaten, andererseits schien ihm das Verhalten seiner Männer fast angeberisch. Auf keinen Fall durfte bei den Priestern der Eindruck entstehen, man hielte sie für dumm und fühle sich ihrem Wissen überlegen.

Er ließ sich etwas zurückfallen, bis er neben Maktonatl lief. Einmal mehr ärgerte er sich, dass bisher lediglich die Verständigung über Zeichen möglich war. Mühsam versuchte er dem Oberpriester zu vermitteln, dass man die Hilfe der Inselbewohner gern annähme, sollten sie jedoch auf den Feldern gebraucht werden, könnten die

Soldaten die Steine selbst abholen. Er mühte sich zu zeigen, dass der Wagen selbstverständlich auf der Insel bleiben und auch dem Inselvolk zur Verfügung stehen sollte. Der Priester nickte immerzu, doch blieben Zweifel zurück, ob Maktonatl alles verstanden hatte.

Die Menge erreichte die Landzunge und den zurückgebliebenen Soldaten war die Überraschung über den Menschenauflauf anzusehen. Der Karren wurde entladen und dann von den Priestern eingehend untersucht. Sie nickten anerkennend, schienen jedoch unschlüssig, welchen weiteren Nutzen das Gefährt für die Bewohner der Insel haben könnte. Abgesehen davon, dass der Weiterbau der Kaserne wegen der Menschenmassen ruhte, hatten sie genügend Steine für die nächsten Stunden, der Wagen wurde nicht sofort für einen weiteren Transport von Baumaterialien benötigt. Dies gab die Möglichkeit, den Nutzen des Karrens zu demonstrieren.

Calvez ließ mehrere Wasserfässer auf das Gefährt laden und schickte einige Matrosen zur Quelle im Osten der Insel. Als die Männer mit neun gefüllten Wasserfässern zurückkehrten, die den Durst von wohl eintausend Menschen stillen konnten, waren die letzten Vorbehalte der Priester dem Gefährt gegenüber beseitigt.

KAPITEL 7

Seit seinem Besuch bei den Priestern spekulierte Calvez, was wohl hinter den Mauern der Tempelanlage vor sich ging. Die Neugier quälte ihn, aber von den Priestern war keine Aufklärung zu erwarten. Sie hüteten ihre Geheimnisse und sicherlich würde eine offene Nachfrage nicht nur ohne Antwort bleiben, sondern auch das gewachsene Vertrauen gefährden. Die Priester hatten die Gestrandeten ohne Vorbehalte aufgenommen. Allzu viel Neugier würde sicher als Verstoß gegen die Regeln und Traditionen der Inselbewohner verstanden.

Auch von den einfachen Bauern war nicht zu erwarten, dass sie Genaueres über die Geheimnisse der Priester wussten. Die Spanier waren die ersten Fremden, die auf der Insel gelandet waren, deshalb war davon auszugehen, dass die Mauer keinen Schutz gegen etwaige Eroberer darstellen sollte, sondern lediglich die Priesterschaft von den übrigen Bewohnern trennte.

Auf seinen Rundgängen hatte der Admiral entdeckt, dass man vom Ende der Landzunge den Gipfel samt seiner eindrucksvollen Treppe teilweise einsehen konnte. Die Entfernung zwischen Gipfel und Landzunge war zu groß, um Einzelheiten zu erkennen, dennoch beobachtete Calvez, wie Priester und Novizen Pflanzen und

Büsche am Rande der Tempelanlage pflegten und er glaubte sogar, das Dach eines großen Gebäudes auszumachen. Doch im Großen und Ganzen schien das Leben der Priester und Novizen eher ereignislos zu verlaufen.

Calvez wusste nicht, was es war, dass er sich mit diesen Erkenntnissen nicht zufriedengeben konnte. Vielleicht war es das Geheimnis, das die Priester dort hüteten. Und dass sie kein Geheimnis hatten, dass sie nichts vor den Inselbewohnern und den Fremden verbargen, das schloss er aus.

Jede freie Minute, in der er sich unbeachtet wusste, schlich er zu seinem Beobachtungspunkt. Es war der fünfte Tag, an dem er von seinem Ausblick das Leben der Priester studierte, etwa eine Stunde vor Sonnenuntergang. Unwillkürlich spannte sich alles in ihm an, er krampfte die Hände zusammen. Ohne Zweifel, ein Priester stieg die Treppe zum Gipfel hinauf. Aufgeregt beobachtete Calvez, wie der Prediger Stufe für Stufe nahm. Was würde auf dem Gipfel geschehen, welche Geheimnisse würden sich offenbaren?

Der Mönch kniete nieder oder bückte sich. Calvez fluchte innerlich. Nur einhundert Schritte näher und er könnte alles genau erkennen. Aber aus dieser Entfernung waren alle Beobachtungen vage. Eine ganze Weile kauerte der Priester auf dem Boden und dann, wie aus dem Nichts, war er nicht mehr alleine auf dem Gipfel. Der Admiral schirmte die Augen mit der Hand ab, da die Sonne ihn blendete und ihm die Sicht erschwerte. Kein Zweifel, nun stand ein zweiter Mönch auf dem Gipfel. Doch wo war er hergekommen? Auf der abgeflachten Spitze des Berges konnte Calvez weder ein Haus noch einen sonstigen Unterschlupf ausmachen. Die beiden Männer setzten sich nieder und schienen sich zu beraten. Zu gerne hätte Calvez erfahren, worüber die beiden sprachen. Redeten sie auch über ihn, die

Soldaten und Matrosen oder über den Wagen, den Fortschritt beim Bau der Kaserne?

Kurz bevor die Sonne unterging, beendeten die Männer ihr Treffen. Ebenso unvermittelt wie einer der Priester erschienen war, verschwand er wieder, einfach so, als sei er vom Berg verschluckt worden. Der zweite Mönch wartete noch einen kurzen Moment und stieg dann die Treppen hinab.

Allabendlich schlich der Admiral nun zum Ende der Landzunge. Jedes Mal wurde er Zeuge des gleichen Schauspiels. Eine Stunde vor Sonnenuntergang stieg ein Priester die Treppe hinauf, aus dem Nichts erschien ein zweiter, der zum Ende der Besprechung ebenso geheimnisvoll wieder verschwand.

Calvez wollte sich schon leicht resigniert damit abfinden, dass er die Geheimnisse der Priesterschaft wohl nicht würde ergründen können, als sich eines Morgens eine Wendung anzubahnen schien. Obwohl die Sonne gerade erst aufgegangen war, liefen schon Novizen durch das Dorf und die Plantagen. Sie riefen die Bewohner zu einer Versammlung und hielten eine kurze Rede. Egal, ob sie vorher daheim, beim Harken des Bodens oder bei der Aussaat gewesen waren, die Bauern ließen alles stehen und liegen und eilten nach Hause.

Calvez verfolgte dieses Verhalten mit Interesse und er musste sich nicht lange gedulden, denn ein Novize kam überraschend zur Kaserne und versuchte, ihm etwas mitzuteilen. Immer wieder quälte er sich mit den gleichen Zeichen, welche Calvez nicht ansatzweise begriff, und als der junge Mann schließlich erkennen musste, dass der Admiral nicht verstand, ahmte er die Bewegung für Essen und Trinken nach und wies mit der Hand zweifelsfrei auf den Gipfel.

Essen und Trinken. Soldaten und Matrosen waren zu einem Fest auf den Gipfel eingeladen. Calvez versicherte sich mehrmals, ob er die Zeichen des Boten richtig verstanden hatte, dann konnte er seine Aufregung kaum noch zügeln. Er dankte dem jungen Mann und stürzte los, um die übrigen Männer von der Einladung zu unterrichten. Fast rannte er Hauptmann Vazevar über den Haufen.

»Stellt Euch vor, Hauptmann, wir wurden soeben zu einer Feier auf den Gipfel des Berges eingeladen. Soweit ich den Boten verstanden habe, soll es zu trinken und zu essen geben. Der Anlass der Feier ist mir allerdings nicht bekannt.«

»Seid Ihr sicher, Admiral? Sonst hüten die Priester doch ihre Geheimnisse wie ihren Augapfel. Warum sollten sie uns nun einladen?«

»Ich weiß es auch nicht. Aber ich habe mich bei dem Novizen mehrfach versichert, dass es kein Irrtum ist. Sie wollen uns tatsächlich dabeihaben. Bei was auch immer.«

Vazevar grübelte, doch in seinen Augen flackerte zunehmend Begeisterung auf.

»Das wäre eine Sensation, wenn wir die Tempel endlich sehen könnten, erfahren würden, was die Priester machen und wie sie leben.«

»Das sehe ich ebenso, Hauptmann. Ich denke, wir sollten auch Soldaten und Matrosen unterrichten und ihnen freistellen, ob sie mitkommen wollen oder nicht.«

»Verzeiht, Admiral, ich stimme Euch grundsätzlich zu. Doch würde General De Manoz erfahren, dass ich allen Männern die Wahl überließe, ob sie feiern wollen oder nicht, ich glaube, er würde mich umbringen. Ich fürchte nicht, dass uns unsere Gastgeber Übles wollen, dennoch hat mich der General gelehrt, auch in scheinbar friedfertigen Momenten wachsam und vorsichtig zu sein.«

Calvez schaute Vazevar verwundert an.

»Admiral, wir sollten darauf Wert legen, dass zumindest ein kleiner Trupp Soldaten hier verbleibt. Wir können die Kaserne und unsere Waffen nicht ungeschützt und unbeobachtet zurücklassen. Bei allem Vertrauen zu den Insulanern, es kann immer noch eine Falle sein.«

»Gut, sicher ist sicher, aber unsere Vorsicht sollte nicht so weit reichen, dass wir bis an die Zähne bewaffnet auf einer Feier erscheinen. Oder was denkt Ihr, Hauptmann?«

Vazevar rieb sich die Hände. Er quälte sich sichtlich, eine Entscheidung zu fällen.

»Ihr wisst, ich bin Soldat, daher vielleicht zu misstrauisch.«

»Bedenkt, Hauptmann, die Priester hatten ausreichend Gelegenheit, uns zu schaden.«

»Ich weiß, aber … Nun gut, die Männer, die zur Feier dürfen, sollen unbewaffnet gehen. Für den Rest jedoch gilt erhöhte Wachsamkeit. Ich werde meine Pistole mitnehmen, versteckt tragen und mit den Wachen ein Signal vereinbaren, sollte uns auf dem Gipfel Gefahr drohen.«

»Sehr gut. Ich habe die Aufregung unter den Bauern gesehen. Es scheint ein ganz besonderes Fest zu sein. Ich werde anordnen, dass die Matrosen und Soldaten ihre Kleidung pflegen und reinigen und ihr Erscheinungsbild dem besonderen Anlass anpassen.«

Calvez beobachtete, wie sich unter den Inselbewohnern eine freudige Unruhe ausbreitete, große Mengen an Ziegenfleisch, Gemüse und Obst wurden den Berg hinaufgetragen, und die bunte, aber schlichte Arbeitskleidung der Männer und Frauen wich Festbekleidung. Die Überwürfe waren mit unzähligen fingerdicken, geflochtenen Quasten verziert, jeder trug ein buntes Stirnband, in welches zwei oder vier unterschiedlich lange Federn eingearbeitet waren. Auf den Überhängen waren in Brusthöhe handlange, schmale Blätter fächerförmig angeordnet.

Vierundsechzig Soldaten und Matrosen waren entschlossen, Calvez und Vazevar auf den Berg zu folgen. Am Nachmittag schlossen sie sich den Einheimischen beim Aufstieg an.

Dem Admiral fiel ein kleiner Junge auf, dessen Gesicht weiß angemalt war. Der Knabe genoss ohne erklärbaren Grund die Aufmerksamkeit aller Alterskameraden und vieler Erwachsener. Es schien Calvez, als werde der Junge hofiert, jeder der Inselbewohner hatte etwas den Berg hinaufzutragen, lediglich der Junge nicht. Jeder näherte sich ihm in einer ehrfürchtigen Haltung, wie sie sonst nur den Priestern und Novizen gegenüber gezeigt wurde.

Eine scheinbar endlose Schlange Menschen wand sich den Berg hinauf. Immer nur zwei, drei Männer und Frauen konnten auf den schmalen Wegen am Rande der Felder nebeneinander herlaufen und so zog sich die Menschenkette. Calvez glaubte, die ersten Einheimischen müssten schon den Gipfel erreicht haben, während die letzten noch am Fuß des Berges darauf warteten, mit dem Aufstieg beginnen zu können. Und Letzterer erwies sich als anstrengend. Calvez und seine Männer schnauften. Doch es gab keine Gelegenheit, anzuhalten und zu pausieren, vor ihnen wurde das Tempo bestimmt und von hinten drängten weitere Einheimische nach.

Der Admiral versuchte, sich von dem kräftezehrenden Marsch abzulenken und die Inselbewohner zu beobachten. »Nun, Hauptmann, wie ist die Lage?«

»Gut, es gibt keine Anzeichen, die mich beunruhigen müssten, dennoch werde ich mein Misstrauen nicht los. Das muss wohl eine Berufskrankheit sein, mit der mich General De Manoz angesteckt hat.«

Vazevar lächelte gequält. Calvez klopfte dem Hauptmann aufmunternd auf die Schulter. »Sorgt Euch nicht. Wenn ich sehe, welche Mengen an Obst, Gemüse und Ziegenfleisch hinaufgeschleppt werden, glaube ich nicht, dass wir Opfer eines kannibalischen Rituals werden könnten.«

Vazevar lachte auf. »Wer weiß, wann die Priester das letzte Mal gefüttert wurden. Doch Spaß beiseite, mir wäre es wohler, wenn ich wenigstens verstehen würde, was die Fremden reden und wenn ich wüsste, was gefeiert wird.«

»Geduld, Hauptmann, wir werden es bald erfahren.«

Schnaufend nahmen sie die letzten Stufen zum Plateau vor der Mauer in Angriff. Für die meisten Soldaten und Seemänner war es das erste Mal, dass sie die Anlage sahen. Sie raunten und tuschelten beeindruckt. Einmal glaubte Calvez sogar, das Wort Gold verstanden zu haben. Er ärgerte sich über seine Nachlässigkeit, die Truppen nicht auf den Anblick der großen Mauer vorbereitet zu haben. Wenn sich in den Köpfen der Soldaten und Matrosen wilde Träume von Gold und Reichtum breitmachten, bedeutete das ein Risiko für den friedlichen Umgang mit den Insulanern. Noch mehr enttäuschte den Admiral, dass das große Tor zur Tempelanlage verschlossen war. Sollte er etwa wieder keine Möglichkeit haben, mehr von den Tempeln zu sehen? Wenigstens er!

Immer mehr Inselbewohner erreichten den Platz vor der Trennwand, suchten, wie es schien, nach Freunden und Verwandten, mit denen sie zusammen feiern wollten. Das Plateau war inzwischen gut bevölkert und nur noch vereinzelt stiegen Nachzügler auf. Das Geplapper und die Anspannung unter den Einheimischen wuchsen.

Ein dumpfer Trommelschlag ließ alle verstummen. Calvez erschrak und aus dem Augenwinkel sah er, wie Vazevar reflexartig unter seine Jacke griff, sich dann aber entspannte und seine Hand von der Pistole nahm. Calvez atmete erleichtert auf. Was auch immer hier gleich geschehen würde, es handelte sich für die Inselbewohner um eine große Sache. Da konnten sie als fremde Gäste leicht einen Fehler machen – mit nicht absehbaren Folgen.

Dreiundzwanzig Paukenschläge ertönten. Die Konzentration der Einheimischen richtete sich ausschließlich auf das große Tor. Nachdem das letzte Brummen der Pauke verhallt war, wurden langsam die beiden Flügel des Portals geöffnet. Wie von Geisterhand bewegt schwangen die Tore nach innen.

Calvez hatte erwartet, dass nun die Menschenmenge in die Tempelanlage drängen würde, er machte sich auf ein aufgeregtes Schieben und Stoßen gefasst. Doch niemand regte sich. Warum ging keiner hinein? Er beobachtete die Gesichter der Inselbewohner um sich herum. Sie machten keine Anstalten, auf das Tor zuzugehen, stattdessen starrten sie gebannt auf die große Treppe.

Nichts tat sich. Calvez suchte mit Blicken das Gelände hinter der Mauer ab. Vom Tor führte ein gerader, gepflasterter Weg auf den Gipfel zu. Links und rechts des Weges waren Gebäude symmetrisch angeordnet. Sein Blickfeld war eingeschränkt, dennoch war er sicher, dass vier der sechs Häuser deutlich größer waren als die, die er bisher auf der Insel gesehen hatte. Zwischen den Bauten waren kleine Gärten angelegt.

Unvermittelt setzte wieder Trommelschlagen ein. Das letzte Gemurmel der Menschen verstummte. Im langsam stampfenden Rhythmus der Trommeln schritten von irgendwo hinter dem Tor kommend Priester in Richtung der großen Treppe. Jeder schlug eine der Trommeln, die Gewänder waren schlicht und weiß wie immer. Calvez erkannte keinen speziellen Schmuck angesichts der Feier. Die Priester stellten sich links und rechts des Weges auf, der zur Treppe führte. Calvez zählte insgesamt zweiundzwanzig Priester. Sie bildeten ein Spalier. Alsdann begannen sie zu dem Trommelschlag zu singen, doch im Gegensatz zu dem schrillen Gesang, den Calvez von der Bergung der San Cristobal kannte, klang dieser dumpf und fast schwermütig.

Die Sonne schob sich hinter den Gipfel. Die Priester stimmten ein viertes Lied an. Hinter dem Tor traten erneut zwei Priester hervor und schritten durch das Spalier. Einer von ihnen trug einen Haarreif. Feierlich und im Rhythmus der Trommelschläge schritten sie die große Treppe hinauf. Als sie den Gipfel erreichten, endete der Gesang schlagartig. Der Priester mit dem Diadem rief etwas, nahm dann den Reif von seinem Haupt und setze ihn würdevoll einem anderen Priester auf.

Plötzlich schien aus dem Berg ein rötliches Licht zu leuchten. Die Farbe des Lichtes erinnerte Calvez an Feuer. Der Priester, der nun das Diadem trug, trat einen Schritt auf die Treppe zu und breitete ein weißes Tuch aus, auf welches ein seltsames Zeichen aufgemalt war. Das Tuch war so lang und breit, dass er es mit ausgestreckten Armen etwas oberhalb des Kopfes halten musste und dennoch ein großer Teil des Stoffes auf dem Boden hing. Calvez blieb keine Zeit, das Tuch näher zu studieren. Der Priester legte es gleich wieder zusammen und was Calvez nun sah, schien ihm unbegreiflich. Der Priester stand allein auf dem Gipfel und ebenso plötzlich, wie das rötliche Licht erschienen war, erlosch es. Der andere Priester war verschwunden, als hätte es ihn vorher nicht gegeben.

Die Inselbewohner führten Freudentänze auf und fielen sich glücklich in die Arme. In Calvez breitete sich ein Gefühl der Unsicherheit, der Angst und Beklemmung aus. Das seltsame Licht, das ein Feuer hätte sein können, das plötzliche Verschwinden eines Priesters – er erschrak bei dem Gedanken, Zeuge eines heidnischen Menschenopfers gewesen zu sein. Er schaute vorsichtig in die Gesichter seiner Männer und soweit er ihre Mimik deuten konnte, teilten sie seine Befürchtungen. Auch Vazevar war bleich und wirkte angespannt.

Calvez verspürte den Drang, die Feier sofort zu verlassen, zwang sich jedoch, zu bleiben, in der Hoffnung, eine Antwort auf dieses Rätsel zu erhalten. Trommeln und Gesang setzten wieder ein und der Priester stieg vom Gipfel herab. Er blieb in der Mitte des Spaliers der musizierenden Mönche stehen. Ein Novize trat von der Seite kommend an ihn heran und überreichte ihm ein Paket. Dann trat hinter dem Tor ein weiterer Novize hervor.

Die Musik verstummte. Der junge Mann stellte sich in die Mitte des Tores und rief den Menschen etwas zu. Dann drehte er sich um, schritt auf den Priester mit dem Haarreif zu und blieb vor ihm stehen. Er zog seinen gelben Überwurf aus. Der Priester entfaltete das Paket, ein weißer Überhang trat zutage, den er dem Novizen über den Kopf zog.

Erneut verfielen die Inselbewohner in lärmenden Jubel. Diese Zeremonie glaubte Calvez zu verstehen. Ein Novize war zum Priester ernannt worden. Es erschien auch einleuchtend. Ein Priester war gegangen und nun wurde ein Nachfolger ernannt. Umso mehr quälte ihn die Frage, was mit dem Priester auf dem Gipfel geschehen war.

Die Sonne war untergegangen und es begann rasch zu dunkeln. Die Novizen stellten Schalen entlang des Weges auf. Von der großen Treppe her erschienen zwei der künftigen Prediger mit Fackeln, die sie kurz in die Schalen tauchten. Sofort loderte in jedem Gefäß ein Feuer.

Die Mönche begannen wieder zu musizieren und unter den Anwesenden trat Ruhe ein. Der neu ernannte Priester trat aus dem Tor und schritt auf die Menge zu. Calvez entdeckte in der vordersten Reihe der Feiernden den Jungen mit dem weiß angemalten Gesicht. Der Priester blieb vor ihm stehen und sprach mit ihm. Dem Kind war die Furcht anzusehen. Der Prediger drehte sich um und ging zurück zum Tor. Der Junge musste von den Umstehenden immer wieder angestoßen und ermutigt werden, bis er endlich dem Mönch mit unsicheren Schritten folgte. Im Tor blieb der Priester stehen, und der Knabe begann sich ängstlich auszuziehen. Ein Novize reichte dem Priester ein gelbes Gewand, welches er dem Jungen anlegte.

Die Priester sangen noch drei Lieder und schritten bei dem letzten ebenso würdevoll von dem Festplatz, wie sie gekommen waren. Nun erschienen zwei Novizen und trugen einen großen Krug vor das Tor, in dem ein Feuer entzündet wurde. Zugleich löschte man das Feuer in den Schalen und zur großen Enttäuschung von Calvez wurde das Tor geschlossen. Er war so gefangen von den Ereignissen auf dem Gipfel, dass er es verpasst hatte, das Gelände hinter der Mauer ausgiebig zu studieren. Nun war es zu spät und er hegte die Befürchtung, eine einmalige Chance vertan zu haben.

Die Einheimischen drängten sich um den Krug und entzündeten Fackeln. Hier und da wurden Lagerfeuer entfacht, an denen Gemüse und Fleisch gebraten wurde. Immer wieder wurde Calvez Gebratenes angeboten, er brachte jedoch keinen Bissen hinunter. Die Zeremonie war zu Ende, doch nun begann die Feier der Inselbewohner. Sie waren in bester Stimmung, lachten und erzählten. Calvez war nicht zum Feiern zumute. Er suchte nach Vazevar.

»Admiral, mir scheinen unsere Gastgeber doch nicht so kultiviert, wie wir immer dachten.«

»Wie kommt Ihr darauf?«

»Das war doch eindeutig ein Menschenopfer, das Feuer, das plötzliche Verschwinden des Priesters.«

»Zugegeben, ich kann mir all das auch nicht erklären. Wir haben aber keine Beweise dafür, dass ein Priester getötet wurde, wenn auch manches darauf hindeutet.«

»Verzeiht, Admiral, wie könnt Ihr daran noch Zweifel haben? Jetzt, nach alledem, was wir gesehen haben!«

»Ich denke, wir sind alle sehr aufgeregt und verwundert. Wir sollten mit unseren Männern die Feier verlassen. In der Kaserne wollen wir nochmals über das Schauspiel sprechen, dessen Zeugen wir waren und überlegen, ob es nicht eine natürliche Erklärung für die Geschehnisse gibt.«

»Das wird das Beste sein, Admiral. Ich glaube, die Truppe ist verängstigt und jede weitere Minute auf dem Berg birgt die Gefahr, dass unsere Männer etwas Unbedachtes tun.«

Vazevar versammelte die Soldaten und Seeleute. Calvez warf einen letzten Blick auf die feiernde Menschenmenge. Immer wieder stiegen Inselbewohner zum großen Tor, reichten bereitstehenden Novizen Schalen mit gebratenem Fleisch und Gemüse. Die ausgelassene Stimmung wollte nicht zu dem dunklen Verdacht passen, den Vazevar und er hegten.

Im Schein ihrer Fackeln stiegen die Spanier den Berg hinab. Die Stimmung erschien Calvez gespenstisch. Niemand sagte etwas, kein Tuscheln oder Raunen, als ob die Männer fürchteten, mit einem Wort böse Geister heraufzubeschwören. Erst als sie die Kaserne erreicht hatten, löste sich die Anspannung und die zurückgebliebenen Kameraden wurden mit schaurigen Schilderungen über angebliche Gräueltaten überschüttet. Calvez wusste, er musste eingreifen. Zu sehr erinnerte er sich an Hojeda, der auf seinen Reisen jeden Fremden als Heiden bezeichnet und so seinen Männern einen Freibrief erteilt hatte, nach eigenem Gutdünken zu meucheln und morden.

»Hauptmann, ich weiß, es ist spät, doch es erscheint mir unumgänglich, dass wir noch heute Abend mit der Truppe sprechen. Lasst alle Mann zusammenkommen!«

Kein Soldat und kein Seemann ließ sich lange bitten. Alle waren gespannt, was der Admiral erklären wollte. Aufmerksam schauten sie ihn an.

»Männer, wir haben etwas gesehen, was wir uns nicht erklären können. Doch nur, weil wir etwas nicht verstehen, sollten wir die Priester nicht verurteilen, ihnen das Schlimmste unterstellen. Als wir verletzt, krank, hungrig und durstig auf dieser Insel strandeten und von den Priestern manchmal auf gar wundersame Weise geheilt wurden, haben wir sie auch nicht der schwarzen Magie bezichtigt. Bevor wir nun vorschnell urteilen, sollten wir uns überlegen, was wir gesehen haben und ob es nicht eine andere Erklärung dafür gibt.«

Jeder redete kreuz und quer und in dem Stimmengewirr war nicht viel zu verstehen.

»Halt, wir kommen nur weiter, wenn einer nach dem anderen spricht und nicht alle durcheinander.«

Calvez deutete auf einen Soldaten.

»Fange an zu berichten, was du gesehen hast.«

»Admiral, ich habe gesehen, wie auf dem Gipfel ein Feuer loderte und einer der Priester verbrannt wurde.«

»Hast du das wirklich gesehen?«, bohrte Calvez nach.

Der Soldat räusperte sich verlegen und wurde rot im Gesicht. »Sehen konnte ich es nicht, da ja ein Tuch vor Feuer und Priester gehalten wurde, aber …«

»Nichts aber, ich habe gefragt, was ihr gesehen habt. Du hast also nur ein Tuch gesehen. Hat jemand etwas anderes beobachtet?«

Der Soldat ließ nicht locker. »Aber das Tuch war weiß und plötzlich leuchtete es, als ob dahinter ein Feuer brenne und dann war plötzlich der Priester verschwunden.«

»Papperlapapp.« Der Steuermann drängte sich durch die Reihen.

»Wie soll denn der Priester so schnell ein Feuer entzünden und es hernach ohne Wasser so schnell löschen?«

»Woher sollen wir das wissen, woher soll uns die Magie bekannt sein?«, rief es aus der Menge.

»Unsinn«, brummte der Steuermann. »Ist einem von euch aufgefallen, dass die Sonne hinter dem Gipfel unterging? Die Farbe der Sonne ist schwerlich von der Farbe eines Feuers zu unterscheiden.«

»Aber wo ist dann der Priester?«

»Was weiß ich, aber solange ich keine Leiche gesehen habe …« Der Steuermann grübelte einen Moment. »Ich war mal in Alexandria und es gab Gerüchte, die Pest sei ausgebrochen. Jeder Tote wurde verbrannt. Habt ihr eine Ahnung, wie erbärmlich es stinkt, wenn ein Mensch verbrannt wird? Ich habe nichts gerochen vorhin.«

Calvez hätte den Steuermann umarmen können. Die Erklärung, dass die untergehende Sonne das Licht auf das Tuch gezaubert hatte, war die natürlichste der Welt. Warum war er nicht selbst darauf gekommen? Wie konnte er leichtfertig an den Priestern zweifeln? Dennoch nagte die Frage an ihm, wie das plötzliche Verschwinden des Mönchs zu erklären sei. Er grübelte und rätselte, während unter den Soldaten und Matrosen noch heftig gestritten wurde.

Vazevar schien hilf- und ratlos, er verfolgte die Gespräche, ohne einzugreifen oder sie so zu lenken, dass das Misstrauen gegen die Inselbewohner abgebaut wurde. Plötzlich fiel es Calvez wie Schuppen von den Augen.

»Wie kommt ihr eigentlich auf die Idee, dass der Priester tot sei? Wir können nicht auf den Gipfel sehen, wissen nicht, ob vielleicht eine kleine Hütte darauf steht.«

Einige Soldaten und Matrosen machten abwertende Handbewegungen.

»Vielleicht auch eine Festung, Admiral?«

»Lasst mich ausreden. Vom Ende der Landzunge könnt ihr den oberen Teil des Gipfels beobachten. Ich habe dies in den letzten Tagen mehrfach getan. Jeden Abend eine Stunde vor Sonnenuntergang steigt ein Priester die Treppe hinauf. Doch plötzlich erscheint ein zweiter Mönch auf dem Gipfel. Und so oft ich dies auch beobachtet habe, ich weiß bis heute nicht, woher der zweite Priester kommt. Vielleicht habt ihr eine Erklärung, doch bleibt mir mit Hexerei und schwarzer Magie vom Leib.«

Vazevar starrte ihn an. »Stimmt das, Admiral?«

»Überzeugt Euch selbst, Hauptmann. Auch jeder Soldat und Matrose kann sich diesen Ablauf ansehen. Doch seid unauffällig und vorsichtig. Ich kann mir vorstellen, dass die Priester wenig begeistert sind, wenn sie herausfinden, dass wir sie beobachten.«

Vazevar war wie verwandelt. Seine Zweifel schienen wie weggeblasen.

»Der Admiral hat recht. Meinetwegen kann jeder von euch einmal beobachten, was er euch beschrieben hat. Doch täuscht zumindest vor, ihr würdet arbeiten und starrt nicht allzu auffällig zum Gipfel.«

Zwei Tage war Erik zu erschöpft, um sich seinen Aufzeichnungen zu widmen, auch kein Traum suchte ihn heim, so machte er Pause. Er ging zum Hotel, traf dort auf der Terrasse Paco, den Reiseführer und Busfahrer, der eine Limonade trank.

»Na, haben Sie heute frei? Wie geht es so?« Erik schüttelte ihm die Hand.

Paco lächelte. »Ich habe immer frei oder auch nie. Nein, ich hatte einfach Durst und fahre erst in einer Stunde los. Wollen Sie mit?«

Erik winkte ab und setzte sich zu ihm. »Ich muss arbeiten.«

»Sie?« Paco musterte ihn verblüfft. »Sind Sie nicht hier, um Ferien zu machen?«

»Bitte auch einen Saft«, sagte Erik zur Bedienung. »Tja, eigentlich schon. Nur …« Sollte er dem jungen Mann von seinen nächtlichen Abenteuern erzählen? Er zögerte.

»Nur?«, wiederholte Paco.

Erik trank langsam, um Zeit zu gewinnen, sich zu entscheiden, das ›nur‹ auszuführen. Stellte das leere Glas weg. »Ich, nun ich träume sehr ausdrucksvoll, das schreibe ich dann auf. Vielleicht wird es ein Roman.«

Paco lachte auf. »Ah, Sie gehen Ihrem Hobby nach. Verstehe. Was träumen Sie denn?«

»Von der Vergangenheit eurer Isla de Cascades.«

Plötzlich saßen sie wie in einem Vakuum da. Die Luft war zum Schneiden dick geworden. Paco starrte ihn an. Erik ahnte, dass er einen Fehler gemacht hatte.

»Ach«, durchbrach er die Stille, »vergessen Sie es. Hab nur einen Witz gemacht.«

Das schien Paco zu erleichtern, er seufzte. »Das hoffe ich doch. Muss jetzt zum Bus, man sieht sich.«

Auf dem Heimweg schwor Erik sich, niemals mehr ein Wort über die Träume zu verlieren. Am nächsten Morgen machte er sich wieder an die Arbeit.

KAPITEL 8

ie Zweifel und Ängste unter den Soldaten und Matrosen schienen ausgeräumt. Sie lachten, bezichtigten sich selbst der Torheit und Dummheit, waren ausgelassen und scherzten. Auch Calvez redete sich ein, dass es für das Gesehene eine natürliche und einfache Erklärung gab, dennoch nagten letzte Zweifel an ihm.

In der Nacht wälzte er sich hin und her und kämpfte mit der Ungewissheit, träumte von Strömen aus Blut, die sich die große Treppe herabstürzten, von Priestern hinter schaurigen Masken. Novizen trieben Männer und Frauen vor sich her, direkt in die Arme der Prediger, die bereits mit gezückten Messern auf ihre Opfer warteten, und er selbst war unter den Gejagten.

Am nächsten Morgen fühlte er sich völlig übernächtigt und musste sich eingestehen, dass er nicht in der Lage war, auch nur einen klaren Gedanken zu fassen, solange die Ungewissheit über die Ereignisse vom Vortag nicht beseitigt war. Bräche er auch ein Tabu, er musste die Priester aufsuchen und mit ihnen über ihren Glauben sprechen, darüber, welche Opfer ihre Götter forderten. Doch die Priester kamen ihm zuvor.

Calvez hatte sich gerade zum Aufbruch vorbereitet, als ihm ein Priester und zwei Novizen gemeldet wurden. Der Priester begrüßte ihn freundlich, nahezu herzlich und als Calvez in seine friedlichen Augen sah, schienen ihm seine Ängste vom Vorabend absurd. Nachdem die Begrüßungszeremonie beendet war, deutete der Prediger mit seiner Hand auf seine Brust: »Maktonatl!«

Calvez verstand nicht. Der Maktonatl, den er kannte, war älter und hatte keine Ähnlichkeit mit dem Mann, der nun vor ihm stand. Aber kein Zweifel, der Priester wiederholte seine Geste mehrfach, deutete auf Calvez: »Calvez«, dann auf sich selbst: »Maktonatl«.

Langsam wurde klar, was der Mönch sagen wollte. Ebenso, wie Calvez Admiral war, so schien Maktonatl kein Eigenname zu sein, sondern ein Titel.

Diese Erkenntnis stürzte ihn erneut in Verzweiflung. Schlagartig wurde ihm klar, welcher der Priester am Vorabend plötzlich verschwunden war und wenn dieser nun einen Nachfolger hatte, was war mit dem alten Maktonatl geschehen, wenn er noch lebte? Auch den Papst konnte man nicht einfach absetzen und einen anderen Kardinal zum Heiligen Vater ernennen. Das Wort »Menschenopfer« schlich sich wieder in sein Gehirn.

Die Verwirrung des Admirals nahm zu, als der Prediger ihm den Grund seines Besuches darlegte.

In seinem Gefolge waren zwei Novizen. Der große, kräftige junge Mann mit den aufmerksamen Augen wurde als Coxlan vorgestellt. Der zweite Novize mit Namen Makkas war kleiner, von untersetzter Statur. Er wirkte etwas bäuerlich, behäbig, doch in seinen Augen lag der Schalk.

Ohne Umschweife machte der Maktonatl sein Anliegen deutlich. Die Novizen sollten in spanischer Sprache und im Schreiben unterrichtet werden. Calvez wollte es nicht glauben, aber die Zeichen des Priesters waren unmissverständlich. Er war wie vor den Kopf gestoßen. Als er noch vor Kurzem dem kleinen Jungen das Schreiben hatte beibringen wollen, war die Priesterschaft dagegen gewesen, und nun baten sie ihn darum, zwei Novizen zu unterrichten.

Obwohl ihm der Sinneswandel der Mönche immer noch unverständlich blieb, willigte der Admiral sofort ein. Nur wenn sich Spanier und Einheimische verständigen konnten, bestand die Möglichkeit, Missverständnisse auszuräumen, im schlimmsten Fall auch bittere Gewissheit zu erlangen.

In den nächsten Wochen unterrichteten Calvez und Vazevar die beiden Novizen tagtäglich nahezu fünf Stunden. Auch wenn das Schreiben Coxlan und Makkas erhebliche Schwierigkeiten bereitete, so waren ihre Lehrer überrascht, mit welcher Geschwindigkeit sie die spanische Sprache erlernten. War der Unterricht bei Calvez und Vazevar zu Ende, nutzten die Novizen jede Möglichkeit, sich mit Soldaten oder Matrosen zu verständigen.

Die Angst innerhalb der Mannschaft vor Menschenopfern der Inselbewohner schien verflogen. Nachdem die Männer eine Woche lang das seltsame Treiben auf dem Gipfel beobachtet hatten, sprach niemand mehr über das Ereignis am Tag des Festes. Und doch musste der Admiral feststellen, dass es Wochen dauerte, bis das Verhältnis der Soldaten und Matrosen zu den Inselbewohnern wieder so ungezwungen und freundschaftlich war wie vor der Feier. Auch Calvez konnte seine Verspanntheit nicht ablegen, wenn er den Novizen Unterricht erteilte oder mit den Priestern verhandelte. Die eigene Unentschlossenheit machte ihn mürrisch und unausgeglichen. Er nannte sich einen Narren und Heuchler. Wie oft hatte er bereits miterlebt, dass Menschen sinnlos abgeschlachtet worden waren. Wie oft war er dabei gewesen, wenn Blut im Namen Gottes floss.

Und jetzt konnte er sich nicht beruhigen, weil ein Priester verschwunden war und er sich dies nicht erklären konnte. Die Unleidlichkeit des Admirals machte sich auch bei den Soldaten bemerkbar.

Er nörgelte an Kleinigkeiten herum, zog sich schlussendlich von der Truppe zurück, bis Vazevar ihn zur Rede stellte. »Admiral, was beschäftigt Euch? Ihr habt Euch in den letzten Wochen verändert.«

»Ach was, ich bin nur erschöpft.«

»Verzeiht, das scheint mir nur die halbe Wahrheit zu sein. Ich kenne Euch nun schon über ein halbes Jahr, doch so habe ich Euch noch nicht erlebt.«

»Nun gut, Euch will ich mich anvertrauen. Ihr erinnert Euch noch an den Oberpriester, mit dem wir früher stets verhandelt haben?«

»Ja Admiral. Aber ich habe ihn seit Langem nicht gesehen. Vielleicht ist er krank.«

»Nein, er ist nicht krank. Er war der Priester, der auf dem Fest plötzlich verschwunden ist. Der Prediger mit der kleinen Narbe am Kinn, der uns immer besucht, ist sein Nachfolger. Ich kann mir immer noch nicht erklären, was mit dem alten Mann geschehen ist.«

»Warum fragt Ihr nicht Coxlan oder Makkas. Die beiden sprechen unsere Sprache inzwischen gut genug, um eine solch einfache Frage zu beantworten.«

»Eine Diskussion über Glaubensfragen, und das wäre meine Frage letztendlich, scheint mir verfrüht. Ein falsch verstandenes Wort könnte die guten Beziehungen zur Inselbevölkerung belasten.«

»Aber Ihr müsst mit den Novizen nicht den Glauben erörtern. Ihr müsstet sie nur fragen, was mit dem alten Priester passiert ist, ob er getötet wurde oder noch lebt.«

»Und was hätte ich davon, wenn sie mir die Frage beantworten würden, Hauptmann? Hätten die Priester den alten Maktonatl nicht getötet, wüsste ich nicht, ob ich dies glauben solle, da wir ihn nicht mehr gesehen haben. Erklären mir die Novizen, dass ihre Götter Menschenopfer fordern, könnte ich vor Angst kaum mehr schlafen. Wir können die Insel nicht verlassen. Ich bin sicher, die Priester kennen Gifte, mit denen sie uns alle ausrotten könnten. Und die Lage des Tempels scheint mir militärisch gut gewählt.«

»Das ist sie mit Sicherheit, Admiral. Von hier unten oder vom Meer aus könnten unsere Kanonen keinen Schaden anrichten. Wollten wir mit den Truppen direkt angreifen, wäre es, als müssten wir durch einen Hohlweg ziehen. Wer immer sich auf dem Gelände der Priester aufhält, müsste lediglich einige Felsen über den Abhang rollen, um einen Großteil der Angreifer zu vernichten.«

»Schön, Hauptmann. Was hätte ich dann davon, wenn ich die Novizen frage?«

»Gewissheit, Admiral!«

Die knappe, aber eindeutige Antwort Vazevars zeigte Wirkung. Zwei Tage bereitete sich Calvez auf das Gespräch mit den Novizen vor, überlegte, wie er die Unterredung einleiten und wie er vorsichtig und ohne sie zu verletzen von den Werten des Christentums sprechen konnte.

Die Sonne lugte über die Berge im Osten der Insel. Der neue Maktonatl begleitete Coxlan und Makkas zu ihren täglichen Unterrichtsstunden. Die Anwesenheit des Oberpriesters konnte die Befragung der Novizen erschweren, sicherlich war er empfindlicher und es galt für Calvez, noch mehr auf die Wahl seiner Worte zu achten. Doch sicherlich war der Maktonatl eher in der Lage, einige Unklarheiten zu beseitigen, insbesondere konnten sich die Novizen nicht hinter der Ausrede verstecken, sie wüssten nichts oder dürften nichts sagen.

Die Begrüßung war herzlich wie jeden Morgen. Der Maktonatl war sichtlich überrascht, als Calvez ihn bat, bei ihnen zu bleiben und ihm einen Sitzplatz anbot. Der Prediger schaute ihn fragend an. Der Admiral räusperte sich verlegen.

»Ich habe seit langer Zeit den Priester, der mein Bein pflegte, nicht gesehen. Ist er krank?«

Coxlan übersetzte. »Nein, die Götter haben ihn zu ihrem Boten ausgewählt.«

Die Antwort erfolgte, als sei sie die selbstverständlichste auf der Welt. Der Maktonatl erteilte sie mit entspannter, freundlicher Miene. Sorgsam legte sich Calvez den nächsten Satz zurecht.

»Musste der Priester sein Leben lassen, als ihn die Götter zum Boten bestimmt haben?«

Coxlan starrte ihn an, schnappte nach Luft. Erst nach einiger Zeit hatte er sich so weit gefasst, dass er die Frage zögernd übersetzte. Im Gesicht des Maktonatl und der Novizen zeichnete sich Entsetzen, Ekel und Furcht ab. Der Priester schaute zu Boden, dann schien er sich gefasst zu haben.

»Fordern die Götter unserer Gäste Menschenopfer?«

Empört riss Calvez die Hände hoch. »Nein, nein, natürlich nicht. Wir kennen nur einen Gott und dieser Gott verbietet es uns, Menschen zu töten.«

Erleichtert atmete Coxlan auf, übersetzte die Antwort. Das Gesicht des Priesters entspannte sich merklich.

»Warum glaubt Calvez, dass wir Menschen töten?«

»Ihr habt uns zu Eurem Fest eingeladen. Niemand von uns kann sich erklären, wie der alte Priester so plötzlich verschwunden ist. Wir dachten …« Calvez geriet ins Stocken, es war ihm peinlich zu sagen, welchen Verdacht er gehegt hatte. »Also wir hatten Angst …«

Der Maktonatl half ihm aus der Verlegenheit. »Das Wichtigste ist, dass wir nun voneinander wissen, dass ein jeder das Leben eines Menschen zu schätzen weiß. Nun können wir weiter zusammen sein, ohne dass die Freundschaft unserer Völker Schaden nimmt.«

»Danke, Maktonatl.« Calvez zögerte. »Ich will Eurem Volk nicht zu nahetreten, aber ich verstehe nicht, was sich auf dem Berg zugetragen hat. Wenn ich Euch nicht mit meiner Neugier verletze, wollt Ihr mir erklären, was geschah?«

Der Priester überlegte, Coxlan und Makkas schauten ihn erwartungsvoll an.

»Calvez, es gibt einen wichtigen Grund, warum wir Priester abgeschottet hinter der großen Mauer leben. Wir bitten unsere Gäste zu verstehen, dass wir ihnen nicht sagen können, warum dies so ist. Selbst unser Volk und auch die Novizen kennen den Anlass nicht.«

Betreten schaute Calvez zu Boden. Er hatte gehofft, die Geheimnisse der Priester lüften zu können, wenigstens eine Erklärung für das seltsame Ritual auf dem Gipfel zu erhalten. Doch der Maktonatl schien einer weiteren Schilderung ausweichen zu wollen.

»Selbstverständlich respektieren wir den Wunsch unserer Gastgeber.«

»Doch warum soll ich unseren Gästen nicht erklären, was sie ohnehin schon wissen, aber nicht glauben wollen?«

Calvez war überrascht. Sollte der Oberpriester doch noch mehr erzählen?

»Unser Volk, die Maktonenen, haben einen Boten, der uns die Ratschläge und Nachrichten der Götter überbringt. Dieser Bote ist nun der Priester, der die Wunden von Calvez heilte und vor mir Maktonatl war. Er reist zu den Göttern und kehrt dann wieder auf die Erde zurück. Du und dein Volk habt doch selbst gesehen, wie ich mich jeden Abend mit meinem Vorgänger berate.«

Calvez senkte ruckartig den Kopf. Er spürte, wie ihm das Blut ins Gesicht schoss und am liebsten hätte er sich vor lauter Scham versteckt. Der Maktonatl hatte eine Pause eingelegt und wartete wohl darauf, dass der Admiral ihn wieder ansah. Calvez dachte, der Oberpriester müsse empört sein, dass man sie beobachtet und überwacht hatte. Endlich hatte er sich gefasst und schaute in das schmunzelnde Gesicht des Priesters.

»Nach dem Ende der Beratungen reist der Bote wieder zu den Göttern. Erst wenn der Bote alt und schwach ist, wird die Zeit kommen, da ihn die Götter für immer zu sich rufen. Dann werde ich seine Aufgabe als Bote übernehmen, solange mein Herz schlägt und ein anderer Priester wird unser Volk als Maktonatl führen.«

»Feiert ihr eure Feste regelmäßig?«

»Wie sollen wir? Unser Fest kann nur begangen werden, wenn die Götter den Boten zu sich gerufen haben. Einmal geschah das dreimal in einem Jahr. Dafür reiste ein anderer Bote achtzehn Sommer zu den Göttern und in dieser Zeit riefen die Götter zwei Maktonatl zu sich.« Der Oberpriester kicherte, als er diese Geschichte erzählte. »Ich glaube, unser Volk war schon enttäuscht, dass sie so lange nicht feiern konnten.«

»Verzeiht meine Neugier, ich möchte nicht unhöflich sein, falls Ihr nicht wollt, solltet Ihr mir auch nicht antworten, doch erlaubt mir zu fragen: Wie reist der Bote zu den Göttern?«

Das Gesicht des Oberpriesters verharrte wie eine freundliche Maske. »Die Kräfte der Götter übersteigen das Verständnis von uns Menschen. Es war wichtig, dass wir miteinander über die Sorgen deines Volkes gesprochen haben. Gerne will ich auch etwas von deinem Glauben erfahren. Wir müssen dies aber zu einem anderen Zeitpunkt tun. Nun muss ich meinen Pflichten als Maktonatl nachkommen.« Der Oberpriester stand auf, ohne eine Reaktion von Calvez abzuwarten, verabschiedete sich freundlich und verließ den Raum.

Der Maktonatl hatte recht. Der Admiral wusste nicht mehr, als er zuvor vermutet hatte. Dennoch fühlte er sich erleichtert. Die spontane Empörung, das offene Entsetzen, als er von Menschenopfern gesprochen hatte, waren nicht gestellt. Der alte Priester lebte und sein seltsames Erscheinen und Verschwinden waren wohl ein fauler Zauber, der dazu diente, das Volk zu beeindrucken und deren Glauben an die Götter zu festigen. Ein Opferritus war auch ausgeschlossen. Das Fest fand nur statt, wenn ein Priester starb und nicht jährlich oder in einem anderen Rhythmus. Calvez hatte noch einige Fragen, viele davon würden wohl immer unbeantwortet bleiben, andere vielleicht geklärt, wenn man sich besser kannte.

KAPITEL 9

ie Tage, Wochen und Monate vergingen wie im Flug. Das Zusammenleben auf der Insel verlief reibungslos. Die zurückgebliebenen Soldaten und Matrosen zeigten sich diszipliniert und wurden, seit sie den Dienst übernommen hatten, das Dorf mit Quellwasser zu versorgen, von den Inselbewohnern auch als Teil der Inselgemeinschaft anerkannt. Die Kaserne war mittlerweile fertiggestellt, in vier Schießscharten Kanonen untergebracht, die auf die Bucht zielten, und lediglich das Dach entsprach noch nicht den Vorstellungen von Calvez. Er befürchtete, dass die inseleigene Konstruktion aus dünnen verflochtenen Holzstangen, die mit Blättern und Schlamm verklebt waren, dem nächsten Regen nur unzureichend standhalten könnte. Aber würden dann die Inselbewohner ihre Häuser derart abdecken, wo sie doch bei allem bedacht und vorausschauend handelten? Mit Sicherheit nicht, beruhigte sich Calvez.

Im Grunde hätte er mit der Gesamtsituation zufrieden sein können, dennoch kam er nicht zur Ruhe, stieg jeden Tag zum Ende der Landzunge, doch nicht um die Priester zu überwachen, sondern um das Meer abzusuchen. Für die Rückkehr der Santa Rosita, der Ausrüstung eines neuen Schiffes, hätten die sechs Monate, die seit der Abreise vergangen waren, mit Sicherheit ausreichen müssen.

Er sorgte sich von Tag zu Tag zunehmend, die Santa Rosita könnte untergegangen sein oder sonstigen Schaden genommen haben.

Er hatte in der Planung der Überfahrt schon einen südlicheren Kurs gewählt als alle anderen Kapitäne, die vor ihm den Atlantik überquert hatten. Durch den Sturm waren sie noch weiter nach Süden abgetrieben worden. Würde der königliche Rat überhaupt nach ihnen suchen lassen? Vielleicht war das Meer, das zwei Karavellen geraubt hatte, immer so stürmisch und es wurde daher von anderen Kapitänen gemieden. Doch selbst wenn der königliche Rat Hilfe entsenden würde, wie sollte man die kleine Kaskadeninsel in dem großen Ozean finden?

Wie würden die Priester reagieren, wenn die Matrosen und Soldaten die Insel nicht mehr verlassen sollten? Mit Ausnahme des Dienstes, den Ort mit Quellwasser zu versorgen, lebten die Spanier von der Arbeit der Einheimischen. Die Truppen hatten bestimmt in der Zwischenzeit mehr verzehrt, als durch Holz und Eisen gezahlt wurde. Wie lang würden die Inselbewohner dem faulen Leben der Soldaten und Matrosen zusehen, ohne zu murren?

Den Gestrandeten schien ihr Leben zu gefallen. Sie genossen es, gut versorgt den Tag mit Würfelspielen und sonstigem Zeitvertreib zu verbringen. Vazevar hatte zwar täglich Exerzitien für die Soldaten angeordnet, doch diese absolvierten sie ohne Groll. Fast schien es, als freuten sie sich über die Abwechslung in ihrem Tagesablauf. Nur vereinzelt gab es Stimmen, die Sehnsucht nach der Heimat und der Familie bekundeten.

Und als ob er mit diesen Problemen nicht schon genug zu kämpfen hätte, gesellte sich zu seinen Sorgen die Erkenntnis, dass er selbst nicht wusste, was er wollte. Manches Mal sehnte er sich danach, wieder an Bord einer Karavelle zu sein, die geblähten Segel zu beobachten und die Unendlichkeit des Meeres ringsum zu genießen. Doch immer öfter ertappte er sich bei Träumen, in denen er auf der Insel alt wurde, mit dem Maktonatl über Glauben sprach, mit ihm Wissen austauschte und mit diesem Leben glücklich war. Was erwartete ihn schon in der Heimat? Dort würde ihn alles an den Verlust seiner Familie erinnern.

Am liebsten wäre ihm gewesen, eine Brieftaube hätte die Nachricht gebracht, sein Freund De Manoz und Ronte wären wohlbehalten nach Spanien zurückgekehrt, alles stünde in seiner Heimat zum Besten und man würde ihn ansonsten in Ruhe lassen.

»Admiral, macht Ihr Euch über etwas Sorgen?« Calvez schrak aus seinen Gedanken auf. Coxlan schaute ihn fragend an, vor sich einen Stein ähnlich einer Schiefertafel, auf der er erneut Schreibübungen gemacht hatte. Ohne auf die Frage des Novizen einzugehen, erwiderte er: »Glaubst du, ich könnte mich morgen mit dem Maktonatl beraten?«

»Ich werde ihm ausrichten, dass Ihr zu ihm kommt.«

Calvez verließ die Kaserne kurz nach Sonnenaufgang. Bereits am späten Vormittag wurde es heiß und der Aufstieg zu den Tempeln beschwerlich. Jetzt, da die Sonne noch hinter dem Sonnenberg lag, war die Luft kühler. Die ersten Bauern brachen zu ihren Feldern auf und schauten ihm verwundert nach. Es geschah nicht selten, dass der Admiral die Priester besuchte, doch noch nie hatte man ihn zu einer so frühen Zeit aufbrechen sehen. Die Sorgen der letzten Tage hatten ihn unruhig schlafen lassen. Immer noch Probleme wälzend, stampfte der Admiral den Tempelberg hinauf, ohne auch nur einen Blick für die herrliche Aussicht übrigzuhaben. Vor der Mauer der Tempelanlage hatte der Maktonatl bereits vor drei Wochen Steinblöcke aufstellen lassen. Dort saßen dann der Priester, der Admiral und Coxlan als Übersetzer und redeten über die Ernte, über die Pflege der verschiedenen Früchte und allerlei mehr. Heute war das Anliegen des Admirals ein ernsteres.

»Kummer zeichnet tiefe Falten in deine Stirn.«

Calvez musste über die umständliche Ausdrucksweise lächeln. Die herzliche und sorgenvolle Begrüßung empfand er als Wohltat.

»Maktonatl, es ist lange her, dass unser Schiff die Insel verließ. Schon lange hätte ein neues Schiff kommen müssen. Ich habe Angst, dass unsere Männer nicht heil nach Hause gekommen sind.«

»Warum sorgst du dich? Es waren tapfere und gute Männer, die Götter werden nicht zulassen, dass ihnen ein Unglück geschieht. Doch wenn es dich beruhigt, werde ich den Boten fragen, ob die Götter etwas zu deinen Freunden sagen wollen.«

»Danke, Maktonatl. Aber außer dieser Sorge schäme ich mich, dass wir alle die Gastfreundschaft Eures Volkes so lange in Anspruch nehmen. Die Maktonenen arbeiten, überhäufen uns mit Früchten und wir tun nichts anderes, als das Wasser zum Dorf zu bringen. Gibt es für uns keine Aufgaben, mit denen wir helfen können?«

»Darüber machst du dir Sorgen, Calvez? Kein Mensch unseres Volkes leidet Hunger. Wenn wir genügend Gemüse, Fleisch und Fisch haben, warum sollen wir es nicht mit unseren Gästen teilen? Wir sind glücklich, dass wir den Geboten der Götter folgen können.«

»Danke. Dennoch wäre mir wohler, wir hätten mehr Holz und Eisen hier, das wir euch geben könnten. Vielleicht wäre es sogar möglich, mehrere Wagen zu bauen, die dann auch zum Transport der Früchte bei der Ernte dienen könnten.«

»Macht man das so in deiner Heimat?«

»Ja.«

»Welches Obst und Gemüse gibt es dort, wo du zu Hause bist?«

Dem Admiral fiel auf, dass dies die erste Frage nach der Welt abseits der Insel war. Noch nie hatte sich ein Maktonene nach Spanien, den anderen Ländern und Kulturen erkundigt. Fast schien es, als wolle niemand etwas über die fremde Flora und Fauna, über unbekannte Völker und Religionen wissen. Das plötzliche Interesse des Maktonatl verwirrte Calvez umso mehr. Wo sollte er mit seinen Schilderungen beginnen?

»Wollt Ihr nur von unseren Früchten erfahren oder soll ich Euch mehr von meiner Heimat berichten?«

»Erzähle uns bitte so viel, wie du kannst.«

»Das kann Tage und Wochen dauern, ich weiß nicht, ob Ihr so viel Zeit habt.«

»Ich werde mir die Zeit nehmen.«

So begann der Admiral die Welt zu beschreiben, die er kannte und erklärte, dass viele Länder Schiffe aussandten, um die Erde weiter zu erkunden. Er sprach von den verschiedenen Völkern Europas, vermied es jedoch, von den kriegerischen Streitigkeiten zu erzählen, um die Maktonenen nicht unnötig zu ängstigen. Der Maktonatl lauschte aufmerksam, ohne eine Miene zu verziehen, unterbrach nur hin und wieder die Schilderungen Calvez mit einer Zwischenfrage. Doch Coxlan schien die farbenfrohen Erzählungen von fremden Ländern und Kulturen aufzusaugen wie ein Moospolster den Regen.

Gegen Mittag boten die Novizen Speisen an, dann löste Makkas Coxlan als Übersetzer ab.

Am Nachmittag unterbrach der Maktonatl den Redefluss des Admirals. »Danke, Calvez, ich würde gern weiter zuhören, aber wie du weißt, habe ich noch ein Treffen mit dem Boten. Ich muss mich auf die Zusammenkunft vorbereiten. Ich würde mich jedoch freuen, wenn du mir morgen mehr über die Welt erzählen könntest. Willst du dir die Zeit nehmen?«

»Das will ich gerne tun. Ich freue mich darauf.«

Der Admiral nutzte die Tage aber auch, den Maktonatl über dessen Glauben auszufragen. Der Glaube der Maktonenen war einfach und in keine schwierigen Regeln oder Rituale gepresst. Alles Leben auf der Erde, Pflanzen, Tiere und Menschen bedurften der Sonne und des Regens. Daher kannten die Maktonenen nur eine Regengöttin und einen Sonnengott. Die Vereinigung der beiden Götter sicherte die Fruchtbarkeit auf der Welt. Als Symbol der Götter galten im Südosten der Insel der etwas kleinere Regenberg und im Nordosten der Sonnenberg. Der Berg im Westen, auf dem die Tempelanlage der Priesterschaft stand, galt als der Ort, an dem sich die Gottheiten vereinigten. Calvez war sich nicht sicher, ob er die Bedeutung des Tempelberges richtig verstand, aber die Gesten des übersetzenden Novizen waren unmissverständlich. Der Tempelberg war der göttliche Ort auf der Insel, die Priester hatten einen eigenen Glauben, der Calvez fremd war.

Die Maktonenen, dieser Name bedeutete so viel wie ›die von den vereinten Göttern beschützt werden‹, ehrten und achteten alles Leben auf der Welt als die Werke ihrer Götter. Lehrer dieses einfachen Glaubens waren die Priester. Die Priesterschaft regierte jedoch auch die Insel.

Sie bestimmte, wann welches Gemüse anzubauen war, wann mit der Ernte begonnen werden sollte und schlichteten die seltenen Streitigkeiten. Immer wenn ein Priester zu Gott gerufen wurde, ernannte man einen Novizen zum Priester und das Volk wählte einen Jungen aus dem Dorf, der im Kloster seinen Dienst als Novize aufnehmen durfte.

Die Jungen, die Novizen wurden, durften nicht älter als zehn Jahre sein. Für das auserwählte Kind war es eine große Ehre, in den Dienst der Götter zu treten. Die Eltern waren stolz, dennoch fiel ihnen und auch den Kindern diese Entscheidung oft schwer, da ein Novize sein Leben den Göttern völlig unterordnen musste und daher den Tempelbezirk erst verlassen durfte, wenn er die Bindung zu den übrigen Inselbewohnern abgeschnitten hatte. Am Anfang weinten die Kinder viel, da sie die Eltern nicht mehr sehen konnten. Auch Makkas und Coxlan hatten Wochen benötigt, um die Trennung zu verkraften. Aber die Priester zeigten Verständnis für die Kinder und unterrichteten sie liebevoll. Coxlan bestätigte, dass die Trennung von den übrigen Bewohnern wichtig sei. Die Aufgaben der Priester seien so bedeutungsvoll, dass es eines nüchternen Geistes bedurfte, der nicht durch persönliche Gefühle beeinträchtigt wurde.

Calvez sah in all diesen Schilderungen nur wenige Unterschiede zu einer Priesterausbildung in einem Kloster. Er weigerte sich jedoch, dies auszusprechen, da es ihm als Frevel erschien, den heidnischen Glauben der Einheimischen mit dem Glauben an Gott zu vergleichen.

Der Glaube der Maktonenen kannte nur wenige Riten, sodass die Novizen in Ackerbau, Anbau von Heilpflanzen, medizinischen Künsten und der Beobachtung der Sterne unterrichtet wurden. Soweit es Calvez trotz der immer noch bestehenden Sprachhindernisse verstehen konnte, besaßen die Priester ein umfangreiches Wissen.

Die Zeit, die er nicht mit dem Maktonatl sprach, nutzte Calvez, um die Insel zu erkunden. Er besuchte den Regen- und den Sonnenberg. Auf der dem Meer zugewandten Seite erschienen die beiden Erhebungen eher wie ein Berg. Sie waren etwa auf halber Höhe durch eine Ebene verbunden. Von dieser Ebene fielen die Berge steil ins tobende Meer ab. Auf der inselinneren Seite waren Sonnen- und Regenberg durch einen tiefen Felseinschnitt deutlich getrennt. Im Norden verband ein schmaler Grat die Ausläufer des Sonnen- und des Tempelberges. Auch im Norden war es unmöglich anzulanden. Große Felsbrocken ragten aus dem Meer und die Wellen tosten bedrohlich. Nur auf dem Tempelberg waren Terrassen angelegt. Die beiden anderen Berge waren im natürlichen Zustand belassen und mit kargem, festem Gras bewachsen. Hier hielten sich robuste Wildziegen. Das Zusammenleben der einfachen Bauern war ungewohnt harmonisch. Nie konnte Calvez Streit oder gar Handgreiflichkeiten beobachten. Die anfallende Arbeit auf der Insel schien von allen gemeinsam wahrgenommen zu werden. Es gab keine festgeschriebene Aufgabenverteilung. Zwar nahmen sich die Frauen überwiegend der Betreuung der Kinder und der Bearbeitung von Stoffen an, doch hatte Calvez ebenso Frauen gesehen, die bei der Aussaat und Ernte halfen. Umgekehrt hatte der Admiral aber auch Männer beobachtet, die sich meist unter dem Gelächter der Frauen damit abmühten, einen Faden zu spinnen, ehe sie von anderen Frauen von dem Platz vertrieben wurden.

Die einfachen Menschen schienen wortkarg, doch wenn sie miteinander sprachen, war dies meist mit einem herzlichen und nahezu ansteckenden Lachen verbunden. Zu gerne hätte Calvez verstanden, worüber die Einheimischen sprachen. Solange es nicht regnete, war sogar die Zeit des Abendessens ein allgemeines Fest. Häufig sammelten sich die Menschen auf dem großen Platz in der Mitte des Dorfes. Auf verschiedenen Feuern wurde gekocht und gebraten, es roch noch Fleisch und exotischen Gewürzen und jeder bediente sich von der großen Auswahl, wie es ihm gefiel. Wenn nicht gemeinsam gekocht wurde, trafen sich zumindest einige Familien vor einem Haus, um das Abendessen gemeinsam zuzubereiten und zu genießen. In den Abendstunden wurden die Gespräche lebhafter, nahm das Lachen der Menschen zu. Jeder, der vorbeikam, seien es Soldaten, Matrosen oder Calvez selbst, wurde aufgefordert, von den Speisen zu nehmen. Soldaten und Matrosen ließen sich nicht lange bitten und nahmen die Einladung gerne an.

Vazevar und Calvez zögerten. Schließlich konnten sie sich jedoch den verlockenden Gerüchen, dem farbenfrohen Aussehen der Speisen und dem Schwärmen ihrer Männer über die angebotenen Leckereien nicht mehr entziehen. Die Auswahl an Obst, Knollen und sonstigem Gemüse, die Vielfalt der Zubereitung überraschten den Admiral stets aufs Neue. Das gelbe Gemüse, dessen kleine Früchte an einem Kolben angewachsen waren, wurde einmal am offenen Feuer geröstet, ein anderes Mal im Wasser gekocht, manchmal auch gemahlen und zu dünnen Broten verarbeitet und je nach Zubereitung entfaltete es einen anderen Geschmack. Besonders interessierte sich Calvez für jenen unbekannten Strauch, der zur Blütezeit weiße weiche Bällchen trug. Die Inselbewohner pflückten die Bällchen, trennten sie von Unreinheiten und Kernen. Aus dem Kern wurde Öl gepresst, welches Calvez eher bitter erschien. Die Bällchen wurden jedoch zu feinen Tüchern verarbeitet. Die Stoffe waren so weich und angenehm, wie er es nur von Seide kannte und sicherlich in Spanien und ganz Europa ein Vermögen wert gewesen.

Ohnehin, die vielen seltsamen Pflanzen, zum Beispiel die Erdknolle, die auf schlechtestem Boden zu gedeihen schien, oder jene kleine rote Frucht, die schärfer war als der indische Pfeffer, stellten nach seiner Überzeugung einen Handelswert dar, der mit Gold kaum zu bezahlen war. Wie sehr könnte Spanien von dem Wissen der Priester und dem Handel mit ihnen Nutzen ziehen. Das Wissen der Bauern um die Pflege und Nutzung der Pflanzen, die Kenntnisse der Priester von der Heilkunst beeindruckten Calvez. Umso mehr wunderte es ihn, dass es offensichtlich keine Schulen gab, keine Schrift existierte, mit der das Wissen von Generation zu Generation weitergegeben wurde. Die kleineren Kinder spielten den ganzen

Tag. Erst die größeren Kinder, er schätzte sie auf neun bis zehn Jahre, begleiteten ihre Eltern auf die Felder und Plantagen, wo sie gemächlich in die Kunst des Ackerbaus eingewiesen wurden. Immer wieder sah er Kinder, die Erde in die Hand nahmen, daran rochen, während ein Erwachsener ausgiebige Erklärungen abgab. Doch allzu streng schien auch dieser Unterricht nicht zu sein, denn diese »Schulstunden« wurden vom Lachen der Kinder und der Erwachsenen beherrscht. Sogar der Umgang der einfachen Menschen und der Priester miteinander war keineswegs so distanziert, wie Calvez anfänglich dachte. Zwar lebten die Priester abgeschottet hinter ihren Mauern, erschien jedoch ein Priester im Ort oder auf den Feldern, so begegneten ihm die Bauern mit Respekt. Das inseltypische Lachen war jedoch auch im Gespräch der Priester mit einfachen Menschen jederzeit zu hören.

Wie schön war die Insel damals, Erik bekam unbändige Gier nach frischen Früchten. Das Wasser lief ihm im Mund zusammen, es war jedoch zu spät, heute noch in die Stadt zu kommen, so lief er durch die Felder zum Hotel und bestellte sich im Restaurant eine Fruchtschale. Und noch eine.

Während er den Geschmack genoss, kam der Manager an seinen Tisch. »Guten Appetit, Señor, wissen Sie schon, wie lange Sie noch bleiben möchten?«

»Nun«, antwortete Erik, »noch eine Weile, ich habe zu tun.«

»Dann bitte ich Sie, hereinzukommen und die bereits verbrauchte Extrazeit mit uns abzurechnen. Danach beginnen wir einfach wieder bei null.« Er strahlte Erik an.

»Machen wir, obwohl ich Ihnen ja schwerlich davonlaufen könnte.«

Mit einer angedeuteten Verbeugung huschte der Manager wieder ins Gebäude.

Glaubte der wirklich, Erik wäre ein Zechpreller? Er bezahlte die Fruchtschalen und ging zur Rezeption.

Wenn er schon hier war, könnte er seine Ex anrufen, ihr sagen, dass sich seine Rückkehr noch eine Weile verzögerte.

»Hauptsache, dir geht es gut«, schnappte sie ihn an.

Darauf ging er nicht ein. »Siehst du, und du hast gedacht, ich werfe nach drei Wochen das Handtuch in der Einöde. Im Gegenteil, ich schreibe.«

»Wie bitte?«

»Ich schreibe einen historischen Roman über die Isla des Cascades.«

»Mach dich nicht lächerlich. Du kannst ja nicht mal ins Internet, um zu recherchieren, Erik.«

Er lachte leise. »Oh, das muss ich nicht, habe alles im Kopf.« Dass er träumte, verschwieg er, sie würde ihn nur für komplett durchgeknallt halten.

»Ich melde mich, wenn ich zurück bin, grüß mir die Kinder und küsse sie von mir.«

KAPITEL 10

Neun Monate lebten die Gestrandeten nun auf der Insel. Der Admiral dachte nicht ohne Wehmut darüber nach, dass Rosa Maria und er ohne den Druck von De Nabero auf dieser Insel mit Sicherheit glücklich geworden wären. Sie brauchten nicht den Glanz des königlichen Hofes, den Schein vornehmer Gesellschaften. Die Möglichkeit des ruhigen Zusammenseins hatte ihnen stets genügt. Und er dachte zwangsläufig daran, dass sie vielleicht noch leben könnte, wäre er mit ihr hierher gegangen. Die medizinischen Fertigkeiten der Priester hätten ihr womöglich das Leben retten können. Er verbrachte Stunden damit, darüber nachzugrübeln. Vor allem in der Nacht konnte er wachliegen und sich damit quälen. Sein Sohn wäre inzwischen geboren worden, hätte das Schicksal nicht so früh zugeschlagen.

Es gab auch andere Zeiten, wenn er im Tageslicht seinen Pflichten nachging und sich sagte, dass dies alles Unsinn war. Er hatte nicht wissen können, dass es diese Insel überhaupt gab, als er losgefahren war. Und das hätte er mit Sicherheit nicht gemacht, wäre Rosa Maria noch am Leben. Dann dachte er wieder daran, dass es sein Versäumnis gewesen war, sie zu retten. So lange hatte sie um ihr Leben gekämpft, dabei hätte sie eine Operation gebraucht. Und er hatte sich nicht gegen De Nabero durchgesetzt. Damit trug er zumindest eine Teilschuld an ihrem Tod.

Wenn seine Gedanken ihn gar nicht mehr zur Ruhe kommen ließen, ging er seinen Pflichten fast schon übereifrig nach, führte sein Tagebuch akribisch und hielt Ausschau nach neuen Aufgaben. Calvez war verwundert, dass er die Zeit auf der Insel genauso empfand wie die Zeiten als Kapitän auf der Brücke. Auch auf See flossen bei ruhigem Wetter die Tage dahin, gab es Zeiten ohne konkrete Aufgaben. Dann blieb ihm die Muße zu beobachten, zu träumen. Die Wochen, die seit der Fertigstellung der Kaserne vergangen waren, erschienen ihm ähnlich. Weder ihm noch den Soldaten oder den Seeleuten blieb sonderlich viel zu tun – außer mit Ruhe und entspannt Gottes wunderbare Welt zu genießen, wenn seine Schuldgefühle dies zuließen. Es war ihm jedoch nicht entgangen, dass einige Männer zunehmend unter der Abgeschiedenheit litten.

An einem Abend während der üblichen Besprechung mit Vazevar sprach Calvez seine Sorgen aus. »Guten Abend, Hauptmann. War dies nicht erneut ein herrlicher Tag?«

»Das war er bestimmt. Sonne, leichter Wind, leckere Speisen – man sollte denken, mehr kann sich ein Mensch kaum wünschen.«

»So sehe ich das auch. Dennoch scheint mir, dass die Männer immer unzufriedener werden.«

»Diesen Eindruck teile ich, Admiral. Einige sehnen sich nach ihren Familien, andere träumen nur davon, ein Weib in ihren Armen halten zu können. Es gibt Soldaten, die freuen sich lediglich darauf, einen guten Wein zu trinken oder aus der Ferne eine suerte de canas zu beobachten.«

»Und wegen solcher Kleinigkeiten wollen sie dieses Paradies verlassen?«

»Nun, die Soldaten und Seeleute sind einfache Gemüter. Sie machen sich nur Sorgen darum, was ihnen in diesem Moment fehlt, aber keine Gedanken darum, was ihnen alles fehlen wird, wenn sie wieder in der Heimat sind. Sie sind so fern aller Sorgen, dass sie nicht über Krieg, den vielleicht baldigen Tod auf dem Schlachtfeld oder auf hoher See nachdenken.«

»Was denkt Ihr, Hauptmann? Könnte uns die Kontrolle über die Männer entgleiten?«

»Das glaube ich nicht. Die Truppe ist diszipliniert. Ich will jedoch nicht ausschließen, dass der eine oder andere die Beherrschung verlieren könnte, er sich mit Gewalt nehmen will, was er zu Hause von selbsternannten Marketenderinnen jederzeit haben kann.«

»Doch wie wollen wir das verhindern? Wir können unsere Männer ja nicht den ganzen Tag einsperren. Es würde nur wenige Tage dauern und wir beide wären nicht mehr am Leben.«

»So sehe ich es auch. Doch vielleicht könnten wir anordnen, dass immer nur Gruppen von sechs Personen gemeinsam unterwegs sein dürfen. Ich bin überzeugt, dass es in jeder dieser Gruppen zumindest einen Mann gibt, der seinen Verstand unter Kontrolle hat und die anderen daran hindert, Unrecht zu tun.«

»Ihr solltet sofort entsprechende Befehle erteilen, Hauptmann. Außerdem lasst Ihr sicherheitshalber besser alle Waffen einziehen. Von den Einheimischen droht uns keine Gefahr, gegen die wir uns mit Waffen wehren müssen.«

Vazevar runzelte fragend die Stirn.

»Auch bei den Soldaten? Ihr wisst, welche Aufgabe mir der General übertragen hat. Wie soll ich mit einer unbewaffneten Truppe die Sicherheit von uns allen gewährleisten?«

»Ich verstehe Euch. Aber ich übernehme die volle Verantwortung für diese Entscheidung. Ich schätze unsere Waffen als Gefahr für die Maktonenen ein, befürchte umgekehrt jedoch keine Bedrohung durch unsere Gastgeber.«

Die neue Anordnung sorgte für leichten Unmut, doch gelang es Vazevar und Calvez mit einigen Ansprachen, Ruhe unter den Männern zu bewahren. Wirksamer als die Reden vor versammelter Mannschaft erwiesen sich jedoch die Erzählungen Vazevars, der unter den Soldaten – scheinbar beiläufig – Schlachtszenen aus seinen Kriegstagen beschrieb.

Die Schilderungen von verstümmelten, vor Schmerzen schreienden Kameraden waren so eindringlich, dass es sogar Calvez schauderte und sich viele Soldaten wieder daran erfreuten, auf der Insel leben zu können. Der Admiral übernahm diese Taktik gerne und erinnerte die Matrosen hin und wieder an den Sturm, der sie zur Insel geführt hatte.

Dennoch verbrachten der Hauptmann und er nun mehr Zeit in der Kaserne. Calvez bedauerte, dass er nicht mehr viel Zeit für die Gespräche mit dem Maktonatl erübrigen konnte. Obwohl sie sich nur über die beiden Novizen verständigen konnten, schien es Calvez, dass ihn mit dem Oberpriester, über die gegenseitige Neugier hinaus, eine seelische und geistige Verwandtschaft verband.

Mehrmals am Tag kletterte der Admiral hinaus zur Landzunge und suchte den Horizont ab. Die Bauern begannen schon, einen Teil der Ernte einzubringen. Es konnten nur noch wenige Wochen bis zum Beginn der neuen Regenzeit sein.

Endlich, fast elf Monate nach Abreise der Santa Rosita, entdeckte Calvez am späten Vormittag Segel am Horizont. Der Jubel unter den Männern schien keine Grenzen zu kennen. Obwohl jedem bewusst war, dass die Schiffe frühestens am Abend die Bucht erreichen würden, hielt es niemanden in der Kaserne. Sie stürzten zum Strand, tanzten, johlten und winkten den Schiffen zu, obwohl diese noch so weit auf dem Meer segelten, dass Einzelheiten nicht zu erkennen waren. Niemand schien daran zu zweifeln, dass es spanische Karavellen waren, die auf die Insel zusteuerten. Mehr amüsiert als besorgt, wandte sich Calvez an Vazevar.

»Ich freue mich über den Optimismus unserer Männer. Aber woher wollen sie wissen, ob es nicht Portugiesen sind, die hier das Meer erforschen?«

Der Hauptmann fuhr erschrocken zusammen. »Mein Gott, Ihr habt recht. Der Müßiggang auf der Insel scheint mir den Verstand geraubt zu haben.« Er wandte sich ab und schrie einen Soldaten an, der ebenfalls an den Strand stürzen wollte. »Paolo, rufe deine Kameraden zurück. Bestücke die Kanonen und mache sie feuerbereit. Ihr Einfaltspinsel, habt ihr denn nicht darüber nachgedacht, dass es auch französische oder portugiesische Schiffe sein könnten? Wollt ihr denn so lang am Strand jubeln, bis sie euch abgeschlachtet haben?«

Der Gescholtene blieb stehen und starrte Vazevar erschrocken mit offenem Mund an.

»Halt nicht Maulaffen feil und mache, was ich dir befohlen habe. Selbst wenn es spanische Karavellen sind, was auch ich hoffe, so könnt ihr euch ausmalen, was der General sagen würde, wenn wir uns nicht auf einen feindlichen Angriff vorbereitet hätten.«

»Jawohl, Hauptmann!« Paolo stürzte los.

Verlegen hob Vazevar die Schultern, als er zurück zu Calvez schaute.

»Ich kann mir denken, wie Ihr über mich urteilt. Der Kerl vergisst selbst alles und schimpft mit den Soldaten.«

»Ihr irrt Euch, Hauptmann. Ich muss gestehen, dass ich nicht an eine Gefahr dachte. Auch glaube ich fest, dass die Schiffe da draußen spanische Karavellen sind. Eigentlich war mir nur nach einem Witz zumute.«

»Der Witz wäre mir ausgetrieben worden, hätte General De Manoz – ich hoffe, er ist an Bord – gemerkt, dass wir keine Kampfbereitschaft haben.«

Einen Augenblick lang hatte Calvez das Bild des disziplinierten, eisernen Generals De Manoz vor Augen.

»Ja Hauptmann, das will ich wohl glauben.«

Die Soldaten kamen vom Strand gerannt.

»Los, los, bereitet alles zur Verteidigung vor«, Vazevar stockte und es schien, als ringe er nach Luft, »und verdammt noch einmal, wo sind eigentlich eure Uniformen?«

Es stimmte und jetzt, da es der Hauptmann aussprach, wurde sich Calvez bewusst, dass alle Männer, auch er selbst, dazu übergegangen waren, die unbequemen Uniformen und sonstigen Kleider gegen die weichen Stoffe der Inselbewohner einzutauschen. Soldaten und Matrosen liefen in der gleichen bunten Tracht wie die Bauern umher und sie waren nur noch durch Haut- und Haarfarbe von dem Inselvolk zu unterscheiden. In den vergangenen Monaten waren sie fast zu einem Teil der Insel geworden.Die Soldaten grinsten Vazevar an. Der hagere Hauptmann räusperte sich verlegen, zupfte hier und da an seinem Wickelrock und Überwurf.

»Ja, keine Sorge, ich werde mich auch noch umkleiden.«

Gegen Nachmittag war die Fahne des spanischen Königshauses an den Karavellen eindeutig zu erkennen. Die Soldaten entzündeten am Strand Freudenfeuer und schienen sich sicher, dass die Schiffe noch am Abend in die Nähe der Bucht segelten und bereits das erste Beiboot an Land schicken würden.

Calvez wandte sich vertraulich an Vazevar. »Ich bete inständig, dass jeder der Kapitäne aus meinen Fehlern gelernt hat und nicht dem Leichtsinn verfallen wird, sich zu nahe an die Insel zu wagen. Die Strömung in der Bucht ist gefährlich und die Beiboote sollten erst am Morgen bei besserer Sicht zu Wasser gelassen werden.«

»Macht Euch keine Sorgen, Admiral, ich bin überzeugt, Kapitän Ronte und der General werden vor dieser Strömung eindringlich gewarnt haben.«

Nach einer Weile des Schweigens setzte Vazevar unvermittelt fort.

»Schade, das war dann wohl das Ende unseres Urlaubs.«

Fast wehmütig blickte der Hauptmann zum Tempelberg.

»Wer weiß, was im Rest der Welt geschehen ist, während wir hier glücklich und zufrieden, ohne Streit und Krieg leben konnten. Nun heißt es wieder Kriege führen und Schlachten schlagen. Ich kann die Freude der Soldaten nicht teilen. Wohl keiner denkt daran, dass er demnächst wieder sein Leben riskieren muss, die nächste Schlacht vielleicht die letzte sein kann.«

Der Maktonatl und Coxlan kamen an den Strand und gesellten sich zu Calvez.

»Sind die Schiffe von deinem Volk?«

»Ja, endlich sind sie gekommen.«

»Freust du dich, dass du wieder in deine Heimat kommst?«

Calvez seufzte gequält.

»Ich weiß es nicht. Ja, ich freue mich, etwas von der Heimat zu hören, die Berge und Buchten wieder zu sehen, die ich kenne. Aber es schmerzt mich auch, diese Insel verlassen zu müssen. Euer Volk war so freundlich und hilfsbereit, und wenn wir zurückreisen, dann ist mir so, als verließen wir Freunde. Die Gespräche, die ich mit Euch führte, werde ich vermissen.«

»Ich empfinde ebenso, Calvez. Es gibt noch vieles, was wir miteinander hätten besprechen können. Warum bleibst du nicht bei uns? Es werden doch hoffentlich noch weitere Schiffe deines Volkes kommen. Dann kannst du mit einem anderen Schiff zurückreisen.«

»Ich würde dies gern tun, doch ich muss die Befehle des Königs befolgen.«

Der Maktonatl nickte nachdenklich, wechselte abrupt das Thema. »Wann werden die Männer von den Schiffen zu uns kommen?«

»Ich hoffe, dass sie es erst morgen tun werden. Es wird langsam zu dunkel, um jetzt noch schwierige Manöver zu steuern. Die Schiffe sollten vor der Bucht kreuzen und sich erst in der Frühe dem Ufer nähern und die Beiboote aussetzen.«

»Dann werde ich nach Sonnenaufgang ins Tal kommen, um unsere Gäste zu begrüßen. Ich wünsche dir eine gute Nacht.«

Die Soldaten und Matrosen zeigten sich enttäuscht, als sich im Laufe des Abends abzeichnete, dass die drei Schiffe bis zum Morgengrauen mit sicherem Abstand vor der Bucht kreuzten. Dennoch zog es niemanden ins Bett. Alle lagerten um die Feuer am Strand, schwärmten von der Heimat und was sie alles tun würden, wenn sie wieder spanischen Boden unter den Füßen hätten.

Im Morgengrauen änderte eines der Schiffe den Kurs und steuerte auf die Bucht zu. Frühzeitig wurde ein Beiboot zu Wasser gelassen, dann segelte die Karavelle wieder hinaus auf die offene See. Calvez war aufgeregt. Inständig hoffte er, sein Freund De Manoz möge als Erster den Strand betreten.

»Wenn du die Insel heute verlässt, wirst du dann noch einmal wiederkommen?«

»Ich hoffe es, Maktonatl.«

»Wird dein König weitere Schiffe zu unserer Insel schicken, wenn heute alle Männer deines Volkes in die Heimat reisen?«

»Ich weiß es nicht, doch warum fragt Ihr?«

»Das Volk hat Eisen und Holz, es kennt Geräte, die uns unbekannt sind. Die Maktonen könnten euch Obst und Gemüse geben, wenn dein König will, auch von den Tüchern, die deine Männer so gern tragen. Wir kennen Salben und Heilpflanzen. Wenn wir weiter Handel betreiben, können unsere beiden Völker voneinander einen Vorteil haben.«

»Ihr habt recht und ich bin sicher, dass unser König ebenso denkt wie Ihr.«

Kapitel 11

as Beiboot war nun so weit in die Bucht gerudert, dass bald die Gesichter der Männer zu erkennen sein mussten. Gebannt starrte Calvez hinaus. Noch immer machte er sich Sorgen, dass die fehlgeschlagene Mission De Manoz und Ronte geschadet haben könnte. Vielleicht waren die beiden strafversetzt worden und durften an dieser Reise nicht teilnehmen. Dann endlich erkannte er das Gesicht seines Freundes.

Das Beiboot hatte den Strand erreicht, wurde etwas an Land gezogen und De Manoz stieg aus. Er verzog keine Miene und ließ kein Zeichen der Wiedersehensfreude erkennen. Die Soldaten um Vazevar ordneten sich, nahmen Haltung an. Das Bild hatte etwas Lustiges. Den meisten Soldaten war anzusehen, wie unwohl sie sich in ihren Uniformen fühlten und manch einem spannten Hemd und Pluderhose ob der reichhaltigen Speisen auf der Insel.

Der General schritt auf Vazevar zu, begrüßte ihn streng militärisch, ehe er sich Calvez und dem Maktonatl zuwandte. Sein Blick schien seltsam versteinert, hellte sich jedoch auf, als er den Priester erkannte. Er legte seine linke Hand in die rechte Handfläche und führte sie zur Brust. Calvez war froh, dass De Manoz den Gruß der Inselbewohner nicht vergessen hatte.

»Wir freuen uns, Euch gesund wiederzusehen«, ließ der Maktonatl übersetzen. »Doch wir sind ebenso unglücklich, dass Ihr unsere Freunde mitnehmen wollt.«

De Manoz starrte Coxlan verwundert an. »Du sprichst unsere Sprache hervorragend. Bitte richte dem Priester aus, dass ich wohl eine gute Nachricht für ihn habe. Ich möchte ihn bitten, später etwas Zeit zu opfern, damit wir verhandeln können.«

Der Priester nickte und ließ Calvez und De Manoz alleine. Calvez war enttäuscht. Sie waren als Freunde geschieden und er hatte eine herzlichere Begrüßung von Seiten des Generals erwartet. Erst jetzt erkannte er dessen Handzeichen, mit denen er zur Vorsicht mahnte.

»Admiral, würdet Ihr mir bitte die Kaserne zeigen und mich über die Lage auf der Insel unterrichten!«

»Selbstverständlich, General!«

Calvez und De Manoz verließen den Strand.

»Die Maktonenen, so nennen sich die Inselbewohner, waren jederzeit freundlich und hilfsbereit. Alle unsere Männer sind daher gesund. Allerdings freut sich jeder Mann auf Neuigkeiten aus der Heimat.«

De Manoz antwortete mit einem Stirnrunzeln und Calvez spürte, dass sich sein Magen zusammenkrampfte. Dennoch setzte er fort. »Coxlan und ein weiterer Novize lernen unsere Sprache und die Verständigung gelingt von Tag zu Tag besser. Nachdem die Kaserne fertig gestellt war, haben sich Soldaten und Matrosen an der Inselarbeit beteiligt und so Vertrauen und Anerkennung auch bei den Bauern gewonnen.«

Calvez berichtete noch einige Allgemeinheiten aus dem Inselleben und konnte kaum erwarten zu erfahren, warum sich De Manoz so seltsam verhielt. Sie hatten die Kaserne erreicht, der General lobte den Bau, blieb einige Zeit vor dem Gebäude stehen. Vier der neuen

Soldaten folgten mit dezentem Abstand und er ließ sich alle Räume zeigen.

Zuletzt zogen sie sich in das Arbeitszimmer zurück.

De Manoz kam auf Calvez zu und umarmte ihn. »Entschuldige mein Benehmen, lieber Freund. Wie du an den vier Kriechern, die uns ständig verfolgen, sehen kannst, werden meine Schritte und Handlungen sehr genau überwacht. Wir werden in der kurzen Zeit, die mir auf der Insel verbleibt, Vorsicht üben müssen. Doch lass mich alles der Reihe nach erzählen: Die Rückfahrt nach Spanien verlief ohne Zwischenfall, wir hatten ständig ausreichend Wind, aber keinen Sturm. Allerdings benötigten wir für die Fahrt mehr Zeit, als Kapitän Ronte zunächst dachte. Die Santa Rosita hatte ständig Gegenwind, sodass wir stets kreuzen mussten. Als wir endlich den Hafen von Cádiz erreichten, waren wir schnell umjubelte Helden. Das Unwetter, das die San Cristobal zerstört und die Santa Rosita auf dem Weg nach Westen beinahe zum Sinken gebracht hat, erreichte zuvor Spanien und Portugal. Wegen dieses Sturmes verloren die Spanier zwei Karavellen nahe den Kanaren, die Portugiesen sogar vier Schiffe. Auch war der königliche Rat davon ausgegangen, dass die San Cristobal und die Santa Rosita den Sturm nicht überlebt hatten. Einflussreiche Kaufleute drängten, sofort neue Boote auszurüsten, doch der königliche Rat beschloss, zunächst eine Anstandsfrist abzuwarten. Als wir in Cádiz einliefen, waren die neuen Schiffe bereit, in wenigen Tagen auszulaufen. Selbstverständlich waren deren Kapitäne sofort angewiesen worden, zunächst im Hafen zu bleiben und unsere Berichte zu hören. Anfangs war jeder voll des Lobes für unsere Leistungen, der Verlust der San Cristobal wurde als notwendiges Übel hingenommen und insbesondere den königlichen Rat erfreute es, dass Spanien nun eine Insel im Meer gefunden hatte, auf der man neue Vorräte aufnehmen konnte. Doch obwohl du und Kapitän Ronte allenthalben gelobt wurden, schien es mir, dass manch einer die Nachricht über den glücklichen Verlauf der Reise nicht gern hörte. Erst im Laufe der Zeit erfuhr ich in Bruchstücken die Hintergründe für die Missstimmung. Von den fünf Schiffen, die der königliche Rat seinerzeit in den Atlantik schicken wollte, war lediglich die San Cristobal von der Krone ausgerüstet und finanziert worden. Die vier übrigen Schiffe waren von einflussreichen Kaufleuten ausgestattet worden. Die Kaufleute hatten dich als Leiter dieser kleinen Flotte ausgewählt, da du als ein etwas ehrgeiziger, aber zuverlässiger und guter Kapitän bekannt warst. Um dir zu schmeicheln und in der Hoffnung, dein blindes Vertrauen zu gewinnen, drängten die Kaufleute die Krone, dich zum Admiral zu ernennen. Dabei hegten die Kaufleute die Hoffnung, dass die anderen Schiffe durch ihnen vertraute Kapitäne besetzt würden, die, nachdem die Soldaten abgesetzt worden seien, den Verband verlassen und auf eigene Faust nach neuen Inseln und Gold suchen sollten. Sie zogen sogar in Betracht, dass es zu einer offenen Meuterei gegen dich kommen könnte.

Die Verärgerung war groß gewesen, als du drei der Schiffe überhaupt nicht mit auf die Fahrt genommen und auch noch den Emporkömmling Ronte als Kapitän eingesetzt hast. Bereits unmittelbar nach Rückkehr der Santa Rosita haben Kaufleute und andere Stände versucht, mit Gerüchten über deine Person deinem Ansehen Schaden zuzufügen. Doch sämtliche Gerüchte, seien sie über Trunksucht, Gotteslästerung und allerlei mehr, wurden sowohl durch meine Soldaten, die zurückgekehrten Matrosen, aber auch durch die Seemänner, die früher unter dir gedient hatten, entkräftet. Somit hatten die Gerüchte im Gegenteil zur Folge, dass du zunehmend zum Helden wurdest. Als auch deinen ärgsten Feinden bewusst wurde, dass deinem Namen in der Öffentlichkeit kein Schaden zugefügt werden kann, begann ein Intrigenspiel. So gab man dem königlichen Rat zu bedenken, dass du spanischen Interessen geschadet hättest, indem du durch die Besetzung der neuen Insel gegen den Vertrag von Tordesillas verstießest. Mithin läge die Insel östlich der mit Portugal vereinbarten Grenzlinie und stünde somit auch portugiesischem Einfluss zu. Die Reaktion der Portugiesen auf solch eigenmächtiges Handeln sei nicht abzusehen, selbst wenn bekannt und offensichtlich war, dass du diese Insel lediglich in höchster Not und per Zufall entdecktest. Eine Befragung der Besatzung der Santa Rosita ergab jedoch bald, dass lediglich Kapitän Ronte um die Position der Insel wusste, ich lediglich eine ungefähre Vorstellung hatte. Das Ergebnis beruhigte den königlichen Rat, dennoch sah man Handlungsbedarf. Der Kapitän und ich wurden zu absolutem Stillschweigen über die tatsächliche Lage der Insel verurteilt und in Büchern und Karten verlagerte man die Isla des Cascadas rund zweihundert Leguas in nordwestliche Richtung, also in ein Gebiet, welches spanischer Hoheit untersteht. Lediglich den Kapitänen, die deiner Route folgten, soll künftig die tatsächliche Lage der Insel genannt werden.«

»Hat der königliche Rat auch bereits beschlossen, dass die Erde ein Würfel ist?« Calvez war sich sicher, dass man ihm seinen Zorn ansah.

»Jedem, der diese Insel kennt, könnte in einem Sturm das Leben gerettet werden. Nur weil einige Mützenträger keinen Frieden finden wollen, müssen Seemänner und tapfere Soldaten den Tod finden. Mein Ruf ist wohl ganz ohne Bedeutung? Immerhin kann ich als der unfähigste Kapitän der Geschichte in die Bücher eingehen, als der Kapitän, dessen Messung tatsächlich zweihundert Leguas von der tatsächlichen Position abwich.«

»Vielleicht sollte ich nicht weiter berichten, wenn du dich bereits jetzt so echauffierst. Und um deinen Ruf brauchst du dir keine Sorgen mehr zu machen. Ich weiß auch nicht, wie es dir gelungen ist, dir so viele Feinde zu machen. Wie mir scheint, bist du einigen Leuten im Wege. Auf jeden Fall, nach einiger Zeit der Ruhe, wurdest du von denen, die dich zuvor der Unredlichkeit bezichtigt hatten, in den höchsten Tönen gelobt. Bald wurde mir klar, dass diese geänderte Stimmung nicht auf einen Sinneswandel zurückzuführen, sondern Vorbereitung war, um dich endgültig aus dem Weg zu räumen. Das Lob der Stände, du hättest durch die Entdeckung der Insel die Erkundung der westlichen Inseln wesentlich erleichtert, und auch der Jubel der Massen, setzten den königlichen Rat zunehmend unter Druck, deine Leistungen angemessen zu honorieren. So gedieh der Entschluss, dich zur Anerkennung deiner Leistungen auf Lebenszeit zum Gouverneur der Kaskadeninsel zu ernennen.« De Manoz griff in die Tasche seiner Uniform und zog einen versiegelten Brief heraus, den er Calvez übergab.

»Eure Ernennungsurkunde, Gouverneur. Bitte erlaubt noch die Frage: Nun, da Ihr Gouverneur seid, ist es Euch dann noch genehm, dass ich Euch als meinen Freund betrachte?«

Calvez winkte mürrisch ab und brach das königliche Siegel. »Mein lieber Juan, mir ist nach all den Nachrichten, die du überbringst, nicht nach Witzen zumute. Natürlich wird sich nichts an unserer Freundschaft ändern.«

Neben der Ernennungsurkunde zum Gouverneur, in dem er als Repräsentant der Krone verpflichtet wurde, die wirtschaftlichen und politischen Interessen Spaniens zu wahren, fand Calvez einen weiteren Brief, der die Gründe für seine Ernennung darlegte. Darin sparte man nicht mit Lob für seine Entdeckung, seine hervorragende Menschenführung, gleichzeitig unterstellte man ihm, mittlerweile gute Kontakte zu der Inselbevölkerung geknüpft zu haben, was den Interessen der spanischen Krone entspräche.

Als Calvez den Brief fertiggelesen hatte, blickte er noch nicht auf, sondern spielte vor, er sei weiterhin in das Schreiben vertieft. Zu viele wechselnde Gefühle hetzten durch seinen Kopf, es jagten sich Wut und Hilflosigkeit, Anspannung und Erleichterung, Empörung und Müdigkeit.

Fakt war, dass er durch die Ernennung zum Gouverneur auf Lebenszeit praktisch aus Spanien verbannt wurde. Mit größter Wahrscheinlichkeit würde er das Land nicht wiedersehen, doch er wusste nicht, ob er darüber traurig sein sollte. Es gab nichts, was er dort zurückgelassen hatte und nichts, das ihn wieder in die Heimat zog. Dennoch, die Insel war klein und in seinen Augen war es nur eine Frage der Zeit, bis sie ihm zu klein wurde. Andererseits lag die Insel weit genug von seinen Erinnerungen an Rosa Marie entfernt.

Er empfand es als demütigend, dass ihm, ohne mit ihm zu sprechen, die Möglichkeit genommen wurde, als Kapitän tätig zu sein. Andererseits hatte er schon seit geraumer Zeit gemerkt, dass er die Freude an dem ständigen Herumreisen verloren hatte und sich nach einem Ort sehnte, an dem er zur Ruhe kommen konnte. Calvez schaute wieder auf.

»Fernando, alter Freund, nimm die Nachricht mit Fassung. Wenn du hier auf der Insel lebst, bist du wenigstens all dem Wahnsinn, den Intrigen bei Hofe, entflohen. Allein diese widerlichen Ränkespiele verhinderten, dass wir früher zur Kaskadeninsel zurückkehren konnten. Manchmal musste ich glauben, unsere erneute Anfahrt der Kaskadeninsel wurde von einigen Kräften behindert, vielleicht in der Hoffnung, dass du und die Männer von den Einheimischen getötet worden wäret. Aber ich ...«

Es klopfte und einer der Soldaten, die Calvez und De Manoz zur Kaserne gefolgt waren, trat ein.

»Entschuldigt, General, Hauptmann Merron gab mir den Befehl,

Euch zu erinnern, dass wir einen strengen Zeitplan haben und daher schnell die Verhandlungen mit den Einheimischen abschließen sollten. Denkt daran, dass wir die Handelsware auch noch einladen müssen. Ferner …« Der Soldat konnte den Satz nicht vollenden.

De Manoz sprang auf, Zornesröte im Gesicht. »In welcher Schlacht habe ich gekämpft?«

»In der Schlacht um Melilla, General.«

»In welcher Schlacht kämpfte Hauptmann Merron?«

»Ich weiß es nicht, General.«

»Gut, ich weiß es auch nicht. Kennt er meinen Rang?«

»Ja, General.«

»Kennt er den Rang von diesen Merron?«

»Ja, er ist Hauptmann, General.«

»Richtig, dann eile er zu seinem Hauptmann und richte ihm aus, dass der General es sich verbittet, von einem Hauptmann Anweisungen entgegenzunehmen.«

Der Soldat war blass vor Schreck, schlug die Hacken zusammen und stürzte davon.

De Manoz' Zorn war aber noch nicht verflogen. »Kriecher, Intriganten, Günstlinge, wie sollen wir mit einem solchen Gesindel neue Welten erobern! Fernando, du kannst dir nicht vorstellen, was in unserer Heimat los ist. Ich glaube, das spanische Königshaus ist zu schwach, um Günstlingen und Halsabschneidern Einhalt gebieten zu können. Zuerst lassen sie sich Monate Zeit, um neue Schiffe auszurüsten, die die Kaskadeninsel anlaufen könnten, und dann geht ihnen alles nicht schnell genug.« De Manoz hatte sich schlagartig wieder beruhigt. »Dennoch, unser Zeitplan ist wirklich sehr streng und wir sollten mit den Priestern verhandeln. Es wird sich schon noch ein Moment finden, in dem wir in Ruhe miteinander reden können. Aber jetzt will ich dir zunächst die Pläne des königlichen

Rats erklären. Wir sollen mit allen Mitteln durchsetzen, dass eine kleine Einheit von vierzig Soldaten hier zurückbleibt. Der königliche Rat befürchtet, andere Nationen könnten die Insel ebenfalls finden und dann ihrerseits Handelsbeziehungen mit den Einheimischen aufnehmen. Immerhin sei dieser Ort ein zu wichtiger Versorgungsstützpunkt, als dass man ihn leichtfertig aufgeben wolle. Ich habe dem Rat die außergewöhnlichen medizinischen Kenntnisse der Priester geschildert. Uns ist nicht bekannt, über welch weiteres Wissen sie verfügen. Es soll daher Aufgabe der auf der Insel zurückgebliebenen Männer sein, mehr über das Wissen der Priester in Erfahrung zu bringen. Weißt du schon Genaueres von den Menschen hier?«

»Die Insel wird von den Priestern regiert. Nichts geht ohne ihre Zustimmung. Sie bestimmen, was angebaut wird, auf welchen Feldern dies geschehen soll, sie legen die Erntezeit fest. Mann und Frau dürfen nicht heiraten und Kinder zeugen, wenn es die Priesterschaft nicht erlaubt. Die Priester erforschen Heilpflanzen und die Gestirne. Ergebnisse ihrer Forschungen sind mir jedoch nicht bekannt. Ich muss gestehen, dass mich ihr Wissen über die Sterne selbst brennend interessiert. Die einfachen Bauern scheinen mir weitgehend ungebildet. Sie wissen auch nicht, was die Priester tatsächlich erforschen und scheinen auch kein Interesse daran zu haben. Von Priestern und Bauern werden ein Sonnengott und eine Regengöttin verehrt. Doch es gibt keine Kirchen und Plätze, an denen sie ihren Göttern huldigen. Die beiden Berge, da drüben im Osten, sind die einzigen Symbole ihres Glaubens. Der südliche Berg heißt Sonnenberg, der nördliche ist der Regenberg. Ich muss zugeben, dass wir einige Zeit dachten, die Priester brächten Menschenopfer dar, doch nun bin ich überzeugt, dass ihr Glaube das Töten von Menschen strengstens verbietet.«

Calvez schilderte die Feier auf dem Tempelberg und seine Beobachtung, dass immer ein Priester die Treppe zum Gipfel hinaufsteige und dass er glaube, dort einen zweiten Priester gesehen zu haben. »Ich habe keine Ahnung, wo dieser herkommen sollte. Soweit ich sehen konnte, stehen auf dem Gipfel kein Haus und keine Hütte.«

»Seltsam, diese Geheimnistuerei«, grübelte De Manoz, »ich wünschte mir, dass unsere Pfaffen ähnlich zurückhaltend wären. Leider wurde uns auch ein Padre aufgedrängt, damit der für das Seelenheil unserer Soldaten auf der Insel beten kann. Apropos beten, meine Eltern schließen dich in ihre abendlichen Gebete ein. Ich habe ihnen von deinen Heldentaten an Bord der San Cristobal berichtet. Sie haben darauf bestanden, dass ich dir zwei Bullen und sechs Kühe mitbringe. Sie wollen dir damit zeigen, wie froh sie sind, dass du ihren Sohn heil über das Meer gebracht hast. Du musst dir nachher die Rinder ansehen, Prachtexemplare sag ich dir. Ich kann mir sowieso vorstellen, dass du des ständigen Ziegenfleisches langsam überdrüssig bist.«

»Aber Juan, das kann ich nicht annehmen.«

»Unsinn, Fernando, mein Vater hat eine Herde von über hundert Rindern, auf die acht Stück, die er dir schenkt, kommt es nicht an. Ich habe keine Absicht, nach meiner Zeit als Soldat in die Fußstapfen meines Vaters zu treten und der Rinderzucht zu frönen, sodass meine Eltern jetzt schon überlegen, was mit dem Gut und den Tieren geschehen soll.«

KAPITEL 12

rik gähnte und streckte sich, seine innere Uhr sagte ihm, dass es fünf Uhr morgens war; egal wie spät er ins Bett kam, um fünf war er wach. Da gab es ja allerhand an Neuigkeiten aufzuschreiben, überlegte er unter der Dusche und dass Juan De Manoz seinen Freund in der langen Zeit nicht vergessen hatte, war ausgesprochen beruhigend. Es juckte Erik zwar, den Traum sogleich zu notieren, aber da nun wirklich absolut nichts Essbares auffindbar war, musste er heute zuerst mit Paco in die Stadt, um einzukaufen.

Er wanderte zum Hotel und wartete dort auf den Bus. Es waren kaum Gäste da, die mitfahren wollten, auch der Manager stand gelangweilt vor dem Eingang, rauchte seine Zigarette; die Saison war wohl vorbei.

Der Bus holperte heran, Erik stieg nach den drei Touristen ein.

»Guten Morgen, Paco, wie geht es?«

Der schaute Erik wie einen Außerirdischen an. Schwieg, nahm das Geld entgegen und legte den Fahrschein auf die Ablage.

»Was ist los? Schlechte Laune?«

Paco schüttelte den Kopf. »Wir sollten reden«, knurrte er.

Mist, dachte Erik, was ist da im Busch? »Okay, wenn wir angekommen sind.« Er suchte sich einen Platz weiter hinten.

Als die drei Gäste ausgestiegen waren, drehte Paco sich zu ihm um. »Reden wir?«

Erik kam nach vorn, setzte sich auf den Platz an der Frontscheibe, der für Reisebegleiter gedacht war. »Was gibt es denn?« Jetzt war er doch sehr gespannt.

»Neulich auf der Terrasse … Sie redeten von Träumen, habe ich mir da was eingebildet, oder ging es darin um unsere Insel?«

Also doch. Paco hatte das leider genau mitbekommen. »Ach, ich lese ja die Chronik aus der Kirche und dann träume ich davon, wie es gewesen sein könnte, damals im 16. Jahrhundert.«

Der Fahrer starrte ihn an. »Nein, nein, Sie sagten etwas anderes. Sie schreiben einen Roman darüber.«

»Und was ist daran so schlimm?«

»Meine Familie lebt seit Jahrhunderten hier. Ich hoffe doch sehr, wenn Sie über damals etwas in Ihren Träumen erfinden und dann notieren, dass Sie über uns Ureinwohner nichts schreiben.«

»Aber wieso denn? Alles, was ich lese, träume und dann aufschreibe, ist voller Respekt für Sie und Ihre Vorfahren.«

Paco musterte Erik skeptisch. »Sollten Sie etwas über vermutliche Menschenopfer schreiben, mit denen wir Göttern gehuldigt hätten … Erik, ich finde Sie, egal, wo auf der Erde Sie sich aufhalten. Dann mache ich Sie fertig.«

Erik prallte zurück. »Um Himmels willen, wie kommen Sie denn auf so etwas?«

»Ganz einfach, die katholischen Missionare haben das verbreitet, sie hätten uns beinahe vernichtet, diese Irren.«

»Nein! Das kann nicht sein. Admiral Fernando Calvez und seine Leute haben sich gut benommen, sie sind freundlich aufgenommen worden. Calvez ist einer von den Guten. So steht es in der Chronik des Padre, so träumte ich es.«

Pacos Gesicht überzog ein schmerzliches Lächeln. »Dann habe Sie noch nicht weitergelesen …«

»Nein. Ich lese immer nur einen Absatz der Chronik, die äußerst pragmatisch abgefasst ist, danach hoffe ich auf den Traum, der mir die Geschichte gefühlvoll näherbringt, so, als wäre ich direkt anwesend. Entsetzlich, wenn das tatsächlich …« Erik wurde übel.

»Wir hießen sie willkommen, diese Spanier, haben sie ernährt, waren hilfsbereit. Sie haben gemordet.« Pacos Stimme versagte ihm.

Erik stand auf, legte die Hand aufs Herz, sah dem jungen Mann in die schwarzen Augen. »Ich schwöre Ihnen, über Ihr Volk werden Sie in meinem Buch nur Gutes lesen. Es sind immer die Eroberer, die den Ursprung aus Machtgier und Dummheit zerstören.«

Paco blickte auf. »Das hoffe ich. Es war mir ein Anliegen. Und bitte, was immer Sie träumen, fallen Sie nicht auf die Heuchelei der damaligen Spanier herein, ihren Wahn, alle Welt missionieren zu wollen. Ein Teil meiner Vorfahren ist vernichtet worden.«

»Das ist so traurig, Paco. Aber sagen Sie, wundern Sie sich gar nicht darüber, dass ich derart träume, als wäre ich direkt im Geschehen?«

Nun lächelte Paco. »Nein. Isla des Cascades ist überaus mystisch, hier kann alles passieren. Träumen Sie nur weiter, es sei denn …«

Drohend hob er den Zeigefinger.

Erik schüttelte den Kopf. »Kommen Sie, trinken wir was zusammen, Paco.« Er betrachtete den jungen Mann, dessen blauschwarzes Haar in der Sonne wie lackiert schimmerte.

Sie spazierten in die Stadt hinein.

Sie hatten die Mauern der Tempelanlage auf dem Tempelberg erreicht. De Manoz schilderte den Priestern den Wunsch Spaniens nach engen Handelsbeziehungen, die durch einige Männer, die auf der Insel zurückbleiben sollten, gefestigt werden könnten. Erhebliche Mengen an Eisen, etwas weniger Kupfer und vierzig Buchenstämme führten zu einer schnellen Einigung.

Die letzten geschäftlichen Worte zwischen De Manoz, Calvez und den Priestern waren gewechselt. Der Maktonatl trat auf den neu ernannten Gouverneur zu und packte ihn freundschaftlich an den Schultern.

»Ich hoffe, dein Herz ist nicht allzu schwer, dass du deine Heimat jetzt nicht wiedersehen kannst. Doch freue dich darüber, dass uns nun Zeit gegeben ist, die Gespräche nachzuholen, zu denen wir bisher keine Gelegenheit gefunden haben.«

Calvez nickte dankbar. De Manoz schaute seinen Freund verwundert an, sagte jedoch kein Wort.

Am Strand lagerten bereits Eisen und Holz, die Schiffe wurden noch weiter entladen. De Manoz und Calvez fanden keine Gelegenheit, persönliche Worte zu wechseln. Ständig war einer der neuen Soldaten in ihrer Nähe und schien sie aushorchen zu wollen. Ein weiteres Beiboot näherte sich dem Strand. De Manoz folgte den Blicken von Calvez und seine Miene verfinsterte sich schlagartig.

»Vorsicht, Schlange«, zischte der General. Ein Offizier stieg an Land und hielt auf die Freunde zu. Höflich stellte De Manoz vor: »Gouverneur, dies ist Hauptmann Merron. Hauptmann, der Gouverneur der Insel und Euer Vorgesetzter, Gouverneur Calvez.«

Merron war klein, weichlich und hatte einen feuchten Händedruck. Er grinste unablässig und buckelte. Die kleinen, wässrigen blauen Augen wichen dem direkten Blick Calvez' aus. Merron war dem Gouverneur auf Anhieb unsympathisch.

»Gouverneur, es ist mir eine Ehre, unter Eurem Kommando zu

dienen. Ihr seid in unserer Heimat ein Held und meine Familie war von Stolz erfüllt, als sie erfuhr, dass ich meine Dienste unter Eurer erfolgreichen Leitung verrichten darf.« Merron sang mehr, als er sprach und seine Stimme triefte vor Unterwürfigkeit.

»Danke Hauptmann, berichtet, wie lange noch entladen werden muss.«

»Gut, dass Ihr diesen Punkt ansprecht, Gouverneur. Ich glaube, dass wir es schaffen können, bis zum Abend alle Tauschgüter an Land zu schaffen. Dann könnten wir morgen früh die Vorräte der Schiffe ergänzen, die Soldaten und Matrosen, die bisher auf dieser Insel ausharren mussten, an Bord bringen und die neue Inseltruppe an Land holen. Mit etwas Glück kann der General bereits am Nachmittag zu seiner heldenhaften Mission auf der großen Insel im Westen aufbrechen.«

»Schön, Hauptmann Merron, überwacht Ihr das weitere Entladen der Schiffe. Der General und ich gehen zur Kaserne, um den Auszug der bisherigen Inselbesatzung vorzubereiten.«

De Manoz und Calvez ließen Merron am Strand zurück.

Als sie außer Hörweite waren, konnte De Manoz nicht mehr an sich halten. »Sei vorsichtig, Fernando. Diesem Merron ist nicht zu trauen. Mir scheint, er kann nicht abwarten, mich endlich verschwinden zu sehen. Ich kann den Kerl nicht ausstehen. Als ich schon hörte: Meine Familie war stolz, dass ich unter Euch dienen darf, ist mir fast schlecht geworden. Seine Familie, das ist im Wesentlichen sein Onkel, er ist einer der Berater am königlichen Hof. Er hat am schlimmsten gegen dich gehetzt. Er hat auch dafür gesorgt, dass sein Neffe dieses Kommando erhielt, obwohl er keine Schlacht geschlagen hat und das Militär lediglich aus der sicheren Kaserne heraus kennt. Es gibt Offiziere in der Heimat, die für diesen Einsatz besser geeignet und bereit für ein solches Kommando gewesen wären und die es insbesondere auch verdient hätten. Ich bin sicher, der liebe Onkel bereitet schon jetzt eine Geschichte über alle erdenklichen Heldentaten seines Neffen vor, damit, wenn dieser in ein oder zwei Jahren zurückkehrt, das Feld für die nächste Beförderung bestellt ist. Die seltsame Eile des königlichen Rates ist mir nicht geheuer. Den Kapitänen wurde sogar untersagt, von Bord zu gehen, um nicht unnötig Zeit zu verlieren. Übrigens, schöne Grüße von Kapitän Ronte, er befehligt die Granada, die kleinste unserer Karavellen. Er spielte sogar mit dem Gedanken, heimlich von Bord zu schleichen, um dich zu besuchen. Ich habe es ihm ausgeredet, wegen all der Spione an Bord.«

De Manoz übernachtete in der Kaserne und Calvez freute sich, endlich ungestört mit seinem Freund reden zu können. Sie saßen auf der Pritsche, doch keiner von ihnen schien zu wissen, was er sagen sollte. Die Zeit, die De Manoz auf der Insel verbringen konnte, war viel zu kurz, um sich wirklich auszutauschen. Schließlich räusperte sich Calvez.

»Schade, dass du morgen wieder aufbrechen musst. Achte bitte auf dein Leben und deine Gesundheit.«

»Danke Fernando, es ist schön, dass sich jemand um mich sorgt.«

»Verdammt«, platzte es aus Calvez, »hätte der königliche Rat nicht jemand anderen als dich zur großen Insel schicken können? Du hast dich doch wahrhaftig genug um Spanien verdient gemacht.«

De Manoz lächelte gequält. »Es ist schön, dass du es so siehst, doch es scheint, dass der königliche Rat anders denkt. Auch ich hatte mir erhofft, General am Hofe zu werden, aber … Zumindest hat meine Entsendung zur großen Insel den Vorteil, dass wir uns wiedergesehen haben.«

»Ach, Juan, hättest du nicht darauf dringen können, dass andere zur großen Insel reisen?«

De Manoz schaute Calvez irritiert an. »Fernando, ich bin Soldat und es ist meine Aufgabe, dem Vaterland zu dienen.«

»Unsinn, meine Aufgabe sollte es sein, zur See zu fahren, und trotzdem sitze ich auf der Insel fest. Die schönen Worte des königlichen Rates, warum ausgerechnet ich als Gouverneur hier bleiben soll, können mich nicht darüber hinwegtäuschen, dass auch viele andere, wie zum Beispiel Hauptmann Vazevar, die Interessen Spaniens hätten wahren können. Was ist das für ein Vaterland, das mich, der ich dem Land niemals geschadet habe, auf die Insel verbannt, und dich, der du so oft dein Leben riskiert hast, stets neuen Gefahren aussetzt? Du weißt, dass es mir nicht auf Ruhm und Ehre ankommt, aber ich möchte wetten, dass man uns in Frankreich oder Portugal an den Hof berufen und nicht alle Anstrengungen unternommen hätte, uns loszuwerden. Ich sehe keinen Grund, mich einem Vaterland verpflichtet zu fühlen, das seine treuesten Diener mit den Füßen tritt.«

»Pssst.« De Manoz versuchte Calvez zu beruhigen, der in seinem wachsenden Zorn immer lauter sprach. »Leise, Fernando, die Kaserne ist zwar stabil, die Wände sind dick, doch du weißt nicht, ob nicht Merron oder einer seiner Gauner vor der Tür stehen und lauschen. Vielleicht hast du ja recht, aber mein Vaterland ist das Land, in dem ich geboren wurde, ist das Land, dessen Sprache ich spreche, ist das Land, in dem meine Freunde leben und feiern. Es ist das Land, dessen Lieder und Sagen ich kenne. Nur dies ist mein Vaterland, dem ich dienen möchte. Dieses Vaterland wird bleiben, wenn die Herrscher und Mächtigen von heute schon längst vergessen sind.«

Calvez sprang von der Pritsche auf und lief gestikulierend durch den Raum. »Es tut mir leid, Juan, dass ich Spanien zurzeit nicht liebenden Auges sehen kann wie du. Ich habe Hojeda erlebt, wie er um seines Ruhmes willen wehrlose Wilde abgeschlachtet hat. Ich habe …«

»Umso wichtiger ist es, dass nicht ein zweiter Hojeda Gouverneur dieser Insel ist, sondern ein besonnener Mann wie du. Wir müssen Geduld haben. Die Ereignisse haben sich in den letzten Jahren überschlagen. Zuerst die Vertreibung der Mauren, dann die Entdeckung der Inseln, ja, es gibt sogar Gerüchte, dass sich das Haus der Habsburger mit unserer Krone im Kampf gegen den Einfluss des französischen Königreiches zusammenschließen will. Vielleicht muss Spanien erst einmal zur Ruhe kommen, um sich neu zu ordnen.«

»Du hast wohl recht, wir werden nichts ändern können. Komm, lass uns über erfreulichere Dinge sprechen, solange du noch hier bist.«

De Manoz und Calvez redeten bis in die späte Nacht über die Vergangenheit, über die Insel, über Spanien und ihre Pläne. Calvez fühlte sich wohl dabei, endlich wieder mit seinem Freund zu sprechen und zu lachen.

Am Morgen wurden Vorräte an Bord der Karavellen gebracht, anschließend die Besatzung ausgetauscht. Calvez und De Manoz beobachteten, wie das letzte Beiboot zur Insel ruderte. De Manoz, Vazevar und vier weitere Männer sollten dann mit diesem zu den Karavellen gebracht werden. Vazevar reichte Calvez verlegen die Hand.

»Gouverneur, ich hatte das Glück, unter General De Manoz und nun auch unter Euch dienen zu dürfen. Ich möchte Euch danken und wünsche Euch alles Gute.«

»Danke Hauptmann, ich beneide meinen Freund General De Manoz, dass er Euch als treuen und zuverlässigen Offizier an seiner

Seite hat. Ich hoffe, dass Euch auf der großen Insel kein Unglück widerfährt und wir uns bald gesund wiedersehen werden.«

Das Beiboot wurde an den Strand gezogen und einem hageren Pfarrer aus dem Boot geholfen. De Manoz übernahm es, die Männer gegenseitig vorzustellen. Padre Sesnar mochte noch nicht fünfzig Jahre alt sein, doch sein Gesicht hatte verbitterte Züge. Die Augen lagen in tiefen Höhlen und betonten die schmale, aber lange und leicht nach unten gebogene Nase. In dem stechenden Blick lagen Anzeichen von Unbarmherzigkeit und Unnachgiebigkeit.

De Manoz verabschiedete sich kurz und ohne Gefühle zu zeigen. Die Männer stiegen in das Beiboot. Calvez schaute dem Boot nach, bis es die Karavellen erreicht hatte, beobachtete, wie die Segel gehisst wurden und die Schiffe auf den Horizont zuhielten. Er fühlte, dass er während der gesamten Zeit von Padre Sesnar beobachtet wurde. Langsam drehte er sich um.

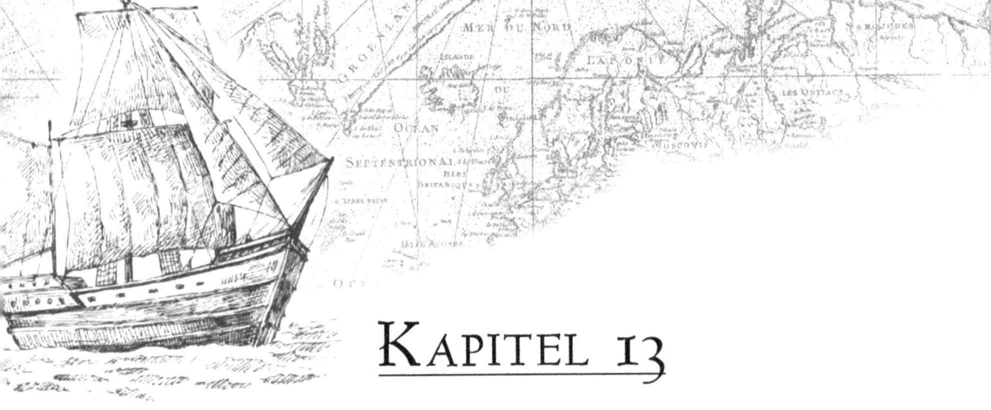

KAPITEL 13

esnar erriet wohl die Gedanken und Gefühle von Calvez, denn er sagte: »Seid Ihr von Sehnsucht erfüllt, wenn Ihr die Karavellen zum Sonnenuntergang hinsegeln seht?«

»Die Krone hat befunden, dass ich unserer Heimat als Gouverneur dieser Insel zurzeit am besten dienen kann. Ich möchte die Weisheit des königlichen Rates nicht in Frage stellen. Ich habe mehr als die Hälfte meines Lebens auf den Meeren zugebracht und muss gestehen, dass ich das Leben auf der Insel genießen kann.«

Das Lachen Sesnars wirkte aufgesetzt. »Fürwahr, die Wahl des königlichen Rates war vortrefflich. Ihr habt, soweit ich bisher erfahren habe, die spanischen Interessen auf dieser Insel in herausragender Weise wahrgenommen. Hauptmann Merron wusste zu berichten, dass die Verhandlungen über die Tauschgüter schnell und erfreulich verliefen. Dies zeigt mir, dass man Euch auf der Insel vertraut. Ich habe auch erfahren, dass es Euch bereits gelungen ist, einigen Barbaren unsere Sprache beizubringen.«

Calvez spürte, wie ihm das Blut in den Kopf schoss. Er suchte nach den passenden Worten, um dem Padre klarzumachen, dass es sich bei den Inselbewohnern nicht um Barbaren handelte.

Doch bevor er etwas erwidern konnte, fuhr Sesnar bereits in einer gleichgültigen und blasierten Weise fort: »Könnt Ihr mir auch schon berichten, welche Fortschritte Ihr bei der Bekehrung der Wilden gemacht habt?«

Calvez glaubte vor Wut zu platzen und erschrak über sich selbst, als er Padre Sesnar mit ruhiger, fast kalter Stimme zurechtwies. »Ich darf Euch darauf hinweisen, dass die Bewohner der Insel weder Barbaren noch Wilde sind. Die Priester der Insel verfügen über Wissen, welches mir, General De Manoz und allen unseren Männern fremd war. Die Kenntnisse zur Heilung Kranker scheinen mir größer als die unserer spanischen Quacksalber. Nach nahezu einem Jahr auf der Insel kann ich Euch versichern, dass die Einheimischen in Sachen Nächstenliebe und Hilfsbereitschaft mit Sicherheit keiner christlichen Nachhilfe bedürfen. Ich habe vielmehr den Eindruck, dass sie manchem Christen hierin ein Vorbild sein könnten. Ansonsten habe ich in den letzten Monaten keine Zeit gehabt, mich um Glaubensfragen zu kümmern. Ich war und bin noch immer für das leibliche Wohl der mir unterstellten Männer verantwortlich und gedenke auch zukünftig alles zu tun, um die Versorgung meiner Männer nicht zu gefährden.« Mit diesen Worten wandte sich Calvez ab und ließ den überraschten Padre am Strand zurück.

Auf dem Weg zur Kaserne versuchte Calvez die Rolle Sesnars in dem Intrigenspiel, das von De Manoz beschrieben worden war, einzuordnen.

Offiziell sollte Sesnar nur die Soldaten seelisch betreuen, doch tatsächlich schien er entschlossen, auf der Insel Missionarsarbeit zu leisten. Obwohl Calvez den Padre erst kurz kannte, bisher lediglich dieses Gespräch am Strand mit ihm geführt hatte, war er sicher, dass sich Sesnar von diesem Entschluss auch nicht abbringen ließe.

Kein Zweifel, Calvez und De Manoz wurden vom königlichen Rat getäuscht. Sesnar war nicht wegen des Seelenheils der Soldaten zur

Insel geschickt worden, sondern um zu missionieren. Diese Arbeit des Padre musste zu Spannungen mit den Priestern führen, das gewachsene Vertrauensverhältnis belasten. Das wusste sicherlich auch der königliche Rat. Warum ließ es der Rat dann auf einen Streit ankommen?

Erst Stunden bevor Kapitän Ronte die Anker lichtete, um Hauptmann Merron, Padre Sesnar und neue Truppen zur Insel zu führen, hatte sich der königliche Rat nach wochenlangem Gezeter und Gezerre zu einer Strategie durchringen können. Kein Zweifel, Spanien befand sich in einer Zwickmühle. Nach dem Vertrag von Tordesillas lag die Kaskadeninsel innerhalb des portugiesischen Einflussgebietes. Doch die Insel zu räumen, kam nicht in Frage. Zu groß war die Gier nach dem Wissen der Priester, nach den weichen Stoffen, den seltsamen Früchten, zu verlockend die Aussicht, auf einer Westfahrt einen Flecken zu kennen, an dem Wasser und Vorräte aufgenommen werden konnten. Doch was würde geschehen, wenn Portugal von der Insel erfuhr? In allen Streitigkeiten um die Hoheitsgebiete entschied bisher der Papst. Zwar bekundete der Heilige Stuhl stets sein Wohlwollen, da es jedoch den spanischen Truppen gelungen war, die Osmanen zu vertreiben, blieb es bei Worten ohne Folgen. Ähnliches Wohlwollen empfand man in Rom offensichtlich auch für die ertragreichen Geschäfte der Portugiesen mit Indien, die ebenfalls den päpstlichen Säckel füllten.

Doch konnte der Papst Spanien den Einfluss über die Kaskadeninsel versagen, wenn es gelänge, auch dort ein christliches Werk zu vollbringen, während sich die Portugiesen noch nicht einmal bemühten, auch nur einen Inder zu bekehren?

Immer wieder wurden Ronte, De Manoz und die Soldaten befragt, doch sie bestätigten es stets aufs Neue: Es gab auf der Insel keine

Götzenstatuen, keine Opferrituale, keine Gebete, keine heiligen Plätze, wahrscheinlich keinen gefestigten Glauben. Es müsste ein Leichtes sein, auf solch unbeackertem Boden das Wort Christi zu verbreiten. Eines Diplomaten bedürfe es für diese Aufgabe kaum, sondern eher eines beharrlichen Mannes. Ein solcher war Sesnar.

Calvez erinnerte sich an die Schilderungen De Manoz' zu den militärischen Leistungen Merrons und den Verdacht, dass der Onkel im fernen Spanien bereits Vorbereitungen für dessen Karriere treffen würde.

Die erfolgreiche ›Bekehrung‹ der Inselbevölkerung wäre sicherlich ein wegweisender Schritt in Merrons Werdegang. Das Risiko hingegen war gering. Gegen unbewaffnete Gegner konnte mühelos Waffengewalt eingesetzt werden, ohne sich selbst der Gefahr von Verletzungen und Verlusten auszusetzen. Calvez war als Gouverneur auf der Insel gefangen, sodass Sesnar und Merron nach ihrer Rückkehr ungestraft ihre eigenen Heldentaten preisen konnten. Der Einzige, der in diesem Intrigenspiel verlieren konnte, war Calvez. Sollte irgendetwas auf der Insel misslingen, so war dies die Schuld des verantwortlichen Gouverneurs. Calvez fühlte einen Anflug von Angst.

Er musste sich auf das nächste Gespräch mit Sesnar besser vorbereiten. Der kurze Disput am Strand war sicherlich nicht die letzte Auseinandersetzung mit dem Padre. Bereits am Abend bat dieser um ein Gespräch. Er erschien in Begleitung von Merron und Calvez fand seine Vorahnungen bestätigt.

»Ich bedauere den Verlauf unseres Gespräches heute Mittag außerordentlich, Gouverneur. Mit Sicherheit war mir nicht daran gelegen, die Einheimischen zu beleidigen oder an deren Wissen zu zweifeln. Ganz sicher wollte ich auch nicht die Hilfsbereitschaft des Inselvolkes in Frage stellen. Im Gegenteil, die Krone ist diesem Volk für die

Pflege und Versorgung unserer Männer äußerst dankbar. Deshalb ist es auch der Wunsch der Krone und sicherlich auch Euer Wunsch, dass die Seelen dieser lieben Menschen nicht in der ewigen Hölle schmoren müssen. Der königliche Rat hat mir daher aufgetragen, die Seelen dieser Menschen zu retten und ihnen das wahre Wort Gottes zu verkünden.«

Calvez schien die Argumentation grotesk. Zum Zeichen des Dankes der Krone sollte also die Kultur der Inselbewohner zerstört werden, sollten sie gezwungen werden, ihrem eigenen Glauben abzuschwören. Er wusste, was er unter »Verkündung« zu verstehen hatte. Wer nicht freiwillig zu bekehren war, würde getötet werden.

»Ihr müsst Euch nicht entschuldigen, Padre, ich war unnötig gereizt.« Calvez bemühte sich um Höflichkeit. »Sicherlich ist mir auch daran gelegen, das Seelenheil eines jeden Maktonenen zu retten. Mir scheint indes eine Verkündung der Worte Gottes schwierig, da das Inselvolk unsere Sprache nicht versteht und Ihr deren Sprache nicht beherrscht. Euch ist bekannt, dass das Volk von Priestern regiert wird. Ich denke, im Interesse eines gedeihlichen Zusammenlebens, sollten wir nicht gegen den Willen der Priester handeln. Vielleicht wäre ein Glaubensdisput mit ihnen der geeignete Weg, die Bekehrung der Bevölkerung vorzubereiten, ohne dass es zu einem offenen Streit kommen muss.«

»Gouverneur, ich muss doch bitten. Nicht, dass ich Angst davor hätte, mit den Heidenpriestern über Glauben zu sprechen, aber es ist Gotteslästerung, wenn ich mit ihnen über die Existenz des einzigen und wahren Gottes diskutiere. Sie werden sich bekehren lassen müssen, manchmal muss man Menschen zu ihrem Glück zwingen. Die Sprache sehe ich nicht als Hindernis. Die jungen Männer, die Ihr unterrichtet habt, werden sicherlich meine Predigten übersetzen können.«

»Ich glaube nicht, Padre. Die jungen Männer sind Novizen und es ist wohl ausgeschlossen, dass die Priester ihnen erlauben werden, einen fremden Glauben zu lehren.«

»Wenn die Priester es nicht erlauben … nun, Hauptmann Merron ist ausdrücklich angewiesen, mich bei meiner Missionarstätigkeit zu unterstützen.« Sesnar griff in die Tasche seiner Soutane und übergab Calvez ein Schreiben.

Es trug das Siegel des königlichen Rates und Calvez las, was er kaum zu glauben vermochte. Hauptmann Merron war verpflichtet, die Bekehrung der Inselbewohner durch Padre Sesnar mit allen Mitteln zu unterstützen. Widerstand gegen die Bekehrung sei als Ketzerei zu werten. Damit war Calvez klar, dass Merron und seine Truppen faktisch dem Padre unterstellt waren. Calvez selbst hatte zwar einen Titel, aber keine Macht. Langsam verstand er den perfiden Plan des königlichen Rates. Aus den Erzählungen De Manoz' hatte der königliche Rat erkannt, dass alle Macht der Insel in den Händen der Priester lag. Sobald die Priesterschaft ausgelöscht wäre, stünden die restlichen Bewohner ohne Führung da und könnten leicht einer spanischen Herrschaft unterworfen werden. Spanien bliebe die Insel mit den reichen Vorräten erhalten und müsste keine Tauschgüter mehr abführen.

Der Gouverneur starrte auf das Schreiben, gab vor, ins Lesen vertieft zu sein, und versuchte, die wirren Gedanken zu ordnen. Die Gefahr, von den Portugiesen entdeckt zu werden, wuchs von Tag zu Tag. Sesnar und Merron hatten nicht unendlich viel Zeit, Erfolge vorzuweisen. Vielleicht würden sie bereits mit dem nächsten oder übernächsten Schiff wieder zurückgerufen. Es galt, Zeit zu gewinnen.

»Padre, in Hauptmann Merron habt Ihr sicherlich einen sehr geeigneten Mann an Eurer Seite. Doch ich zweifle, ob die Anwendung von Druckmitteln tatsächlich in Erwägung gezogen werden sollte. Bedenkt, die Kenntnisse der Priester über Heilpflanzen sind enorm. Aus Heilpflanzen können jedoch auch Gifte hergestellt werden. Wir sind auf die Versorgung durch die Einheimischen angewiesen. Wir kennen nur die wenigsten der Früchte und wären allen Giften hilflos ausgeliefert.«

Calvez genoss den Anblick von Merrons entsetztem Gesicht.

»Doch selbst wenn die Priester keine Gifte einsetzen würden, so sehe ich immer noch die Gefahr, dass sie uns nicht mehr mit Früchten versorgen. Bestimmt könnten wir selbst einige Felder abernten, doch ich weiß nicht, ob die Soldaten zu Bauern geboren sind.« Calvez verschwieg, dass der Glaube der Maktonenen es verbot, Menschen zu töten, daher mit einer Vergiftung durch die Priester nicht zu rechnen war. Nur die eigene Angst Sesnars und Merrons konnte ein Gemetzel unter den Inselbewohnern verhindern.

»Entschuldigt, Gouverneur, ich bin mir sicher, dass der Eindruck, Ihr wolltet die Bekehrung des Volkes verhindern, täuscht.« Die Augen des Padre waren zu Schlitzen zusammengezogen.

»In der Tat, dieser Eindruck täuscht. Ich möchte nur nicht, dass vierzig tapfere Soldaten ihr Leben lassen müssen. Unserer Sache wäre nicht gedient, wenn es uns nicht gelänge, einen Heiden zu bekehren, im Gegenzug jedoch über vierzig Christen von dieser Welt gingen.«

Sesnar nickte nachdenklich.

»Vielleicht habt Ihr recht, Gouverneur. Ich will mir zunächst ein Bild von der Insel und den Einheimischen machen. Ich danke Euch, dass ich mir Eurer Unterstützung gewiss sein darf.«

Calvez konnte in der Nacht kaum schlafen. Wenn ihm vor Erschöpfung die Augen zufielen, träumte er von blutigen Gemetzeln unter den Einheimischen, so, wie er sie auf der Seefahrt mit Hojeda erlebt hatte. Er war sich bewusst, dass er nicht tatenlos zusehen durfte, wie sich die Bekehrungsversuche von Sesnar entwickelten. Insbesondere durfte er nicht zulassen, dass der Padre die völlig unvorbereiteten Inselbewohner zwangsweise zu bekehren versuchte. Er hatte diese Insel entdeckt, die friedlichen und unbedarften Menschen dem Zugriff der spanischen Krone ausgesetzt. Er fühlte sich in der Verantwortung gegenüber den Maktonenen.

Calvez war entschlossen, Sesnar so weit als möglich an der Umsetzung seiner Pläne zu hindern. Er würde jedoch vorsichtig sein müssen. Sollte bekannt werden, dass er die Missionarstätigkeit Sesnars hintertrieb, schien Calvez sicher, dass dies sein Leben kosten würde, entweder bereits auf der Insel, zumindest jedoch nach einem Verfahren wegen Ketzerei in Spanien. Er überlegte, mit wem er sprechen sollte und ob er überhaupt auf die Verschwiegenheit der Inselbewohner vertrauen durfte.

Die Einstellung der Nahrungslieferung durch die Maktonenen hielt er nicht für wahrscheinlich. Auch an Gefahr für Leib und Leben glaubte er nicht. Die Religion der Maktonenen gebot den Schutz von Menschenleben und Hilfsbereitschaft. Als einzige Gefahr erschien Calvez, dass sich das Verhältnis zwischen den Völkern deutlich verschlechtern konnte. Unter Abwägung der Gefahren für die Einheimischen befand er das jedoch für hinnehmbar. Schwerer tat sich Calvez damit, sich eingestehen zu müssen, dass er entschlossen war, die Interessen seines Glaubens und seines Heimatlandes zu verraten.

Immer wieder drehten sich in seinem Kopf verschiedene Szenarien und als es Morgen wurde, war er sich dessen, was er tun solle, ebenso unsicher wie am Vorabend. Calvez kam zu dem Schluss, dass ihm auch weiteres Nachdenken nicht zu einem Gedankenblitz

verhelfen würde, und machte sich daher in aller Frühe auf den Weg
zu den Priestern.

Am Fuß des Tempelberges traf er Coxlan und Makkas, die auf
dem Weg zur Festung waren, um dort wieder Übersetzungsar-
beit zu leisten. Ohne weitere Erklärung bat er sie, ihn wieder nach
oben zu den Priestern zu begleiten. Die beiden kannten Calvez als
meistens gut gelaunten, freundlichen Mann. Als sie nun in sein
finsteres Gesicht sahen, ließen sie ihn mit seinen düsteren Gedanken allein und folgten ihm den Berg hinauf mit etwas Abstand.
Als Calvez die jungen Männer hinter sich glucksend lachen hörte,
dachte er mit Wehmut daran, dass auch für Makkas und Coxlan die
Zeit der Unbekümmertheit bald vorbei sein könnte. Während des
gesamten Anstiegs quälte den Gouverneur stets die Frage, wie er
sein Problem und seine Ängste vortragen sollte. Würden ihm die
Priester überhaupt zuhören, ihm vertrauen? Warum sollten sie das
tun? Er war ebenso Spanier wie die Männer, vor denen er warnen wollte. Vielleicht fürchteten die Priester einen Verrat oder eine
Lüge?

Er war vertieft in seine Gedanken. Fast erschrak er, als er vor den
Mauern des Tempelbezirkes eintraf. Er blieb stehen, während Coxlan
und Makkas durch das große Tor verschwanden. Nach kurzer Zeit
erschien der Maktonatl und begrüßte ihn freundlich. Zwar hatte Calvez viel nachgedacht, doch nicht darüber, wie er das Gespräch einleiten sollte. So stand er nun dem Maktonatl gegenüber und schaute
nachdenklich vor sich hin. Schließlich sagte er unsicher und achtete
dabei darauf, den Oberpriester nicht zu verletzen, es gehe um eine
Frage des Glaubens. Der Mönch nickte kurz, sprach ein paar Worte
zu Makkas, der daraufhin hinter den Mauern der Tempelanlage
verschwand.

»Makkas Ausbildung ist noch nicht so weit gediehen, als dass er unbeschadet einem Gespräch über einen anderen Glauben folgen könnte. Ich möchte nicht, dass er in seiner Grundüberzeugung verwirrt wird. Coxlan soll allein übersetzen.«

»Ich habe Verständnis für diese Entscheidung, Maktonatl. Dies gilt umso mehr, als ich selbst verwirrt bin und nicht weiß, wie ich das, was mich quält, vortragen und erklären soll. Ich achte das Volk der Maktonenen, ihren Glauben und will euch daher nicht beleidigen oder verletzen.«

»Mach dir keine Sorgen. Ich kenne dich und dein reines Herz. Sprich offen.«

Umständlich begann Calvez zu erklären, dass in dem Land, aus dem er käme, ebenfalls ein Gott verehrt werde. Im Gegensatz zu den anderen Völkern, die Steine oder Sterne als Götter der Liebe, des Krieges, der Fruchtbarkeit oder sonstiger Anlässe verehrten, sei der Gott, der in Spanien und vielen Ländern der Erde verehrt werde, der einzige Gott. Dieser sei unsichtbar, doch er offenbare sich, wenn die Menschen an ihn glaubten.

Der Maktonatl hörte den ausführlichen Erklärungsversuchen Calvez schweigend und interessiert zu und nur ein gelegentliches Stirnrunzeln zeigte, dass ihm doch das eine oder andere an der Schilderung des Gouverneurs unklar erschien. Calvez versuchte, Gott als strengen und gerechten Gott zu beschreiben, der seine schützende Hand über alle Menschen legte, die an ihn glaubten.

Je länger er nach Worten oder Erklärungen suchte, umso mehr wurde er sich seiner eigenen Zweifel an Gott bewusst. Wo blieb die göttliche Gnade, als ihm alles, was ihm am Herzen lag, zuerst Rosa Maria, dann sein Schiff und zuletzt seine Heimat, genommen wurde? Wo blieb die schützende Hand Gottes, wenn Konquistadoren über fremde Völker herfielen und sodann in der Erwartung reicher Goldfunde niedermetzelten? Welcher Gott, der das Töten verbot, wollte mit diesem Gold Kathedralen geschmückt wissen? Wenn Gott so allmächtig war, wie ihn die Padres schilderten, würde er wirklich wollen, dass man ihm huldigte wie einem Götzen? Hatte er es wirklich nötig, die Menschen auf immer neue Proben zu stellen, um sich ihres Glaubens gewiss zu sein? Würde Gott wirklich alle Menschen, die nicht an ihn glaubten, bestrafen? Er dachte an die halbnackten Wilden, die er auf seiner ersten Westreise gesehen hatte. Diese einfachen Menschen, die weder schreiben noch lesen konnten, die deshalb auch nicht um Gott wissen konnten, die sollten bestraft werden?

Calvez hatte Mühe, sich auf sein Ansinnen zu konzentrieren, da sein Glaubensbild zusehends ins Wanken geriet. Doch er weigerte sich, Gott zu leugnen. Wer außer Gott sollte die Welt, die Pflanzen und Tiere und auch den Menschen erschaffen haben, diesem Güte und Nächstenliebe gegeben haben? Wer, wenn nicht Gott? Je mehr er darüber nachdachte, umso sicherer war er, dass Gott existierte, dieser jedoch nichts mit dem Bild zu tun hatte, das die Padres beschrieben.

In seinen Darlegungen schilderte Calvez insbesondere die christlichen Werte der Hilfsbereitschaft und Nächstenliebe, aber auch den Zorn Gottes auf diejenigen, die nicht an ihn glaubten. Dann machte er eine Pause, um die Reaktion des Maktonatl abzuwarten. Der Priester dachte lange nach, runzelte hin und wieder die Stirn.

»Calvez, du bist kein Lehrer deines Glaubens. Ich kann mir vorstellen, dass euer Glaube tiefgründiger ist, als du ihn mir mit wenigen Worten geschildert hast. Und dennoch verstehe ich ihn nicht. Sieh dich um, ein Meer, reich an Fischen, köstliches Obst, herzhaftes Gemüse, fruchtbarer Boden. All dies hat uns, wenn ich dich richtig verstanden habe, dein Gott geschenkt. Dann gab er uns auch das Lachen, die Freude, die Fähigkeit zur Liebe, die Gabe zu heilen. Glaubst du wirklich, ein Gott, der so liebt, der die Menschen so liebt, dass er sie mit Schätzen überhäuft, wolle einen Menschen strafen, nur weil dieser den Namen deines Gottes nicht nennt? Glaubst du wirklich, dass dein Gott Menschen, die seine Gebote befolgen, bestraft, weil sie den Namen deines Gottes nicht nennen wollen? Nein, ich kann mir nicht vorstellen, dass ein Gott, der so großzügig und selbstlos handelt, zugleich so eitel ist, dass es ihm wichtig wäre, seinen Namen zu hören. Ich weigere mich, zu glauben, dass einem solchen Gott der eigene Name wichtiger ist als das Ziel, das er mit seinen Geboten vorgibt.«

Die Brust des Kapitäns zog sich zusammen. Er hatte das Gefühl, jemand habe einen Dorn in sein Herz gerammt. All jene Zweifel an den Lehren der Kirche, die Calvez seit dem Tode Rosa Marias in sich trug, hatte der Maktonatl offen ausgesprochen. Schlimmer als das, er war überzeugt, dass der Priester recht hatte, fürchtete sich aber, dies einzugestehen. Er war verunsichert, wusste nicht, wie er mit seinen Gefühlen umgehen sollte und antwortete ausweichend.

»Es ist richtig, ich bin kein Priester. Mit dem letzten Schiff kam daher auch ein Lehrer unseres Glaubens auf die Insel. Vielleicht habt Ihr ihn schon gesehen. Er trägt einen langen, schwarzen Mantel und heißt Padre Sesnar. Er hat sich in den Kopf gesetzt, die Maktonenen in unserem Glauben zu unterrichten.«

Die Miene des Oberpriesters verfinsterte sich abrupt. Beschwichtigend fuhr Calvez fort: »Ich bin gegen das Vorhaben des Padre. Euer Volk ist hilfsbereit und gastfreundlich, das sind Eigenschaften, die auch unser Gott fordert. Darum sehe ich keinen Sinn, die Maktonenen von einem Glauben überzeugen zu wollen, dessen wichtigste Gebote sie ohnehin schon befolgen.«

»Warum verbietest du dem Lehrer nicht, das Volk gegen uns aufzuhetzen? Du bist doch der Mann, der zu bestimmen hat.«

»Schön wäre es, Maktonatl.« Calvez wurde immer unsicherer. Was sollte er sagen, wie weit durfte er gehen, um die Priester vorzuwarnen? Wie ehrlich durfte er sein? Nein, er war gewiss kein Diplomat und hatte nicht mehr die Absicht, die Priester mit schönen Worten zu täuschen.

»Als ich Euch vor Wochen von meiner Heimat, anderen Ländern und Kulturen erzählte, habe ich Euch stets die schönen Seiten der Welt nahegebracht. Leider ist sie grausamer, verlogener, als ich zu schildern wage.«

»Entschuldige Calvez, ich will nur kurz in den Tempeln etwas erledigen. Wenn ich zurückkomme, versuche mir die Welt, wie sie in deiner Heimat ist, zu beschreiben.«

Der Maktonatl stand auf und verschwand durch das Tor.

Was sollte Calvez erklären? Die Maktonenen kannten keinen Krieg, sie kannten keine Unterschiede zwischen Farbigen und Weißen, zwischen Christen und Andersgläubigen. Sie kannten keinen Neid, keine Gier nach Gold. Sie hatten, mitten im Meer gelegen, keine Angst, von anderen Völkern angegriffen zu werden. Die Maktonenen schienen so glücklich und zufrieden, dass sie noch nicht einmal die Neugier quälte, zu reisen oder zu forschen. Außer den Fischernachen in der Bucht gab es keine Boote und niemand schien zu interessieren, was jenseits des Meeres war. Wie sollten Menschen, die über viele Generationen auf der Insel lebten, verstehen, was Intrigen, Macht und Heimtücke sind?

Der Maktonatl kehrte zurück. Ihm folgten einige Novizen, die ins Tal eilten.

»So, Calvez, erkläre mir, warum du dem Mann mit den schwarzen Kleidern nicht befehlen kannst, unser Volk in Ruhe zu lassen.«

»Nun, das ist schwierig. Unser Gott sagt, dass wir versuchen sollen, Menschen, die nicht an ihn glauben, zu bekehren. Unsere Priester lehren, dass jeder, der unseren Gott leugnet, ein Sünder sei und Gott beleidige. Ein solcher Ketzer, so werden die Sünder genannt, sei aber auch derjenige, der verhindere, dass Ungläubige bekehrt werden. Da er Gott leugnet, genießt er auch nicht dessen Schutz und darf getötet werden.«

»Das verstehe ich nicht. Derjenige, der den Ketzer tötet, verstößt doch ebenfalls gegen ein Gebot eures Gottes, beleidigt ihn doch, indem er die Gebote Gottes missachtet. Wird dann derjenige, der den Ketzer tötet, auch getötet? Mich wundert, dass es dein Volk überhaupt noch gibt und es sich nicht selbst ausgerottet hat.«

»Nein, nur der Ketzer wird getötet.«

»Dann müssen die Lehrer deines Glaubens aber schlechte Meister sein, wenn sie befehlen, gegen die Gebote deines Gottes zu verstoßen. Wie sollen wir zulassen, dass unser Volk von solch üblen Lehrern falsch unterrichtet wird?«

Die einfache, logische Argumentation war entwaffnend. Sie stach Calvez in die Brust und bestätigte ihn andererseits in seiner Abneigung gegen Sesnar.

»Ich bin kein Gelehrter unseres Glaubens und kann daher Euren Vorwurf nicht entkräften. Doch da ich nun hier bin und dem Volk der Maktonenen von den Plänen des Padre Sesnar berichtete, könnte der behaupten, ich sei ein Ketzer ...«

»... und dann könnte dich der Padre töten lassen? Ich verstehe, dass du dem Lehrer nichts verbieten kannst. Ich danke dir, dass du die Gefahr auf dich genommen hast, um uns zu warnen.«

»Maktonatl, gibt es keinen Weg, den Streit mit dem Padre zu vermeiden?«

»Schau, Calvez, dort oben siehst du das Zeichen des Sonnengottes, es leuchtet vom reinen Himmel. Manchmal gibt uns auch die Regengöttin ein Zeichen, wie in den Tagen, als deine Schiffe die Insel erreichten. Ohne Sonne und Regen gäbe es auf dieser Welt keine Pflanzen, Tiere und Menschen. Die Götter, die das Leben auf der Welt schufen, sehen wir häufig. Der Padre möge mir einen Beweis für die Existenz seines Gottes vorlegen und ich werde mich bekehren lassen.«

»Aber der Regen entsteht, indem …«

»Wir wissen, dass Wasser des Meeres verdunstet und der Regen entsteht. Unser Glaube begründet sich nicht darauf, dass wir beten, es möge regnen, sondern basiert darauf, dass es Regen gibt. Wir beten nicht, dass die Sonne scheinen möge, sondern danken, dass sie da ist, dass sich unser Erdball um sie drehen darf.«

Calvez hatte das Gefühl, der Boden schwankte unter ihm. Die Priester waren bewandert in der Heilkunst, der Pflege von Pflanzen und doch hatte er bisher geglaubt, ihnen sei die übrige Welt unbekannt, ihr Wissen beschränke sich auf das, was auf der Insel unbedingt benötigt werde.

Und nun, als sei es das Selbstverständlichste der Welt, sprach der Maktonatl von einer Erdkugel. Schlimmer noch, er behauptete, die Erde bewege sich um die Sonne. Calvez wusste, dass in den letzten Jahren mancher Astronom hinter vorgehaltener Hand behauptete, dass die Lehre der Kirche mit der Erde als Mittelpunkt des Universums falsch sei. Es gebe viele Anzeichen dafür, dass die Erde sich um die Sonne bewege. Niemand traute sich, dies öffentlich zu behaupten, denn es war Ketzerei.

Es bohrte in Calvez nachzufragen, warum sich der Maktonatl seiner Behauptung so sicher war, doch er wagte es nicht. Zu selbstverständlich hatte der Priester sein Weltbild geschildert und eine Nachfrage musste Calvez als unwissenden Seemann erscheinen lassen.

Noch mehr quälte ihn der Gedanke, dass eine überzeugende Erklärung des Oberpriesters, warum sich die Erde um die Sonne bewege, sein Vertrauen in die Kirche nur noch mehr erschüttern könnte.

»Also sag dem Lehrer, dass wir seinen Unterricht nicht brauchen!«

»Das kann ich nicht, denn dann wüsste er, dass ich mit Euch gesprochen habe. Außerdem würde der Padre sofort Soldaten zu den Tempeln schicken, um Euch töten zu lassen. Nein, niemand darf offen sagen, dass er nicht bekehrt werden will. Die Truppen sind mit Musketen bewaffnet und könnten unter uns ein Blutbad anrichten.«

Dem Maktonatl stand die Verärgerung ins Gesicht geschrieben. »Wollen unsere Gäste bestimmen, was wir dürfen?«

»Maktonatl, versteht doch. Ich bin gegen die Pläne des Padre, aber ich kann sie nicht beeinflussen. Mir liegt das Wohl Eures Volkes am Herzen, ich möchte nicht, dass es zu Gewalt kommt.«

»Ich verstehe, aber was sollen wir tun?«

»Der Padre spricht Eure Sprache nicht. Wenn Makkas und Coxlan keine Zeit haben, hat er niemanden, der seine Worte übersetzen kann. Ich komme zu Euch, wenn ich etwas besprechen will. Wenn General De Manoz zurückkehrt, werden wir dem Padre Einhalt gebieten können. Die jetzigen Soldaten unterstützen jedoch Sesnar.«

»Gut, dann wollen wir die Rückkehr deines Freundes abwarten. Der Lehrer wird von unserem Gespräch nichts erfahren. Ich bitte dich, unterrichte uns, wenn dieser neue Pläne hat.« Der Maktonatl stand auf, verabschiedete sich knapp und verschwand hinter der Mauer.

Überrascht von dem plötzlichen Ende des Gespräches stieg Calvez hinab ins Tal.

Die Behauptung des Oberpriesters, die Erde drehe sich um die Sonne, ließ ihn nicht ruhen. Woher bezogen die Prediger ihr Wissen? Auf der Insel waren sie von allen Nachrichten abgeschottet, konnten sich nicht mit anderen Völkern austauschen. Welche weiteren Kenntnisse hatten die Priester? Wie bewahrten sie ihre Lehren und Entdeckungen, da sie noch keine Schrift kannten?

Fragen über Fragen, mit denen er den Maktonatl gerne überhäuft hätte, doch das Vertrauen war gestört. Hoffentlich würde De Manoz bald zurückkehren. Er war der Einzige, den er kannte, der Einfluss vor dem königlichen Rat hatte und vielleicht durchsetzen konnte, dass Merron, seine Truppen und Sesnar abgezogen wurden.

Erik las die Aufzeichnungen nach, die er in der Nacht gemacht hatte. Wie viele andere Male konnte er kaum glauben, was er notiert hatte, zweifelte an seinem Verstand.

An diesem Morgen war es anders. Das Wort ›Gott‹ nahm seine Gedanken vollständig ein. Wie gut er Calvez verstehen konnte. Was soll das schon sein, dieser Gott? Früher als Kind hatte er daran geglaubt. Warum auch nicht, seine Eltern waren sehr gläubig und nahmen ihn regelmäßig in die Kirche mit. Erik liebte die Geschichte um Jesus, einen Sohn, seinen Sohn, den Gott für das Heil aller Menschen opferte. So was konnte doch nur Gnade und Barmherzigkeit bedeuten.

Und dann verschwand sein Sohn – Finn. Vor Eriks geistigem Auge tauchte die Szene auf dem Segelboot auf. Die verzweifelten Schreie seines Kindes, wie er versuchte, ihn wieder und wieder hereinzuziehen. Und dann die Schwimmweste, die er in der Hand hielt. Leer.

Eine Panikattacke ergriff ihn und er floh hektisch von seinem Stuhl. Die beschriebenen Blätter fielen vom Tisch, verbreiteten sich im ganzen Raum.

»Wenn du, Gott, du, deinen Sohn opfern wolltest, dann hattest du einen Plan. Ich wollte das nicht. Warum hast du es zugelassen? Wo ist deine Barmherzigkeit?« Erik redete sich in Rage, kämpfte damit gegen seine Panik an. »Und die Priester, sie haben recht. Was bist du für ein Gott, wenn Menschen dafür sterben, dass sie nicht an dich glauben. Ich hasse dich. Genau wie Calvez.« Erik hatte den letzten Satz kaum ausgesprochen, in den leeren Raum geschrien, schon hielt er inne.

Es war ja so nicht richtig. Der Admiral hatte Zweifel, suchte den Weg.

Für ihn und Finn gab es keinen, er war weg, so wie alles weg war. Benommen ging er in die Küche, holte sich ein Glas Wasser und ging nach draußen. Setzte sich auf den Boden vor der Casa und schaute in Richtung Himmel.

Was, wenn das jetzt alles ein Zeichen war?

KAPITEL 14

Der Gouverneur war weiterhin mit seinen Gedanken beschäftigt, doch er glaubte zu bemerken, dass sich das Verhalten der Inselbewohner ihm gegenüber schlagartig verändert hatte. Er wurde immer noch freundlich gegrüßt, aber statt der sonst üblichen Versuche, sich mit Zeichensprache zu verständigen, konzentrierten sich die Bauern darauf, denselben Flecken Erde zehnmal zu beharken und erst aufzuhören, wenn sie sicher waren, dass er weitergegangen war. Standen mehrere Bauern zusammen, begannen sie, nach einer kurzen Begrüßung, miteinander zu tuscheln und beobachteten ihn aus den Augenwinkeln. Als ihm am Fuß des Tempelberges einige Novizen entgegenkamen, wurde ihm klar, dass die Priester, noch während er mit Maktonatl gesprochen hatte, bereits die Inselbewohner vor den Neuankömmlingen warnen ließen. Calvez freute sich allerdings darüber, dass die Vorbehalte gegen die Neuankömmlinge nicht offenkundig waren, sondern die Inselbewohner nach wie vor grüßten, auch wenn sie kein Interesse hatten, wie in der Vergangenheit, engere Kontakte zu knüpfen. Zum Glück, dachte er, war weder ein Seemann noch ein Soldat der ersten Landung zurückgeblieben. Diesen wäre der Bruch in der Beziehung zu den Inselbewohnern sofort aufgefallen.

Kurz bevor er die Kaserne erreichte, wurde er bereits von Padre Sesnar empfangen. »Guten Tag, Gouverneur, habt Ihr diesen schönen Tag für einen Rundgang genutzt? Ich habe Euch bereits gesucht.« Calvez wusste, dass Sesnar sicherlich kein Interesse an der Befindlichkeit des Gouverneurs hatte, sondern seine Neugier lediglich überspielen wollte.

»Gott zum Gruß, Padre. Ich komme gerade von den Priestern. Leider ist heute Morgen keiner der Übersetzer erschienen. Ich bin daher zu ihren Tempeln gestiegen, um den Grund zu erfahren. Die Priester bedauerten, die Erntezeit stünde an und daher werde jede Kraft auf den Feldern benötigt, um die spanischen Gäste bewirten zu können.«

»Dies ist bedauerlich. Ich denke jedoch, die Erntezeit wird nicht ewig dauern.«

Sesnar schien von der Nachricht, die ihm Calvez überbrachte, zwar nicht begeistert, dennoch hatte der Gouverneur den Eindruck, dass ein triumphierendes Lächeln den Mund Sesnars umspielte. Auch er konnte nicht auf die Dienste der Übersetzer zurückgreifen.

Einige Tage später setzte der Regen ein. Die Insel schien wie ausgestorben. Jeder Einheimische blieb, wenn es ihm möglich war, im Haus. Auch Calvez und Sesnar hielten sich fast nur in der Kaserne auf. Obwohl der Gouverneur die meiste Zeit in seinen Räumen verbrachte, konnte er sich ein Bild von den Soldaten machen. Die kleine Truppe schien ein undisziplinierter Haufen zu sein und Merron fehlte anscheinend jeder Ehrgeiz, dies zu ändern. Stattdessen schwänzelte er den ganzen Tag um Sesnar herum und heischte nach dessen Anerkennung und Aufmerksamkeit. Die Soldaten nutzten ihren Freiraum, spielten Würfel, schliefen auch am Tag, wenn ihnen danach war und zeigten ihre geringe Meinung über Merron offen, sobald sie sich unbeobachtet glaubten.

Nur zwei Tage nach Einsetzen des Regens hörte Calvez, als er sich kurz aus der Kaserne traute, heftiges Rauschen. Er eilte zur Landzunge hinaus und entdeckte die drei Wasserfälle, die ihm bereits bei der Strandung aufgefallen waren.

Die Soldaten, die die Wasserfälle zum ersten Mal sahen, waren ratlos und Calvez ärgerte sich, dass unter einigen bereits das Gerücht über die schwarze Magie der Inselpriester die Runde machte. So versuchte er zu erklären, dass das Regenwasser an verschiedenen Stellen in den Berg eindringe und als Wasserfälle wieder austrete.

Die Regengüsse waren heftig und setzten stets nur kurze Zeit am Tag aus. Calvez wünschte sich, die Regenzeit würde Monate dauern. Er hoffte auf ein Schiff aus Spanien, mit neuen Truppen und einem neuen Hauptmann, der Merron ablösen würde. Aber nach drei Wochen verzogen sich die Wolken und die Sonne trocknete die nassen Felder.

Coxlan und Makkas blieben weiterhin der Kaserne fern. Sesnar scheute sich, zu den Priestern zu gehen und als Merron auf Drängen Sesnars bei ihnen vorsprechen wollte, wurde ihm durch die Luke des Tores mitgeteilt, Coxlan und Makkas seien unabkömmlich.

In den folgenden Tagen sah Calvez Sesnar mit wehender Soutane, Bibel und Kreuz ausgestattet durch den Ort von Haus zu Haus ziehen, um Bekehrungsversuche zu unternehmen. Die meisten Menschen arbeiteten jedoch auf den Feldern und die, die Sesnar nicht entfliehen konnten, gaben durch Zeichen zu verstehen, dass ihnen das Anliegen des Padre nicht verständlich war. Insgeheim musste Calvez den missionarischen Eifer von Sesnar bewundern, auch wenn er es inzwischen als lächerlich empfand, dass dieser immer noch nicht gemerkt hatte, dass niemand mit ihm sprechend wollte.

Nachdem dem Prediger in nahezu fünf Wochen noch kein einziger

Bekehrungsversuch geglückt war, machte sich Sesnar eines Morgens auf, um doch selbst mit den Priestern zu sprechen. Als er am späten Nachmittag zurückkehrte, platzte er vor Zorn.

»Gott weiß, dass ich das nicht nötig habe. Aber ich habe mich in meiner Gutmütigkeit diesen Gipfel hinaufgequält, um ihr Seelenheil zu retten. Doch wurde ich empfangen? Nein, diese hochmütigen Heiden haben mich vor der Tür abgefertigt und noch nicht einmal gebeten, einzutreten. Und das Einzige, was ich von einem Übersetzer erfahren habe, war, dass er keine Zeit habe. Sollte diesen Heiden nicht mit guten Worten beizukommen sein, so müssen wir es mit Gewalt tun. Gouverneur, ordnet den Truppen an, die Übersetzer aus den Händen der Priester zu befreien, oder soll ich das tun?«

»Padre Sesnar, um meines Seelenfriedens willen bitte ich Euch, zeigt mir bitte die Stelle in der Bibel, in der Jesus die Bekehrung Ungläubiger mit Gewalt anordnet. Solange Ihr mir einen solchen Nachweis nicht bringt, will ich weder das Leben der Soldaten noch die wichtigen Handelsbeziehungen der Krone zu den Maktonenen gefährden.«

Zornesröte schoss in Sesnars Gesicht. Er wandte sich auf dem Absatz um und verließ Calvez wortlos.

Calvez sah, dass er die Dinge nicht mehr treiben lassen konnte. Am Abend ließ er die Soldaten antreten und schaute sich die Männer genauer an. In manchen Gesichtern stand Langeweile, in anderen offener Hass geschrieben. Er konnte sich vorstellen, wie Merron und Sesnar auf die Männer eingewirkt hatten.

»Soldaten, auch wenn man euch eingeredet hat, ich widersetze mich der Bekehrung der Einheimischen, so kann ich euch versichern, dass ich die Missionarstätigkeit des Padre voll unterstütze. Als Gouverneur ist es jedoch meine Pflicht, zugleich darauf zu achten, dass die guten Beziehungen unseres Landes zu dieser Insel keinen Schaden nehmen. Ebenso sehe ich es als meine Pflicht, dafür Sorge zu tragen, dass eure Leben und eure Gesundheit nicht gefährdet werden. Unter Abwägung all meiner Pflichten erachte ich es als falsch, gegen das Volk der Maktonenen Gewalt anzuwenden. Ich bat Padre Sesnar, mir anhand der Bibel nachzuweisen, dass Gott die gewaltsame Bekehrung fordere. Er konnte einen solchen Nachweis nicht erbringen. Ich habe ihn darauf hingewiesen, dass, wenn wir Gewalt anwenden, uns die Priester des Inselvolkes Gift verabreichen oder unsere Versorgung einstellen könnten. Ich möchte nicht vierzig treue Soldaten verlieren, nur weil sich die Einheimischen weigern, dem Padre zu folgen. Gott wird die gerechte Strafe für diejenigen kennen, die sich weigern, an ihn zu glauben. Diese Strafe soll Gottes Werk sein und bleiben, aber nicht das unsere. Daher untersage ich ausdrücklich, dass Gewalt gegen die Einheimischen angewandt wird.«

Calvez erkannte, dass seine Worte bei einigen Soldaten Anklang fanden. Die Drohung mit Gift und Hunger zeigte ebenfalls Wirkung.

Auch der Hauptmann schien dies bemerkt zu haben und beeilte sich, ebenfalls zu den Soldaten zu sprechen. »Männer, weder der hochverehrte Padre Sesnar noch ich wollen euer Leben in Gefahr sehen. Ich fürchte, zwischen dem Gouverneur und dem Padre gab es ein schlimmes Missverständnis. Selbstverständlich wollen wir keine Einheimischen töten und den Zorn des Volkes und der Priester auf uns laden. Doch der Padre fühlt sich für das Seelenheil der Fremden verantwortlich und es schmerzt ihn zutiefst, mitansehen zu müssen, wie sich diese Menschen in ihr Unheil stürzen. Padre Sesnars Absicht war lediglich, nunmehr mit der Gewalt seiner Worte auf die Heiden zu wirken.«

Sesnar schaute Merron verwundert an, doch der gab ihm mit einem versteckten Handzeichen zu verstehen, Ruhe zu bewahren.

Calvez war zufrieden, blutige Auseinandersetzungen auf der Insel waren zunächst nicht zu erwarten. Aber er war sich im Klaren darüber, dass dies nur die Ruhe vor dem Sturm war und es blieb allenfalls die Frage, wann dieser losbrechen würde.

Die nächsten Wochen verliefen zu Calvez Freude ruhig. Der Padre mied ihn, Merron versuchte auszuloten, welcher der beiden Zerstrittenen seiner Karriere förderlicher sein könnte. So duckte er sich vor dem Padre und dem Gouverneur gleichermaßen. Doch während Sesnar auf die Schmeicheleien Merrons einging, ließ ihn Calvez seine Abneigung spüren.

Mehrmals stieg Fernando den Tempelberg hinauf, um mit den Priestern zu beraten. So sehr er sich auch darum bemühte, dem Maktonatl die bedrohliche Situation zu verdeutlichen, so verließ er den Tempelberg stets mit dem Gefühl, dass der Oberpriester den Ernst der Lage nicht erkannte.

Calvez musste sich eingestehen, dass das Gemenge aus Intrigen, Gefühlen und unterschiedlichen Interessen derart verwirrend war, dass er es selbst nicht völlig überblicken konnte.

Die Soldaten verbrachten die meiste Zeit in der Kaserne oder in unmittelbarer Umgebung. Sowohl die von Calvez angesprochene Gefahr, die Priester könnten die Spanier vergiften, als auch die Andeutung Sesnars über schwarze Magie bewirkten, dass sich kaum ein Soldat in die Nähe der Einheimischen begab. Calvez bedauerte, die Priester als mordende Ungeheuer geschildert zu haben, und er wusste, dass auch Sesnar ihnen Unrecht tat. Der Gouverneur beließ die Soldaten jedoch in ihrem Irrglauben, denn es schien ihm die einzige Möglichkeit, die Priester und Bauern zu schützen.

So sehr sich Calvez auch darüber freute, dass es zu keiner Gewalt gegenüber den Maktonenen kam, so sehr belastete ihn die Stimmung in der Kaserne. Den Soldaten war langweilig, sie hatten keine Aufgaben. Immer lauter wurden die Stimmen, die diese Insel und die Einheimischen verfluchten und immer häufiger kam es unter den Soldaten zu Streitigkeiten und Schlägereien. Es war nur eine Frage der Zeit, bis der angestaute Hass auch zu Angriffen gegen das Inselvolk führen würde.

Umso erleichterter war Calvez, als er endlich eines Morgens am Horizont Segel erblickte. Die Karavelle, die auf die Inseln zuhielt, war die größte, die Calvez jemals gesehen hatte. Er schätzte sie doppelt so lang wie die Santa Maria, auf der er einst unter Colón den Atlantik überquert hatte. Das Schiff war neu, die Segel sauber und ohne Flicken, das Holz noch hell. Als die Karavelle näherkam, spürte er sofort den sehnlichen Wunsch, wieder zur See zu fahren. Doch er wusste, dass ihm dieser Wunsch versagt bleiben würde.

Mehr noch als über den Anblick des stolzen Schiffes freute sich Calvez jedoch über die Aussicht, dass Merron und seine Truppen abgelöst würden und es zu einer Entspannung der Lage kommen könnte.

Kapitän Piraz klärte Calvez schnell darüber auf, dass er neue Truppen zu jeder großen Insel im Südwesten bringen sollte, von der manche nunmehr behaupten, sie seien ein eigenständiger Kontinent.
»Eine Ablösung des Hauptmanns Merrons und seiner Soldaten ist derzeit nicht geplant, Gouverneur. Ich glaube auch nicht, dass eine Ablösung in Kürze erfolgen wird. Wir haben ohnehin die Kaskadeninsel nur angelaufen, um Tauschgüter für den Handel mit den Inselbewohnern zu liefern. Die neuen Karavellen, wie die Santa Isabella da draußen, sind so groß und schnell, dass eine ausreichende

Bevorratung der Mannschaft für eine direkte Überfahrt möglich ist. Ständig werden neue Inseln entdeckt, der königliche Rat drängt auf Eile, diese für die spanische Krone zu erobern. Jeder Umweg scheint ihnen unverzeihlich. Weiterhin haben portugiesische Seeleute circa zweihundert Leguas nordwestlich der Kaskadeninsel eine weitere kleine Insel entdeckt, die jedoch nicht den Reichtum aufzuweisen hat wie die Kaskadeninsel. Der königliche Rat möchte so wenig spanische Galeeren in diesen Breiten wissen wie möglich, um nicht irgendeinen Verdacht bei den Portugiesen zu wecken. Die Krone fürchtet, die Portugiesen könnten das Meer noch genauer erkunden, sollten sie häufiger unsere Schiffe in diesen Breiten antreffen. Ihr wisst, was zu erwarten ist, sollte bekannt werden, dass Spanien die Kaskadeninsel besetzt hat. Dieser verdammte Vertrag von Tordesillas.«

Calvez erschrak über die Aussicht, dass bis zur Ankunft des nächsten Schiffes ein Jahr oder mehr vergehen könnte. Es war unmöglich, die Truppe, Merron und Sesnar so lange im Zaum zu halten. Piraz hatte das entsetzte Gesicht Calvez gesehen.

»Was ist, Gouverneur, geht es Euch nicht gut? Seid froh, dass ihr auf dieser Insel seid, sie scheint mir nahezu ein Paradies zu sein, anders als die Inseln im Westen. Meist kehren weniger als die Hälfte der Männer, die dort anlanden, wieder lebend nach Spanien zurück. Giftige Schlangen, Raubkatzen, Krokodile überall. Auch der Euch bekannte General De Manoz wurde von einer Giftschlange gebissen und verstarb nach wenigen Stunden.«

Calvez war zum Heulen zumute. Er hatte seinen besten Freund verloren und außerdem seinen letzten einflussreichen Fürsprecher vor dem königlichen Rat. Eine große Leere machte sich in ihm breit. Er hörte nur mit halbem Ohr den weiteren Schilderungen Piraz’ zu.

In Spanien, so erzählte der Kapitän, sei man in großer Unruhe, da die Infantin Johanna den Kronprinzen Philipp von Habsburg heiraten solle. Vielerorts sorge man sich, dass Spanien dann ein Teil des deutschen Reiches werden könne und die im Westen entdeckten Inseln nicht mehr spanischer, sondern deutscher Herrschaft unterstünden. Die Kaufleute fürchteten gar, dass die Erforschung der westlichen Inseln eingestellt werde, da das Deutsche Reich keine Nation der Seefahrer sei. Andere fürchteten, dass die Fugger ihren Einfluss auf das deutsche Kaiserhaus nutzen könnten, um sich spanische Besitzungen unter den Nagel zu reißen.

»Kurzum, in unserer Heimat geht es drunter und drüber. Jeder sucht nach seinem Vorteil. Es gibt sogar Gerüchte, dass bei Hofe einige Seekarten verschwunden sind, die die Lage der westlichen Inseln beschreiben, damit diese nicht in falsche Hände geraten. Entschuldigt Gouverneur«, Calvez zuckte zusammen, als ihn Piraz nun wieder direkt ansprach, »bevor ich es vergesse, Kapitän Ronte bat mich, Euch diesen Brief zu überbringen.«

»Danke, Kapitän, ich bitte um Entschuldigung, dass ich Euch nicht aufmerksam zuhörte. Meine Gedanken drehten sich um die Zukunft auf der Kaskadeninsel. Gewiss, die Insel könnte ein Paradies sein, sie ist es jedoch nicht. Die Soldaten sind, mit Verlaub, ein undisziplinierter Haufen, Hauptmann Merron hetzt die Soldaten gegen mich, und Padre Sesnar sähe es am liebsten, wenn die Einheimischen sämtlich niedergemetzelt wären. Meinen Anweisungen wird allenfalls widerwillig Folge geleistet und ich fürchte bald einen Aufstand der Soldaten.«

Piraz war entsetzt. »Ich werde Eure Sorgen sofort weiterleiten, wenn ich Spanien erreicht habe. Dennoch will ich es kaum glauben. Ich habe mit einigen Soldaten gesprochen, die zuvor auf der Insel

waren. Sie schwärmten von der Freundlichkeit der Einheimischen.«
»Esst mit mir und einigen Leuten heute Abend in der Kaserne und macht Euch selbst ein Bild, Kapitän. Lasst Eure Männer ein Schwätzchen mit den Soldaten machen.«

Nach dem Abendessen stimmte Piraz den Schilderungen und Einschätzungen von Calvez zu. Die Soldaten fluchten über die Einheimischen, bedachten sie mit unflätigen Beschimpfungen und einige gingen sogar so weit einzugestehen, dass sie am liebsten jeden Maktonenen umbringen wollten.

Am Nachmittag des nächsten Tages war die Santa Isabella entladen und bereit abzusegeln.

»Gouverneur, ich versichere Euch, wir werden baldigst nach Spanien zurückkehren. Ich werde dem königlichen Rat von den Zuständen auf der Insel berichten und dringend raten, Hauptmann Merron das Kommando zu entziehen.«

»Danke, Kapitän. Es tat gut, mit Euch zu sprechen. Manches Mal dachte ich bereits, ich sei verrückt und bilde mir alles nur ein.«

»Ich beneide Euch nicht um Eure Aufgabe, Calvez.«

Calvez schaute der Santa Isabella nach, bis sie den Horizont erreichte. Er blieb am Strand zurück, zog den Brief Rontes aus der Jackentasche, um ungestört zu lesen. Er freute sich auf die Worte eines alten Kameraden. Doch das, was er las, bedrückte ihn noch mehr.

Lieber Gouverneur,
ich habe Kapitän Piraz gebeten, Euch diesen Brief zu übermitteln. Er sicherte mir die Übergabe an Euch zu, obwohl er um sein Leben fürchten müsste, wenn bekannt würde, dass er mit mir in Verbindung steht.
Nachdem Euer Freund, General De Manoz, auf tragische Weise sein

Leben lassen musste, habt Ihr und habe auch ich jeglichen Rückhalt vor dem königlichen Rat verloren. Mir wurde kein Schiff mehr anvertraut und selbst der ärmlichste Kaufmann war nicht bereit, mich als Kapitän eines alten Kahns zu beschäftigen. Ich bin durch alle Häfen Spaniens gezogen, doch für Kapitän Ronte gab es keinen Platz an Bord, wahrscheinlich noch nicht mal als einfacher Matrose.

Endlich gestand mir ein Kaufmann aus Cádiz, dass einflussreiche Kreise am Hof und bedeutende Kaufleute jedem, der mir Brot und Arbeit geben wolle, Übel angedroht hätten. Ihr könnt Euch sicherlich denken, wie verzweifelt ich war. Doch mein Leben erfuhr eine seltsame und überraschende Wende. Ich hielt mich in Gijón auf, immer noch in der Hoffnung, auf einem Schiff anheuern zu können. Nach einem Tag vergeblicher Suche sprach mich in meiner Herberge ein Fremder an. Er fragte viel, über meine Erfahrungen auf See, über meine Atlantikfahrten und vielerlei mehr. Er stellte sich als Manuel Villa vor, lud mich zum Essen ein und bestellte Rioja. Ihr könnt sicherlich verstehen, wie gut es tat, endlich wieder einen Menschen zu treffen, der sich für meine Leistungen interessierte. Wir trafen uns auch an den nächsten Tagen, diskutierten über die Vermutungen einiger Seeleute, die neu entdeckten Inseln im Westen könnten ein unbekannter Kontinent sein. Wir malten uns aus, was es alles in einer solch neuen Welt zu entdecken gäbe. Mit jedem Abend wuchs in mir das Verlangen, wieder zur See zu fahren, egal, was es kosten würde.

Schließlich offenbarte mir Manuel, dass er für die französische Krone arbeite. König Ludwig XII wolle Frankreich zu einer Seefahrernation formen und suche daher erfahrene und zuverlässige Kapitäne. Zunächst reagierte ich empört, selbstverständlich wollte ich mein Vaterland nicht verraten. Doch Manuel versicherte mir, dass ich mein Vaterland nicht verraten müsse. Frankreich sei nicht an spanischen Entdeckungen interessiert, sondern wolle selbst neue Länder und Inseln entdecken. Und im Übrigen habe mein Vaterland mich verraten.

Nun führe ich ein Schiff unter französischer Flagge. Doch von Entdeckungs-reisen bin ich noch weit entfernt. Für eine Überquerung des Atlantiks fehlt es nahezu an allem. Frankreich verfügt nicht über die geeigneten Schiffe, nicht über ausreichend passendes Holz, solche Schiffe zu bauen, nicht über geschulte Navigatoren und Kartographen. Auch verzettelt sich der König zu sehr in seinen italienischen Interessen, sodass die Seefahrt nur beiläufig gefördert wird. So segle ich – wie ich einst begonnen habe – mit Weinen aus Bordeaux durch das Mittelmeer.

Manchmal schmerzt es zu wissen, dass es mir kaum möglich sein wird, in mein Vaterland zurückzukehren. Doch meine Frau kommt aus dem Norden Spaniens und hat Verwandte in Frankreich. Sie und unsere Kinder fühlen sich wohl, obwohl sie im kühlen und stürmischen Brest die warme Sonne hin und wieder vermissen.

Doch was soll ich jammern. Ich bin glücklich, wieder an Bord eines Schiffes zu sein, den endlosen Horizont zu sehen und neue Inseln anzu-fahren. Umso mehr empfinde ich für Eure Lage. Ich denke, Ihr habt selbst erkannt, dass Ihr den Mächtigsten in unserem Vaterland ein Dorn im Auge seid und jeder froh ist, Euch möglichst weit weg zu wissen. Ich weiß, wie Ihr die Seefahrerei geliebt habt und bedaure Euch umso mehr, als ich glaube, dass Ihr auf unabsehbare Zeit auf der Insel gefangen seid. Doch besteht Hoffnung, da doch Phillip von Habsburg neuer Regent werden soll. Ich bete, dass er den Intriganten am Hofe das Handwerk legt. Genießt bis dahin das friedvolle Leben auf Eurer Insel, denn hier sind die Zeiten unruhig.

Euer Jorge Ronte

Calvez standen die Tränen in den Augen. Er versuchte die Nach-richten Rontes und seine aussichtslose Lage zu verarbeiten. Er blieb lange am Strand, und erst als er sich beruhigt hatte, ging er zurück zur Kaserne.

Die Stimmung unter den Soldaten war gereizt. Alle hatten gehofft, abgelöst zu werden und die Wut und Enttäuschung, noch auf der Insel bleiben zu müssen, standen ihnen ins Gesicht geschrieben. Sie schauten Calvez herausfordernd an und dem Gouverneur war klar, dass sie von ihm eine Erklärung erwarteten.

»Soldaten, ich kann eure Verärgerung verstehen. Ihr habt Sehnsucht nach euren Familien und Freunden und es ist schwer, noch mehr als zehn Monate von ihnen getrennt zu sein. Ich habe Kapitän Piraz von euren Belastungen berichtet und er sicherte mir zu, in Spanien umgehend vor dem königlichen Rat auf eure Ablösung zu drängen.«

Die Soldaten unterbrachen seine Ansprache mit Rufen wie »Gut so, es wurde auch Zeit, endlich …« und Ähnlichem. In diesem Moment schienen sie auf der Seite von Calvez zu stehen. Die vage Möglichkeit, ihre Sympathie auch für längere Zeit zu gewinnen, war verlockend.

»Machen wir uns nichts vor. Es wird Wochen, vielleicht Monate dauern, bis die Ablösung kommt. Doch sollten wir in dieser Zeit nicht Verdruss pflegen, sondern die Tage noch genießen. Kapitän Piraz brachte mir ein Fässchen Wein mit. Ich schlage vor, wir bereiten für den Jahrestag eurer Ankunft auf der Kaskadeninsel eine Feier vor. Wir werden eine Kuh schlachten und den Wein leeren. Bereitet alles für ein Fest vor.«

Calvez glaubte, der Jubel der Soldaten sei auf der ganzen Insel zu hören.

»Hoch lebe der Gouverneur!«, wurde gleich zehn Mal aus aller Munde geschrien.

Calvez schaute sich um. Sesnar und Merron standen in einer Ecke des Raumes und blickten finster. Als der Hauptmann erkannte, dass ihn Calvez anschaute, setzte er jedoch einen begeisterten Blick auf und eilte durch die jubelnden Soldaten auf den Gouverneur zu.

»Eine brillante Idee, Gouverneur. Ein Fest wird die Moral der Truppe sicherlich stärken. Ich werde alles veranlassen, dass wir eine gelungene Feier haben werden.«

Calvez zog sich in sein Zimmer zurück und versuchte, die überraschende Wende im Verhältnis der Soldaten zu ihm zu werten. Sie alle freuten sich auf das Fest, mit Sicherheit wären sie so lange friedlich und ruhig und würden sich nicht gegen ihn stellen. Nach dem Fest fieberten die Soldaten ihrer Ablösung entgegen. Niemand dürfte Lust verspüren, an den letzten Tagen zu kämpfen. Er schätzte, dass er drei Monate gewonnen hatte und in dieser Zeit müsste auch die Ablösung die Insel erreicht haben. Allerdings hatte er Merron und Sesnar noch mehr gegen sich aufgebracht.

Sie mussten bis zur Ablösung einen besonderen Erfolg, am besten die Bekehrung der Maktonenen, vorzuweisen haben. Sie würden mit Sicherheit alles versuchen, ihr Ziel zu erreichen. Doch die Soldaten, auf die sie bauten, standen auf seiner Seite. Zufrieden schlief Calvez ein.

Die Vorbereitung des Festes beschäftigte alle. Die Soldaten schienen Calvez zuweilen wie kleine Kinder. Sie sammelten Muscheln am Strand, bunte Blüten und Früchte, um den großen Saal, der als Speisesaal genutzt wurde, zu schmücken. Auch der Gouverneur selbst ließ sich von der Vorfreude anstecken, schwätzte den Priestern eine kleine Trommel ab, um zur Feier auch etwas musizieren zu können. Spiele wurden ausgedacht und vorbereitet und die Kuh, die Calvez für die Feier spendete, eifrig gemästet.

Die Feier wurde schließlich ein Erfolg. Unter den Soldaten herrschte Eintracht, sie lachten, sangen und erzählten Witze. Der Wein floss ausreichend, jeder erhielt zwei, drei Becher voll. Genug, um lustig zu sein und zu wenig, um sich einen Vollrausch anzutrinken. Auch

Fleisch gab es reichlich, sodass noch am nächsten Tag davon gegessen wurde.

Noch Tage danach schwärmten die Soldaten von dem schönen Fest, doch die Erinnerung verblasste schnell. Anfangs tröstete sie noch die Hoffnung auf baldige Ablösung, bis sich erneut Langeweile, Ungeduld und Alltag in die Köpfe der Soldaten einschlichen.

Zehn Wochen, nachdem Piraz die Insel verlassen hatte, begann es erneut zu regnen. Sesnar hatte seine Bekehrungsbemühungen eingestellt, da die meisten Inselbewohner zu Hause waren, sich niemand auf die Straße begab und der Padre mittlerweile erkannt hatte, dass er nicht in die Häuser gebeten wurde. Calvez wollte jedoch nicht daran glauben, dass sich Sesnar eines Besseren besonnen und seine Bekehrungsbemühungen völlig aufgegeben hatte.

Die Bestätigung hierfür fand der Gouverneur eines Sonntagmorgens, als Padre Sesnar den Gottesdienst hielt. Während der Regenzeit ging es in der Kaserne noch beengter zu. Niemand konnte und wollte sich draußen aufhalten. Die Enge in den Räumen und das Unbehagen der Soldaten waren der ideale Nährboden für Gerüchte über die schwarze Magie der Inselpriester. Diese Stimmung machte sich der Padre zunutze.

Er predigte, dass Gottes Sohn Armut und Demut gelebt habe, auch jeder gute Christ sich in Bescheidenheit übe. Hingegen sei es ein typisches Merkmal der Heiden, dass sie unendliche Schätze an Gold und Perlen horteten. Der Gouverneur konnte sich nicht erinnern, bei irgendeinem Inselbewohner oder Priester Gold- oder Perlenschmuck gesehen zu haben. Von Reichtum war daher auf der Insel – mit Ausnahme von Obst und Gemüse – keine Spur zu finden.

Obwohl Calvez nach dem Gottesdienst deutlich hörbar anmerkte, dass er auf der Insel noch keine Schätze an Gold und Perlen habe sehen oder entdecken können und die Inselbewohner auch nicht als Heiden zu bezeichnen wären, konnte er nicht verhindern, dass sich das Gerücht verbreitete, in manchen Häusern gäbe es versteckte Keller, in denen Gold und andere Schätze gelagert würden.

Calvez ließ Merron und Sesnar zu sich kommen. Er war außer sich vor Wut.

»Padre Sesnar, Eure Predigt über die angeblichen Schätze der … Heiden«, er benutzte widerstrebend, aber ganz im Sinne des Padre den Begriff für das Inselvolk, »werte ich als Anstiftung der Soldaten zum Aufstand. Hauptmann, mir fällt auf, dass Ihr nichts unternehmt, um die Gerüchte unter den Soldaten über die mit Gold gefüllten Kellerräume zu unterbinden. Ich möchte Euch darauf hinweisen, dass ich Kapitän Piraz ausführlich darüber informiert habe, dass Ihr die Soldaten gegen die Einheimischen aufhetzt und damit die Interessen Spaniens gefährdet. Insbesondere habe ich Kapitän Piraz unterrichtet, dass Ihr, Hauptmann, meine Befehle und Anordnungen ständig unterlauft. Ich bin sicher, die Konsequenzen aus Eurer Aufsässigkeit werdet Ihr mit der Ankunft der nächsten Karavelle zu spüren bekommen.«

Merron fuhr sichtlich zusammen. »Gouverneur, Ihr habt mein Handeln missverstanden. Selbstverständlich habe ich Euch jederzeit unterstützt und werde es auch weiterhin tun. Wie könnt Ihr nur an meiner Treue und an meinem Gehorsam zweifeln? Niemals würde ich mich gegen Euch wenden.«

Calvez winkte ab. Merron blickte weinerlich zu Boden.

Sesnars Mund umspielte ein grausames Lächeln, und als der Hauptmann seine Litanei endlich beendet hatte, stellte der Padre nur kühl fest: »Ich habe in meiner Predigt nicht behauptet, dass die Inselbewohner Reichtümer besäßen. Ich habe die Heiden in meiner

Predigt noch nicht einmal erwähnt. Es war eine allgemeine Feststellung, und ihre Richtigkeit zeigen die Reichtümer Chinas und des maurischen Reiches.« Ohne eine Antwort von Calvez abzuwarten, drehte sich Sesnar um und verließ den Raum.

Auch wenn sich Merron in der Folgezeit, zumindest in Anwesenheit von Calvez, darum bemühte, die Soldaten davon zu überzeugen, dass es auf der Insel keine Reichtümer gäbe, so war dem Gouverneur klar, dass alle Soldaten hinter vorgehaltener Hand über den Umfang der Schätze und deren Aufteilung spekulierten. Calvez und Sesnar wechselten kein Wort mehr.

Als der Regen endlich aufhörte, hielt es Calvez nicht mehr in der Kaserne. Nahezu täglich stieg er auf zu den Tempeln, um sich mit Coxlan und dem Maktonatl zu unterhalten.

So sehr er sich auch bemühte, Näheres über Glauben und Geschichte des Inselvolkes zu erfahren, er erhielt keine Antwort. Sowohl Coxlan als auch der Maktonatl wichen seinen Fragen aus und nur einmal ließ sich der Oberpriester dazu hinreißen, zu erklären, dass sein Volk vor langer Zeit gegen die Gebote von Regen- und Sonnengott verstoßen habe und damit bestraft wurde, dass sich die Götter von dem Volk zurückzogen.

Doch auch die häufigen Treffen konnten nicht darüber hinwegtäuschen, dass die Gespräche von der Sorge um die Zukunft überschattet waren. Wann würde die Ablösung der Soldaten erfolgen? Was hatte der Padre vor? Wie lange würden die Soldaten noch auf den Gouverneur hören? All diese Fragen konnte Calvez nur mit Schulterzucken beantworten. Auch der Maktonatl war verschwiegener als früher. Seine Antworten waren oft unverbindlich und Calvez hatte Verständnis, dass er selbst Opfer des allgemeinen Misstrauens gegenüber den Spaniern geworden war.

Seit der letzten Regenzeit waren bereits Wochen vergangen. Calvez war es unverständlich, dass noch keine Karavelle die Insel erreicht hatte. Siebzehn Wochen hätten Piraz genügen müssen, die Insel im Westen anzulaufen, nach Spanien zurückzukehren, dort ein neues Schiff auszurüsten und dieses zur Kaskadeninsel zu entsenden. Selbst wenn Kapitän Piraz ein Unglück widerfahren wäre, so war nicht zu verstehen, warum nicht ohnehin ein neues Versorgungsschiff angelaufen war.

Das Verhältnis zwischen Calvez und den Soldaten hatte sich dramatisch verschlechtert. Ihm war klar, dass sie ihm unterstellten, er habe sie angelogen. Obwohl er gewusst habe, dass keine Karavelle unterwegs sei, habe er ihnen Hoffnung auf baldige Heimkehr gemacht. Der Gouverneur verstand die Enttäuschung der Soldaten, doch als er einmal versuchte, den Soldaten zu erklären, dass er selbst enttäuscht und verwundert über die fehlende Ablösung sei, schauten die meisten Soldaten provozierend zur Decke oder gelangweilt zu Boden. Sesnar nutzte die Missstimmung und hielt sich immer häufiger bei den Soldaten auf.

Die Tage schlichen dahin, ereignislos, zäh und belastet von den Spannungen in der Kaserne.

Eines Tages eilten erneut Novizen durch das Dorf. Ein weiteres Fest der Vereinigung stand bevor. Calvez war froh. Eine gemeinsame Feier mit den Inselbewohnern war für die Soldaten eine erfreuliche Abwechslung. Ein Morden fiel sicher schwerer, wenn die Männer die Maktonenen besser kennenlernten.

Am Festtag der Vereinigung ordnete Calvez an, dass sich jeder Soldat festlich kleiden sollte und beschloss, gemeinsam mit den Soldaten zur Mittagszeit auf den Tempelberg zu steigen.

KAPITEL 15

Am Tag des Festes der Vereinigung suchte der Padre Merron auf. Er stellte die Frage, ob es ratsam sei, dieses Fest zu besuchen, da er nicht ausschließen wolle, dass es zu blutigen Menschenopfern käme. Über den Glauben der Inselbewohner, sofern es überhaupt einen solchen gäbe, wisse man nichts. Immerhin sei der Hauptmann als Offizier für seine Truppen verantwortlich und er stelle ihm anheim, zu entscheiden, ob er als Held oder Versager nach Spanien zurückkehren wolle.

Merron ließ die Soldaten ohne das Wissen des Gouverneurs mit Dolchen und Pistolen aus der Waffenkammer ausrüsten und befahl ihnen, sie versteckt zu tragen. So stiegen unter der Führung von Calvez alle Soldaten bergauf und auch Sesnar war entschlossen, sich das heidnische Treiben anzusehen. Der Padre sah in Merron einen Weichling, der zu wenig Rückgrat besaß, um die Inselbewohner erfolgreich zu bekehren. Der Admiral war sowieso ein Antichrist, der seine Macht als Gouverneur missbrauchte, um die Heiden zu schützen. So musste er selbst sich ein Bild machen.

Überall waren Feuerstellen vorbereitet, um nach dem Zeremoniell mit der Feier beginnen zu können. Dem Padre fiel ein kleiner Junge mit weiß angemaltem Gesicht auf. Das steigerte seine Neugier und Anspannung.

Endlich öffnete sich das Tor zur Tempelanlage und er konnte zum ersten Mal einen Blick auf die Bauten hinter den Mauern erhaschen. Verärgert duldete Sesnar, dass er von einem Novizen, als er dem Tor zu nahekam, dezent zurückgeschoben wurde. Schließlich konnte der Padre mit Beginn des Sonnenunterganges beobachten, wie sich der Oberpriester und ein weiterer Prediger auf den Weg zu jener Treppe machten, die zu dem abgeflachten Gipfel des Berges führte. Feierlich nahm der Maktonatl seine kleine Krone ab und setzte sie dem zweiten Priester auf. Der hielt ein großes weißes Tuch. Dann sah Sesnar mit Grauen, wie sich das weiße Gewand des Oberpriesters plötzlich rot färbte und er unvermittelt verschwand. Dies waren eindeutige Zeichen eines Blutopfers und des Höllenfeuers.

Im Jubel der Inselbewohner schrie der Padre den Soldaten zu: »Die Heiden bringen dem Höllenfeuer ein Menschenopfer! Kämpft für das Christentum!«

Als sei dies ein Befehl gewesen, zogen die Soldaten ihre Pistolen, schossen wild durcheinander auf Priester und Bauern, und als Calvez sich schützend in den Weg stellen wollte, war es Merron eigenhändig, der Calvez mit einem gezielten Schuss niederstreckte.

Erik schrak hoch von der Schreiberei. Wieder glaubte er, aus einem Traum erwacht zu sein, in dem die Bilder vor seinen Augen abgelaufen waren. Nochmals warf er einen Blick auf das Geschriebene und bekam eine Gänsehaut. Träumte er denn schon tagsüber? Und das lag sicher nicht an dem Wasser aus den Zisternen oder seiner neu entdeckten Schriftstellergabe. So kam gleich die nächste logische

Frage auf: War das, was er im Traum gesehen hatte, die Wahrheit? Es musste so sein, wenn er die Chronik nachlas, die Seekarte betrachtete, ja, er träumte die Wahrheit!

Es war einfach grauenhaft, sein Held Fernando Calvez, erschossen von dieser Natter Merron!

Erik ging vor das Haus und atmete tief durch. Ihm wurde nur zu deutlich bewusst, dass er jetzt, in diesem Moment, auf dem Schauplatz all der Ereignisse stand, von denen er geträumt, die er in seinem Kopf gesehen hatte. Wieder erschienen die Personen wie lebendige Bilder vor ihm, dabei empfand er großen Widerwillen gegen Padre Sesnar und verglich diesen mit dem derzeitigen Inselpfarrer.

Erst jetzt fiel ihm auf, dass er, seit er die nächtlichen Visionen hatte, nicht mehr an zu Hause und an Stella gedacht hatte. Und nun, da er es tat und sein Leben mit dem des Kapitäns verglich, geschah das ohne Wehmut und ohne dass sich seine Brust verkrampfte.

Erik streckte sich, dehnte seine Muskeln, dann ging er ein bisschen auf und ab. Als er an Merron und Calvez dachte, fühlte er sich sofort wieder in der Geschichte gefangen. Vielleicht sollte er seinen Aufenthalt auf der Insel verlängern, denn zu Hause in Deutschland würde er niemals von der Angelegenheit träumen, das wusste er.

Er musste mit Paco sprechen, ihm mitteilen, was er nun wusste und dem Indio rechtgeben. Was für ein Morden im Namen der Kirche!

Erik duschte und marschierte zum Hotel. Teilte dem Manager mit, dass er erneut den Aufenthalt verlängerte, beglich die bisher angefallene Summe und wartete auf Paco.

Der kam auch in den Abendstunden auf die Terrasse, setzte sich zu ihm.

»Sie sehen aus, als wären Sie dem Teufel begegnet, Erik.«

»Bin ich auch. Aber dem im Namen des katholischen Gottes.« Er bestellte sich noch einen Tequila. Auch wenn er harten Stoff nicht besonders mochte, heute wollte er sich volllaufen lassen bis zum Anschlag.

Paco nickte versonnen. »In der Chronik des Padre steht nicht viel darüber. Ich gehe davon aus, Ihr Traum kennt die Details?«

Eriks Hand zitterte nun derart, dass er das Glas nicht zum Mund führen konnte; verdammt, warum regte ihn etwas, das Jahrhunderte vor seiner Geburt stattgefunden hatte, nur so auf? »Bin gleich wieder da«, sagte er und lief zu den Toiletten, spritzte sich Wasser ins Gesicht, in den Nacken. Paco hatte recht, im Spiegel über dem Waschbecken sahen sein Kopf und Gesicht wie ein Totenschädel aus. An seinen Jeans hatte er schon länger bemerkt, dass er schlanker geworden war, aber die eingefallenen Wangen nun … egal, er grinste sich an. »Ein Mann muss tun, was er tun muss, oder so!«

Zurück am Tisch erzählte er Paco, was damals Grausames geschehen war. Der reagierte nicht sonderlich überrascht.

»Sehen Sie, Erik, ich weiß auch mehr als die Chronik preisgibt. Nicht so viel, wie Ihr Traum uns sagt, aber in meiner Familie wurde von Generation zu Generation allerhand übermittelt.«

»Mögen Sie auch einen Tequila?« Erik bestellte erneut.

»Warum nicht, habe ja Feierabend, danke, ja.«

Pacos ruhiger Tonfall, seine Gelassenheit wirkten gegen Eriks Nervosität, vielleicht auch, weil er schon den dritten Schnaps trank; sie stießen mit den kleinen Gläsern an.

»Eines ist klar, wer nicht für uns ist, ist gegen uns, meinte der Padre Sesnar damals und bezeichnete Calvez als Antichristen, weil er mit den Heiden auskam, sie lassen wollte, wie sie sind.«

»Erik, denken Sie doch an die Inquisition oder an das fanatische

Missionieren von Ureinwohnern überall, wo neues Land entdeckt wurde. So ist es uns auch ergangen.« Nun bestellte Paco eine weitere Runde. »Das beantwortet auch Ihren fragenden Blick auf unserer Touristentour, als Sie hier ankamen, weil ich … nun, etwas harsch auf Ihre Frage nach der christlichen Einstellung auf unserer Insel reagierte.«

Durch den Lärm der Schüsse und den Pulvergeruch brach unter den Inselbewohnern und Priestern Panik aus. Nachdem die überlebenden Maktonenen geflohen waren und die Soldaten niemand mehr hindern konnte, drangen Merrons Männer in die Tempelanlagen ein. Sesnar stürzte zum Hauptmann, hielt ihn an der Schulter fest und mahnte ihn, kein weiteres unschuldiges Blut zu vergießen. Heiden müssten bekehrt und nicht umgebracht werden. Doch in den Augen Merrons funkelte die Gier, er riss sich los und stürzte seinen Soldaten nach. Auch der Padre eilte durch das Tor der Tempelanlage und sah, wie die Soldaten auf der Suche nach Gold von Tür zu Tür rannten. Sesnar selbst hastete nach kurzem Zögern zur Treppe und stieg sie in großen Schritten hinauf. Aber als er den Gipfel erreichte, gab es nichts zu sehen. Kein Blut, keinen Priester. Im fahlen Licht der Abenddämmerung schien ihm lediglich der Boden an einer Stelle glattpoliert.

Sesnar konnte sich nicht erklären, wo das Opfer verblieben war, doch er hatte keinen Zweifel, dass die Priester mit teuflischen Kräften in Verbindung standen. Er stieg die Treppe wieder hinab und als er die Tempel erreichte, erkannte er, wie sich bereits einige Soldaten zu einer Gruppe zusammengefunden hatten und wütend und enttäuscht miteinander diskutierten. Kein Gold, keine Perle war zu finden und keine geheimnisvollen Keller, in denen sich die Reichtümer häuften. Als ein Priester, der sich in einer Mauernische versteckt hatte, fliehen wollte, stürzten Soldaten auf ihn zu, um ihn umzubringen. Sesnar konnte sich noch vor die Meute werfen, und weiteres Töten verhindern, sodass dem Priester die Flucht gelang.

Dann erschien auch Merron mit starren, leeren Augen und fluchte, dass die bisherige Suche nach einem Schatz ergebnislos verlaufen sei. Er befahl, dass ein Wachtrupp von zehn Mann auf dem Tempelberg zurückbleiben solle und auf Drängen des Padre ordnete er an, jeden Priester und Novizen in Arrest zu nehmen. Die Dunkelheit begann hereinzubrechen und die übrigen Soldaten zogen unter Führung Merrons zurück zur Kaserne.

Die Soldaten sammelten sich im Speisesaal und verfielen bald in heftige Debatten.

Sesnar nutzte die Unruhe aus und schlich in Calvez' Zimmer. Dabei redete er sich ein, nach Namen von Angehörigen suchen zu wollen, die er von dem tragischen Ereignis unterrichten müsste. In Wahrheit jedoch trieb den Padre eine unerklärliche Neugier. Schon bald stieß er auf das Tagebuch des Gouverneurs. Der Padre wusste, es war pietät- und würdelos, unmittelbar nach Calvez' Tod dessen Unterlagen zu durchsuchen. Er konnte jedoch nicht widerstehen. Die Vergangenheit des früheren Admirals interessierte Sesnar in diesem Moment nicht und so blätterte er auf die Seiten, die Calvez seit der Ankunft von Sesnar und Merron verfasst hatte.

Er stimmte mit Calvez' Beschreibung Merrons überein, war jedoch über seine eigene Darstellung zutiefst empört. Er hatte gerade beschlossen, das Geschriebene zu verbrennen, als er las, dass der Gouverneur den Priester vor der Bekehrung gewarnt hatte. Triumphierend schlug er das Buch zu. Nun konnte er dem königlichen Rat nachweisen, dass Calvez ein Antichrist war und sein sowie Merrons Widerstand nicht der Krone, sondern dem Antichristen gegolten habe. Der Gouverneur hatte die Einheimischen gegen die Soldaten aufgehetzt und daher war die Bluttat auf dem Gipfel des Tempelberges allein von ihm zu verantworten.

Der Padre versteckte das Tagebuch in seinem Zimmer. Ein Gefühl sagte ihm, dass er Merron nichts davon erzählen durfte.

In der Nacht wurde Sesnar wieder von den Albträumen des Höllenfeuers gequält. Am Morgen stand für ihn fest, dass dieser Gipfel des Bösen lediglich dann gereinigt werden könne, wenn darauf eine Kapelle errichtet würde.

Der Padre suchte Merron auf, um ihn über den Plan eines Kirchenbaus zu unterrichten. Der Hauptmann saß übernächtigt, unrasiert und ungewaschen an Calvez' Schreibtisch.

»Merron, jetzt, da der Gouverneur tot ist, müssen wir uns Gedanken machen, wie wir die Insel führen. Ihr und alle Eure Soldaten habt gesehen, dass sich dieser Antichrist in den Weg stellte und versuchte, die Heiden, die Menschenopfer bringen, zu schützen. Ich werde an geeigneter Stelle zu erwähnen wissen, mit welchem Heldenmut Ihr diesem Antichristen den Garaus gemacht habt.«

Ein weiches Lächeln zeigte sich in Merrons Gesicht.

»Als Erstes sollten wir, um die Inselbewohner gefügig zu machen und vor ihrem Aberglauben zu schützen, an der Stelle, an der gestern der Priester verschwand, eine Kapelle errichten lassen. Ich halte es für ratsam, wenn Ihr anordnet, dass Eure Soldaten die kräftigsten Wilden zusammentreiben. Mit Sicherheit wird man auf der Insel einige Männer zum Bau der Kirche entbehren können.«

Das weiche Lächeln Merrons bekam zynische Züge. »Welche Wilden, Padre? Nachdem die Soldaten auf dem Berg keine Schätze fanden, haben sie heute Nacht sämtliche Häuser des Dorfes nach Gold und Perlen untersucht. Nichts, noch nicht einmal einen glitzernden Steinsplitter haben sie gefunden, aber auch keine Einheimischen. Sie scheinen wie vom Erdboden verschwunden zu sein.«

Sesnar stürmte aus der Kaserne, um das Unglaubliche selbst zu sehen. Wohin er aber auch schaute, weder auf den Feldern noch in den Plantagen konnte er einen Maktonenen erblicken. Er versuchte, seine Eindrücke zu ordnen. Dunkle Bilder über die Zukunft der Insel drängten in seine Gedanken. Hungersnöte und Gewalt standen bevor, sollten sich die Maktonenen weigern, die Felder zu bestellen.

In der Nacht zuvor hatte er in Calvez' Tagebuch weitergelesen und wusste auch von den Nachrichten des Kapitäns Piraz; Spanien wollte nur noch selten Schiffe zur Insel entsenden, die Position der Kaskadeninsel war nur wenigen bekannt und wurde geheim gehalten, Seekarten wurden versteckt.

Noch mehr Kummer als die Versorgung bereitete Sesnar jedoch der Zustand der Soldaten. Sie waren – auch hier stimmte er wiederum mit Calvez überein – ein undisziplinierter zusammengewürfelter Haufen. Der schmierige Intrigant Merron war nicht in der Lage, an diesem Zustand etwas zu ändern. Die Soldaten durften auf keinen Fall erfahren, wie es um die Zukunft und ihre Versorgung stand. Vor seinem geistigen Auge sah der Padre plündernde und marodierende Soldaten, die junge Frauen schändeten.

Er drehte sich um, starrte aufs Meer und suchte den Horizont ab. Doch er wusste, sein Wunsch, eine Karavelle möge kommen, würde nicht in Erfüllung gehen. Welch ein zweifelhafter Ruhm verbliebe ihm, sollte die nächste Karavelle der Spanier nur noch eine Handvoll Männer auffinden, die als Kannibalen ihr Dasein fristeten.

Als der Bischof ihn entsandt hatte, um die Eingeborenen zu missionieren, war immer wieder betont worden, wie wichtig die strategische Lage der Insel für die spanischen Entdeckungen sei. Er erfuhr von De Manoz, über welch großes Wissen und welche Fertigkeiten die Priester in der Behandlung von Verletzungen und Wunden verfügten. Der Bischof bat ihn eindringlich, dieses Wissen mit dem der spanischen Mediziner zu vergleichen. Wichtiger noch, wegen des Reichtums an Früchten sollten gute Beziehungen zu der Inselbevölkerung gepflegt werden. Der erfolgreiche Abschluss seines Auftrages hätte ihn seinem Ziel, die Nachfolge des jetzigen Bischofs anzutreten, ein deutliches Stück nähergebracht.

Es war nicht mehr daran zu denken, dass er jemals die Bischofsweihe erlangen würde. Die angestrebten guten Beziehungen zu den Inselbewohnern waren zerstört. Die Soldaten hatten am Vorabend weite Teile der Tempelanlagen ruiniert, die Bauern und Priester waren zurzeit spurlos verschwunden. Aber Sesnar wusste, es würde ihn noch viel mehr als das Bischofsamt kosten, sollten Soldaten verhungern oder sich aus Wut zuletzt noch selbst umbringen. Nach einigem Überlegen war er sich sicher, dass niemand etwas von den Ankündigungen des Kapitäns Piraz erfahren durfte.

»Ich habe beschlossen, zehn Soldaten zur Sicherung der Kaserne zurückzulassen. Die Übrigen folgen mir auf den Gipfel des Tempelberges, um die Wachtruppe abzulösen und das Gelände nochmals bei hellem Licht abzusuchen.«

Sesnar schrak aus seinen Gedanken hoch und drehte sich um.

Er sah Merron, noch immer unrasiert und mit zerknitterter Uniform, neben einer Schar Soldaten, die sich mit ihrem übernächtigen Aussehen nicht vom Hauptmann unterschieden. Alle waren schwer bewaffnet und in ihren Augen stand eine Mischung aus Angst und Entsetzen, als hätten sie selbst noch nicht begriffen, was sie am Vorabend angerichtet hatten.

»Ich werde mitkommen«, stellte der Padre in einem Ton fest, der keinen Widerspruch zuließ, »um mir die Opferstätte nochmals genauer anzusehen.«

Merron nickte und es war offensichtlich, dass er die Rolle als neuer Befehlshaber der Insel genoss.

Während des Anstiegs waren die Soldaten äußerst wachsam, immer in der Furcht vor einem Hinterhalt der Inselbewohner. Doch von den Maktonenen war weit und breit niemand zu sehen. Sesnar verfiel wieder in seine Gedanken. Er ärgerte sich über das blasierte Auftreten des Hauptmanns, das zumindest durch seine bisherige Leistung nicht gerechtfertigt war. Bereits in Spanien waren ihm Gerüchte zu Ohren gekommen, dass die militärische Laufbahn des Hauptmanns ausschließlich auf dem Einfluss seiner reichen Familie beruhte. Merron war ein schmieriger Opportunist und als er erkannt hatte, dass Calvez keinen Wert auf Schmeicheleien legte, hatte er sich auf die Seite Sesnars geschlagen und in der Truppe gegen den Gouverneur gehetzt. Dies war dem Padre in seinem ständigen Kampf mit Calvez durchaus recht gewesen, doch nun, da der Gouverneur tot war und Merron sich selbst zum Kommandeur der Insel erhoben hatte, legte er keinen sonderlichen Wert mehr auf ein gutes Verhältnis zum Padre. Dem Kirchenmann war es widerlich, mit Merron zusammenarbeiten zu müssen, und er ertappte sich dabei, wie er einen kurzen Moment an die direkte Art von Calvez dachte. Doch ihm war klar, dass er nur zusammen mit Merron ein Chaos würde vermeiden können.

Sesnar war so sehr in Gedanken vertieft, dass er fast nicht bemerkt hätte, dass er den Anschluss an die Truppe verlor. Er beschleunigte seine Schritte, bis er wieder neben Merron lief. Sie hatten mittlerweile die erste Etappe auf dem Weg zum Gipfel bewältigt und die unterste bewirtschaftete Terrasse erreicht. Sesnar schaute sich um und stellte zufrieden fest, dass die Soldaten durchweg einen Abstand von acht bis zehn Schritten zu dem Hauptmann hielten.

»Auf uns kommen Probleme zu«, raunte Sesnar.

Merron schaute ihn verwundert an. »Wieso, wir haben doch alles im Griff.«

»Nichts dergleichen. Die Heiden verstecken sich irgendwo auf der Insel, anstatt die Felder zu bestellen. Da ich davon ausgehe, dass weder Eure Männer noch Ihr selbst Lust habt, auf dieser Insel Ackerbau zu betreiben, werden wir, wenn sich die Haltung der Inselbewohner nicht ändert, nichts zu ernten und zu essen haben.«

»Na und«, höhnte Merron, »es sollte nicht unser Problem sein, wenn diese Wilden verhungern. In einigen Wochen wird eine Karavelle kommen.«

»Nein!«

Der Hauptmann fuhr zusammen, als ihn Sesnar barsch anherrschte.

»Es wird Monate dauern, bis das nächste Schiff anlandet. Ich habe eine Notiz von Calvez gefunden. Kapitän Piraz erklärte ihm, dass die neuen und größeren Karavellen nun wieder den kürzeren und direkten Weg zur großen Insel fahren. Kapitän Piraz sei lediglich zur Insel gefahren, um sich zu vergewissern, dass alles in Ordnung sei und um Tauschgüter abzuladen. Wenn Kapitän Piraz aus irgendwelchen Gründen dem königlichen Rat nicht berichten konnte, wird man sich in Spanien unseres Wohlergehens sicher sein. Ich habe die Notiz sofort vernichtet, damit sie nicht in falsche Hände gelangt. Ihr könnt Euch selbst am besten vorstellen, wie die Truppe reagiert, wenn ein Soldat hiervon erfährt.«

Der Hauptmann blieb wie angewurzelt stehen und starrte Sesnar mit offenem Mund an.

Der Padre zog Merron am Ärmel. »Reißt Euch zusammen, bevor die Soldaten misstrauisch werden!«

Auch wenn es angesichts der Umstände mit Sicherheit keinen Grund gab zu triumphieren, so genoss der Padre das Entsetzen in Merrons Augen.

»Verdammt, warum hat uns dieser Idiot nichts davon gesagt?«

»Nun, mein lieber Merron, dieser Idiot, wie Ihr Gouverneur Calvez zu nennen pflegt, war doch nicht so ein Einfaltspinsel, wie er uns von manchen Seiten in Spanien beschrieben wurde. Er hatte erhebliche Zweifel an Eurer Loyalität. Da ihm auch die Stimmung in der Truppe nicht entgangen war, gehe ich davon aus, dass er es vorzog, Euch nicht zu informieren. Wir könnten Calvez natürlich fragen, wenn Ihr ihn gestern Abend nicht erschossen hättet.« Sesnar empfand ein unglaubliches Vergnügen darin, Merron zu reizen, ohne dass er sich erklären konnte, warum. Er wusste jedoch, dass er ein gefährliches Spiel trieb.

Gestern Abend hatte er gesehen, mit welcher grausamen Kälte der Hauptmann Calvez getötet hatte. Er konnte nicht ausschließen, dass Merron auch nach seinem Leben trachten würde, sollte er ihn als Bedrohung empfinden.

Dem Hauptmann stieg Zornesröte ins Gesicht, bevor er jedoch etwas sagen konnte, fuhr Sesnar beruhigend fort: »Natürlich kann ich mich auch geirrt haben und Ihr wolltet tatsächlich einen aufsässigen Barbaren niederschießen, als Calvez Euch unglücklicherweise über den Weg lief. Noch besser wäre es vielleicht, die Leiche würde verschwinden und wir könnten die Schuld den Wilden in die Schuhe schieben.«

Merron schnaufte, sagte aber nichts und wollte sich von Sesnar abwenden.

Der Padre hielt ihn jedoch zurück. »Wir müssen uns Gedanken über die Zukunft machen. Es scheint mir notwendig, dass Ihr Eure Truppen damit beauftragt, die Insel nach Einheimischen abzusuchen und sie dazu zu zwingen, die Felder wieder zu bewirtschaften.«

»Es wird uns wohl nichts anderes übrigbleiben, aber erst sollten wir uns die Lage auf dem Berg ansehen!«

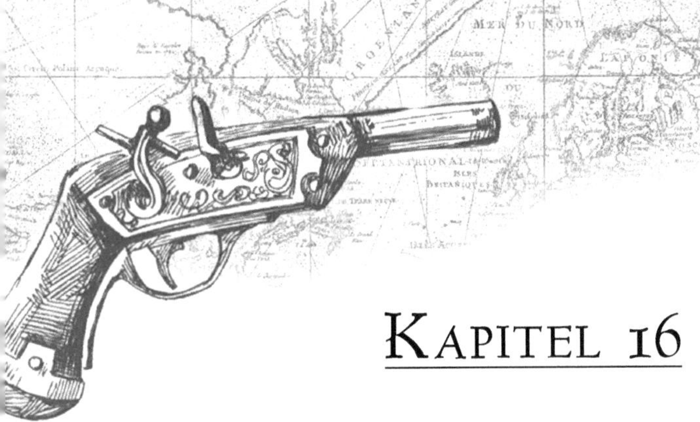

KAPITEL 16

ie letzten Meter bis zur Tempelanlage stiegen Sesnar und Merron mit einigen Schritten Abstand, schweigend bergan. Als sie den Vorplatz der großen Mauer erreichten, war der Padre völlig irritiert. Dort, wo er die Leichen von dreißig oder mehr Inselbewohnern erwartet hatte, gab es nichts als blutverschmierten Boden zu sehen. Er blickte zu Merron, der zu dem geschlossenen Tor der Tempelanlage stürzte.

Der Hauptmann rüttelte am Tor und brüllte: »Hauptmann Merron hier! Aufmachen, ihr Idioten!«

Auch der Padre ging auf das Tor zu, das langsam geöffnet wurde. Ein Soldat trat aus dem Tor und blickte sich zunächst misstrauisch um, bevor er zu berichten begann.

»Heute Nacht, Ihr wart mit den Truppen noch nicht mal eine Stunde abgerückt, erschienen wie aus dem Nichts immer mehr Inselbewohner und versammelten sich auf dem Platz. Es war dunkel, sie hatten kein Licht, sodass wir sie nicht sehen und auf sie schießen konnten. Wir dachten, sie planen einen Angriff, haben daher das Tor verriegelt und uns auf Verteidigung eingestellt.«

»Und, haben sie angegriffen?«, schnarrte Merron.

Es schien, als müsste der Soldat kurz überlegen, bevor er antwortete. »Nein, im Gegenteil, es war ganz ruhig.«

»Kannst du mir wenigstens sagen, wo nunmehr die ganzen Gefallenen des gestrigen Abends geblieben sind?«, sagte der Hauptmann bissig, bekam jedoch als Antwort lediglich ein hilfloses Achselzucken.

»Ihr habt hier also nicht eine einzige Leiche geborgen, auch nicht die von Gouverneur Calvez?«

Der Soldat schüttelte den Kopf. Merron drehte sich um und schaute Sesnar triumphierend an. Dann schubste er den Soldaten zur Seite und lästerte lautstark.

Der Padre fand den Spott unangemessen und unnötig. Die Soldaten wirkten erschöpft und von den Geschehnissen der Nacht nachhaltig verschreckt. Ihn selbst schauderte es gehörig bei dem Gedanken, an diesem unheiligen Ort, an dem Menschen bei heidnischen Ritualen starben, eine Nacht verbringen zu müssen.

Tröstend legte er seine Hand auf die Schulter des Soldaten. »Ich glaube dir, dass eine schlimme Nacht hinter euch allen liegt. Aber dennoch ist es uns ein Rätsel, wohin alle Inselbewohner spurlos verschwunden sind. Wir haben den ganzen Tag noch keinen einzigen gesehen.«

»Vielleicht sind sie in der Schlucht zwischen den beiden Bergen dort drüben. In den frühen Morgenstunden haben wir dort unzählige Feuer gesichtet.«

Sesnar nickte dem Soldaten dankend zu und ging zu den Tempelgebäuden. Er hatte vor, sich heute mit mehr Ruhe alles anzuschauen. Auch wenn er die Inselbewohner wegen ihres Heidentums verabscheute, so hatte er doch Respekt vor der Planungs- und Baukunst des gesamten Tempelareals.

Vom Eingangstor führte ein breiter, sorgfältig gepflasterter Weg gerade auf die Treppe zu, über die man den Gipfel erreichen konnte. Rechts und links erhoben sich spiegelgleich jeweils drei Gebäude, die immer weiter vom Hauptweg zurückwichen, je näher man den Stufen kam. Sesnar musste zugeben, dass durch diese Gestaltung des Plateaus die gewaltige Treppe und der höchste Punkt des Berges in besonderem Maße zur Geltung kamen.

Die ersten Häuser zu beiden Seiten des Tores schlossen direkt an die Mauer des Tempelbezirkes an. Sie maßen sechs Schritte in der Tiefe und reichten fast bis ans Ende der Mauer. Die größten Gebäude lagen in der Mitte, wiesen einen quadratischen Grundriss auf und mochten wohl eine Seitenlänge von dreißig Schritten haben. Die kleinsten Gebäude befanden sich der Treppe am nächsten. Auch sie waren breit wie lang, schätzungsweise sechs auf sechs Schritte.

Zwischen den Häusern hatte man Beete angelegt, die sich bis zum Rande des Plateaus erstreckten; Felder unterschiedlicher Größe, sorgsam voneinander getrennt und – soweit es nach der Verwüstung der Soldaten noch zu erkennen war – aufwendig gepflegt. Sesnar hatte sich nie besonders für die Pflanzen dieser Insel interessiert. Dennoch schien es ihm, dass die hier gezogenen Kräuter andere waren als jene, die von den Inselbauern angebaut wurden.

Als er näher an das erste Gebäude links des Tores heranging, stellte er erstaunt fest, dass die großen Steine ohne Mörtel, auch scheinbar ohne Fugen verarbeitet waren. Er betrat das Gebäude. Kein Zweifel, vor ihm lagen die Schlafgemächer der Priester und Novizen. Die Räume erschienen ihm karger und schmuckloser, als Sesnar dies je in einem Kloster gesehen hatte. Auf drei mal drei Schritten Bodenfläche fand sich lediglich eine fellüberzogene Steinbank als Schlafstatt. Durch ein Loch in der Außenwand von gerade mal einem Fuß Breite drang etwas frische Luft herein. In einer Ecke des Schlafsaals lag ein zusammengeknülltes gelbes Gewand. Die Wände bestanden aus nacktem Stein.

Vierundzwanzig solche Schlafkabinen zählte er insgesamt. In den Räumen hatten die Soldaten übel gewütet. Zum Teil lagen die Liegebänke auf der Seite, bestimmt umgeworfen in der Erwartung, unter ihnen könnten sich geheime Kammern befinden. So sehr sich der Padre auch umschaute, er sah keine Möglichkeit, hier einen Schatz zu verstecken.

Sesnar verließ das Schlafhaus und betrat das gegenüberliegende Gebäude. Es glich dem ersten und beherbergte auch nur Schlafkammern. Der Padre machte sich auf den Weg zu dem großen Haus auf der rechten Seite. Er erwartete eine Gebetsstätte, Abbilder und Figuren jener Götzen zu finden, die von den Inselbewohnern verehrt wurden.

Als er sich in dem Gebäude umschaute, war er erleichtert und überrascht zugleich. Von Götzenbildern war weit und breit nichts zu sehen. Das Haus war in vier große Räume unterteilt, in denen die Priester und Novizen handwerklicher Arbeit nachgingen. In einem Raum fand er seltsame Konstruktionen aus Holz, wovon zwei zum Spinnen der Fasern und die beiden anderen zum Weben der Fäden dienten. Auch wenn die Geräte durch die wütenden Soldaten zerstört worden waren, so hingen an einer der Holzkonstruktionen noch Fetzen eines weißen Tuches, welches wohl ein Umhang hatte werden sollen.

Sesnar ärgerte sich über die Zerstörungswut der Soldaten. Gerne hätte er gewusst, wie diese Geräte funktionierten. In einem anderen Raum standen Schalen aus Stein mit verschiedenfarbigen Pulvern. Eine größere Schüssel enthielt eine rote Flüssigkeit, die sicherlich zum Färben der Stoffe diente. Der dritte Raum war dicht vollgestellt mit kleinen Steinbechern, in denen Setzlinge gezogen wurden. Die sonst überall offenen Fenster waren hier mit einem feinmaschigen dünnen Stoff verhängt, der kaum das Licht nahm, jedoch verhinderte, dass der Wind den Pflänzchen Schaden zufügen konnte. Doch auch hier hatten die Soldaten großen Schaden angerichtet und die Verärgerung des Padre wuchs von Minute zu Minute. Auch der vierte Raum lag verwüstet vor Sesnar, und es fiel ihm zunächst schwer, einzuordnen, wozu er gedient hatte. Erst nach einigem Umherlaufen sah er, dass auch hier Pflanzen auf dem Boden lagen, deren Stängel man wohl mit einem sehr scharfen Messer der Länge lang aufge-schnitten hatte. Er entdeckte einen Mörser, der dazugehörige Becher lag zerschmettert am Boden. Um die Scherben des Bechers verteilte sich ein blassgelbes feines Pulver.

Sesnar sah Merron eintreten.

»Wenn Ihr dies interessant findet, Padre, dann solltet Ihr einen Blick in das Gebäude gegenüber werfen.«

Er richtete sich auf und folgte dem Hauptmann.

Dieses Haus gliederte sich in einen großen und einen kleinen Raum. Sesnar hoffte, das Gebetshaus der Priester und Novizen ent-deckt zu haben. Doch auch in diesem Saal fand sich kein Hinweis auf ihre Götter.

»Nicht hier, da hinten wird es interessant«, rief Merron und schritt auf den kleineren Raum zu. Als Sesnar eintrat, wollte er nicht glau-ben, was er sah. Unzählige Rollen aus Tuch, jede hüfthoch mit dem Durchmesser eines Handtellers lagerten in einem Regal, das aus schlecht bearbeiteten Ästen bestand. An der Wand hing ein solches Stofftuch ausgerollt, mit seltsamen Zeichen bemalt. Diese Zeichen wiederholten sich gelegentlich und Sesnar schätzte, mindestens zwanzig verschiedene zu erkennen.

Während er versuchte, das alles zu verarbeiten, sprach Merron seine Gedanken aus: »Auf der Insel gibt es also doch eine Schrift.«

Der Padre starrte noch immer entgeistert auf die Schriftrollen. Er wusste, dass keiner der einfachen Inselbewohner lesen oder schreiben konnte. Nirgendwo auf der ganzen Insel gab es Schriftzeichen. Lediglich die Priester und vielleicht auch die Novizen kannten eine Schrift. Warum aber wurde dieses Wissen vor den anderen geheim gehalten? Warum wurden sie nicht im Lesen und Schreiben unterrichtet? Was bedeuteten diese Zeichen? Gaben diese Schriftrollen vielleicht Auskunft über den Glauben der Priester?

Er fasste das Tuch vorsichtig an. Es war aus feinem Stoff gewebt und erinnerte ihn an Seide, doch in der Festigkeit hatte es Ähnlichkeit mit Pergament. Welche Fasern wurden für diese Rollen verwendet, wie wurden sie hergestellt und warum waren sie so fest?

Er drehte sich zu Merron um und keuchte: »Bringt mir einen Priester, aber lebend!«

»Die Jagd auf die Inselbewohner und Priester wird morgen eröffnet. Heute scheint es mir jedoch wichtiger, über unsere eigene Sicherheit nachzudenken. Die Soldaten hatten recht. Sollte es den Wilden gelingen, diese Tempelanlage einzunehmen, dürfte es für uns schwierig werden, sie wieder zu vertreiben. Es erscheint mir aber auch nicht sinnvoll, jede Nacht zehn Soldaten zur Sicherung der Anlage hier oben zurückzulassen.«

Sesnar empfand mittlerweile einen tiefen Hass gegen die Verlogenheit und Verschlagenheit der Priesterschaft. »Lassen Sie doch die Mauern und alle Häuser hier oben abreißen und aus den Steinen auf dem Gipfel eine Kapelle errichten. Wenn diese Symbole des Götzentums vernichtet sind, werden die Inselbewohner schneller von ihrem Irrglauben ablassen, sich zu Gott bekennen und führen lassen. Wenn jedoch für die Heiden ihre Tempel täglich sichtbar sind, werden wir stets mit Widerstand rechnen müssen.«

»Und wer soll diese Arbeit verrichten?«

»Es wird sich wohl nicht vermeiden lassen, dass Eure Soldaten mit dieser Arbeit beginnen. Vielleicht können wir zu einem späteren Zeitpunkt einige bekehrte Inselbewohner für die Weiterarbeit einsetzen.«

»Ich fürchte, Ihr habt recht«, Merron stöhnte. »Aber die Soldaten werden nicht begeistert sein.«

»Eure Soldaten werden jedoch nur dann Gewissheit haben, ob und wo es Gold gibt, wenn sie jeden Stein dieser Anlage abgetragen haben. Ich würde empfehlen, zunächst mit den Schlafräumen zu beginnen.«

Sesnar hoffte, dass die Inselpriester sich einer Zusammenarbeit beugten, sollten sie sehen, dass ihre Tempelanlage zerstört war und sie damit ihrer Grundlage beraubt waren. Er wollte deshalb die Zerstörung der beiden großen Gebäude so schnell wie möglich vorantreiben.

Nachdem Merron den Raum verlassen hatte, schaute er sich genauer um. Er öffnete verschiedene der großen Rollen und erkannte, dass sie dicht beschrieben worden waren.

Dann verglich er die Zeichen auf mehreren Rollen und stellte kaum einen Unterschied fest. Er trug einige der Rollen zusammen und beschloss, sie mit ins Tal zu nehmen und vielleicht etwas des Niedergeschriebenen zu entschlüsseln.

In dem Regal fand er auch einige kleinere Rollen, die Zeichen darauf sahen eckiger und nicht so harmonisch aus, weshalb er sie als Schreibblätter der Novizen einordnete. Sesnar fand Röhrchen, dünner als ein kleiner Finger und aus einer Pflanze hergestellt, die so bearbeitet war, wie er das von einer Schreibfeder kannte. Zu guter Letzt entdeckte er auch einige unbeschriebene Rollen und nahm sich vor, sie aufzuheben und für eigene Zwecke zu nutzen.

Der Padre hatte wohl längere Zeit damit verbracht, die Schriftrollen und das Material zu studieren, denn als er das Gebäude verließ, wunderte er sich darüber, wie weit die Soldaten schon das erste Schlafhaus abgetragen hatten. Das zuvor mannshohe Gebäude reichte ihm gerade noch bis unter die Schultern. Es wurde ein Steinblock nach dem anderen von der Mauer abgehoben und abgelassen, dann schleppten wiederum vier Soldaten die schweren Steine die Treppe hinauf zur Gipfelspitze.

Merron kam auf ihn zugeschlendert. »Nun, Padre, es sieht so aus, als ob Ihr dank unserer Goldsucher Euer Gotteshaus früher erhieltet als erwartet. Ich habe, sicherlich mit Eurem Einverständnis, den Soldaten angeboten, dass ein Drittel des gefundenen Goldes unter ihnen aufgeteilt wird, wenn sie das Gebäude nicht nur zerstören, sondern beim Bau der Kirche helfen.«

Der zynische Tonfall Merrons war Sesnar zuwider. Bereits die abfällige Art, wie der Hauptmann das Wort Goldsucher aussprach, ließ ihn erkennen, dass der inzwischen ebenso wenig an einen Goldschatz glaubte wie er selbst. Auch das großzügige Versprechen, wie der Schatz aufgeteilt werden sollte, bestätigte diesen Verdacht. Dennoch musste er Merron innerlich gratulieren, in welcher Weise der die Goldgier der Soldaten auszunutzen wusste.

»Lieber Padre, Ihr werdet mir allerdings noch aufzeichnen müssen, welche Gestalt die Kirche haben soll, und bitte bedenkt, dass niemand von uns Baumeister ist.«

Sesnar nickte, dankte dem Hauptmann im Namen Gottes für seine Bemühungen und zog es dann vor, die Baustelle zu verlassen. Er wollte sich zuletzt noch die beiden kleinen Gebäude genauer ansehen, die er bisher nicht besichtigt hatte.

Das links der Treppe liegende Haus war auch wieder mit einer Schlafstätte versehen und er entdeckte hier den Schal, den er bereits bei dem Hohepriester gesehen hatte. Zudem fielen ihm noch zwei beschriebene Stoffrollen in die Hände.

Das kleine Gebäude rechts der Treppe konnte sich Sesnar über-

haupt nicht erklären. In der Mitte des Raumes stand eine runde
Steinplatte auf vier Säulen. In die Platte waren verschiedene Symbole eingemeißelt. Durch einen handbreiten und einen Fuß hohen
Schlitz in der Wand auf der Meerseite fiel Licht auf die Scheibe. Der
Padre haderte mit sich, ob er den Aufbau als eine Art Kalender oder
Sonnenuhr verstehen sollte oder ob dies etwa ein Symbol der heidnischen Götter war. Er war neugierig, gerne hätte er die Bedeutung
der Zeichen verstanden, doch eine seltsame Furcht vor einer fremden Macht ließ ihn frösteln. Immer wieder versuchte er sich einzureden, seine Angst sei unbegründet. Doch schon bald hielt er das
beklemmende Gefühl nicht mehr aus, stürzte aus dem Haus und
war froh, als er wieder im Freien stand.

Er stieg die Treppe zum Gipfel hinauf, um sich die Opferstelle
nochmals anzuschauen. Doch die Arbeiten der Soldaten waren in
vollem Gange. Der größte Teil der Fläche war bereits mit Quadern,
die den Boden der Kapelle bilden sollten, belegt. Doch was hätte er
auch entdecken können? Bereits am Vorabend war ihm nichts aufgefallen, das ihm das plötzliche Verschwinden des Priesters hätte
erklären können.

Er blickte sich auf dem Gipfel um und genoss den weiten Blick
über das Meer und die Insel. Dies war mit Sicherheit ein herrlicher
Ort, um ein kleines Gotteshaus zu errichten. Er plante den Eingang
in Richtung Treppe und den künftigen Glockenturm fast am Rand
des senkrecht abstürzenden Felsens. Er stieg die Treppen wieder
hinab und ging zu Merron. Der herrliche Ausblick vom Gipfel und
der Gedanke, dass dort bald ›seine Kirche‹ stehen würde, stimmten
Sesnar versöhnlich.

Merron gab gerade den Befehl, die Arbeit einzustellen und sich auf
den Rückweg ins Tal zu machen. Er ordnete erneut eine Wache von
zehn Mann an, die auch das Tor verriegelt halten sollte. Während

des Abstiegs erläuterte Sesnar seine Baupläne und freute sich über verschiedene Anregungen Merrons.

Die Soldaten waren immer noch wachsam, jedoch nicht so angespannt wie am Morgen. Den ganzen Tag über hatte man keine Einheimischen gesichtet, sodass die Furcht vor eventuellen Übergriffen wich. Auch die Soldaten, die die Kaserne bewachten, hatten nichts Nennenswertes zu berichten, sodass sich Merron und Sesnar zurückzogen, um die Pläne für den nächsten Tag auszuarbeiten.

»Padre, wir sind uns einig, dass wir morgen die Truppen ausschicken, um nach den Wilden zu suchen. Wir können es drehen und wenden, wie wir wollen, doch bereits da beginnen die Probleme. Wir haben vierzig Soldaten, zehn davon bewachen die Tempel, zehn müssen in der Kaserne zurückbleiben und ich zweifle, ob zwanzig Mann ausreichen, die Insel zu durchkämmen. Sollten wir tatsächlich einige der Wilden finden, werden wir auch Soldaten abstellen müssen, die darauf achten, dass diese ordnungsgemäß ihrer Arbeit nachgehen. Ich wüsste daher derzeit bei Gott nicht, wie wir Kräfte übrighaben sollten, die wir für den Bau der Kirche abstellen könnten.«

Sesnar schrak zusammen und starrte den Hauptmann an. Doch er vermochte in dessen Gesicht weder Zynismus noch Angriffslust zu erkennen.

»Aber solange die Heiden auf diesem Berg das Symbol ihres Irrglaubens sehen, wird es bestimmt schwierig, sie zu bekehren. Und solange sie nicht bekehrt sind, besteht immer die Gefahr, dass sich die Heiden gegen uns erheben. Sind erst einmal die Bauten der Priester abgetragen, brauchen wir keine Soldaten auf dem Gipfel, die Wache halten müssen.«

»Gewiss, Padre, aber bis dahin … Machen wir uns nichts vor.

Mit unseren vierzig Männern können wir nicht alles auf einmal bewältigen.«

»Wenn es vielleicht ihren Soldaten gelänge, einige Priester zu fangen, dann …« Während Sesnar noch überlegte, wie er den Satz beenden sollte, führte ihn Merron bereits fort. »… hätten wir Geiseln, mit denen wir die einfache Bevölkerung unter Druck setzen könnten.«

Sesnar gefiel das Wort Geisel überhaupt nicht, musste sich aber eingestehen, dass er an nichts anderes gedacht hatte.

»Wir müssten dann zunächst einiger Priester habhaft werden, und wie gesagt, mit zwanzig Mann ist es schwierig, die ganze Insel abzusuchen.«

Der Padre musste zugeben, dass die Bedenken Merrons zutrafen. Dennoch sträubte er sich, die Idee einer Kapelle auf dem Gipfel kampflos aufzugeben. Doch da ihm selbst keine Lösung einfiel, beschloss er abzuwarten, welchen Erfolg die Suche nach den Heiden am nächsten Tag bringen würde.

Im Morgengrauen des Folgetages führte der Hauptmann zwanzig Soldaten zu den Bergen am anderen Ende der Insel. Alle Soldaten waren schwer bewaffnet und man merkte ihnen an, dass sie sich vor dem Einsatz fürchteten.

Auch Sesnar hatte beschlossen, an dieser Exkursion teilzunehmen. Gegenüber Merron gab er an, dass er den Soldaten im Einsatzfall Mut zusprechen wolle. Tatsächlich hoffte Sesnar, einen Priester zu finden, und wollte sicherstellen, dass der nicht dem Zorn der Soldaten zum Opfer fiel. Die Neugier über das Wissen und die Schrift der Priester war so brennend, dass er seine Angst hintanstellte.

»Soldaten, wir beginnen mit der Suche in jener Schlucht auf der gegenüberliegenden Seite der Insel, in der eure Kameraden gestern Morgen Feuer gesehen haben. Auf den Feldern rechne ich noch nicht mit einem Angriff. Deshalb achtet bitte darauf, dass ihr die angebauten Pflanzen nicht unnötig beschädigt. Erst in den Plantagen mit diesen seltsamen Früchten müssen wir mit einer Überraschung rechnen.«

Die Soldaten setzten sich in Bewegung und erreichten nach einiger Zeit die ersten Äcker. Merron und Sesnar folgten dem Trupp mit einigen Schritten Abstand.

»Seltsam, obwohl wir jetzt bald zwei Jahre auf dieser Insel zu Hause sind, bin ich über die Kaserne, das Dorf und diesen großen Berg nicht hinausgekommen.«

»Da geht es Euch ebenso wie mir, mein lieber Padre. Es ist eigentlich schade, denn mir scheint, diese Insel ist ein schönes Plätzchen Erde.«

Sesnar starrte Merron entsetzt von der Seite an, stellte jedoch fest, dass der Hauptmann das tatsächlich ernst meinte. Der Padre konnte es nicht fassen, dass der Befehlshaber der Truppe ein Gelände, das vielleicht einmal ein Schlachtfeld sein könnte, noch nicht mal besichtigt hatte. Merron ließ tatsächlich seine Soldaten aufs Geratewohl marschieren, ohne zu wissen, ob das Terrain nicht einen Hinterhalt barg. Sesnar war froh, dass der Hauptmann in Schweigen verfiel, denn er hatte Angst, noch weitere Wahrheiten über dessen militärische Heldenleistungen zu erfahren.

Doch die Ängste des Padre und der Soldaten erwiesen sich bald als unbegründet. Auf dem ganzen Weg gab es keinen Ort, der sich als Hinterhalt für einen Angriff geeignet hätte. Selbst die Plantagen, die von der Kaserne aus wie ein dichter Urwald wirkten, waren Bäume, in sorgsamen Reihen gepflanzt, ohne nennenswertes Unterholz. Dennoch bewegte sich der Suchtrupp nur bedächtig vorwärts, sodass es über zwei Stunden dauerte, bevor er die Schlucht erreichte.

Die Soldaten blieben stehen und schauten Merron erwartungsvoll an. Es schien, als sei der Hauptmann unschlüssig.

Er wandte sich abrupt zu einem jungen Soldaten. »Nun Soldat, was glaubst du, wie wir nun vorgehen sollten?«

Der Soldat war überrascht, erwiderte jedoch ohne großes Zögern: »Es könnte die Gefahr bestehen, dass wir beim Einstieg in die Schlucht beidseits von den Bergen aus angegriffen werden. Wir sollten die Flanken sichern.«

»Sehr gut, Soldat, aus dir kann noch mal etwas werden! Jeweils fünf Mann sichern den Berg links und rechts der Schlucht ab. Haltet genau Ausschau nach nicht einsehbaren Plätzen, von denen aus wir in der Schlucht angegriffen werden könnten.«

Zehn Soldaten setzten sich in Bewegung und kletterten auf beiden Seiten der Schlucht den Berg empor. Sesnar schaute ihnen nach und konnte sich nicht vorstellen, dass sich auf diesem Fels Inselbewohner versteckt hielten. Er war kahl, lediglich vereinzelt standen kleine, vom Wind gekrümmte Bäume. An den tieferliegenden Hängen wuchsen Grasbüschel, dort weideten Ziegen.

Die Soldaten hatten mittlerweile die halbe Anhöhe erklommen und gaben Zeichen, dass keine Gefahren erkennbar seien. Die restlichen Soldaten rückten in der Schlucht vor.

Plötzlich meldete einer der Männer von der Höhe, er habe eine Höhle entdeckt und dirigierte die Truppe in diese Richtung.

Sesnar beschwor die Soldaten nochmals, unnötiges Blutvergießen zu vermeiden, und sie bezogen Stellung, während Merron fünf Männern befahl, in die Höhle einzusteigen. Bereits nach kurzer Zeit meldete einer von ihnen, dass sie Inselbewohner gefunden hätten. Sie begannen damit, sie aus der Höhle zu treiben.

In den Gesichtern der Inselbewohner waren Angst, Entsetzen und Entbehrung abzulesen. Sie standen eng und zitternd aneinandergedrängt und keiner machte Anstalten, sich gegen die Soldaten zu wehren.

Plötzlich überfiel Sesnar tiefes Mitleid. Er zwängte sich zwischen zwei Soldaten hindurch und versuchte, beruhigend auf die Menschen einzureden, obwohl er wusste, dass sie ihn nicht verstehen würden.

Mittlerweile waren auch die letzten Soldaten aus der Höhle gekommen und meldeten, dass alle Einheimischen daraus vertrieben seien. Sesnar schätzte die Zahl der aufgefundenen Inselbewohner auf über hundert Menschen, doch so sehr er auch suchte, unter ihnen befanden sich weder Priester noch Novizen.

Merron war neben ihn getreten. »Ich glaube nicht, dass wir mit Angriffen der Wilden rechnen müssen. Schaut Euch diesen Haufen hier an. Es sind nicht nur die Alten und Schwachen, die sich hier versteckt halten, sondern auch kräftige und wehrfähige Männer. Hätten die Wilden tatsächlich vor, Widerstand zu leisten, so hätten sich die kräftigsten Männer mit Sicherheit an einem Ort versammelt.«

»Wenn dem so ist, dann sollten wir ihnen jedoch schnell klarmachen, dass sie nichts zu befürchten haben.«

Der Hauptmann nickte, trat vor und versuchte mit Händen und Armen zu erklären, dass die Menschen in ihre Häuser zurückkehren und die Felder bestellen sollten. Die Maktonenen schienen die Zeichen Merrons durchaus zu verstehen, dennoch machte niemand Anstalten, wegzugehen. Erst als der Hauptmann mehrfach auf die Musketen der Soldaten zeigte, begannen die Ersten, sich vorsichtig zum Ausgang der Schlucht zu bewegen. Merron befahl drei Soldaten, in sicherem Abstand zu folgen und darauf zu achten, dass sich die Inselbewohner nicht erneut versteckten.

Vom Berg meldete ein Soldat, dass es zum Ende der Schlucht noch weitere Höhlen gebe. Auch in der nächsten fanden sie ängstliche Menschen, ebenso wie in den folgenden Verstecken. Kein Inselbewohner zeigte Wut, Hass oder die Bereitschaft zur Gewalt. Am frühen Nachmittag hatten die Soldaten zwei weitere größere und eine kleinere Höhle mit Flüchtlingen gefunden. Doch immer noch fehlte jede Spur von Priestern und Novizen.

Eine Entdeckung in der Schlucht verunsicherte Sesnar. Dort waren auf einem Feld von etwa zehn auf zehn Schritten unzählige, etwa faustgroße Kieselsteine sorgsam ausgelegt. Bei genauerem Betrachten erkannte er, dass die meisten dieser Kiesel bunt angemalt waren, teilweise war die Farbe verblasst. Er versuchte, einen der zuletzt gefundenen Inselbewohner nach diesen Steinen zu befragen, erntete jedoch nur einen Blick der Trauer. Langsam begann der Padre zu begreifen, dass jeder dieser Steine für einen Verstorbenen stand. Er entdeckte zwei bunte Kiesel, die mit dem gleichen Muster bemalt waren, wohl Verstorbene aus derselben Familie.

Schließlich entdeckte er einen weißen Stein mit einem blauen Kreuz und ihm wurde übel. Sesnar war sich sicher, dass dies der ›Grabstein‹ des Kapitän Calvez war. Anders konnte er sich das Symbol des Kreuzes nicht erklären. Welches Vertrauen und Ansehen genoss der Gouverneur bei den Bewohnern, dass er wie ihresgleichen beigesetzt wurde, aber zugleich in Anerkennung seines Glaubens mit dem christlichen Symbol? Was hatte Calvez den Inselbewohnern über das Christentum erzählt, dass ihnen dieses Zeichen bekannt war? Warum waren sie bereit, dieses Zeichen auf Calvez' Stein zu malen, wenn sie ansonsten eine Bekehrung ablehnten?

Sesnar konnte nicht verstehen, warum der Admiral einerseits die Inselbewohner vor einer Bekehrung gewarnt hatte, andererseits sehr viel über den christlichen Glauben erzählt haben musste.

Sesnar hoffte, eine Erklärung in den Tagebuchaufzeichnungen des Admirals zu finden.

Und noch eine Frage quälte Sesnar. Was geschah mit den Toten?

Gegen Abend hatten die Soldaten nach Schätzung des Padre an die tausendfünfhundert Inselbewohner in den verschiedenen Höhlen aufgespürt. Mehrfach hatte er versucht, einzelne von ihnen nach den Priestern auszufragen, doch er erntete stets eine Geste des Unwissens. Sesnar wurde immer sicherer, dass die Inselbewohner tatsächlich nicht wussten, wo sich die Priester versteckt hielten. Und selbst wenn sie es gewusst hätten: Er nahm nicht an, dass sie es verraten würden, nicht einmal unter Zwang.

Merron gab gerade Befehl, sich zusammenzuziehen und den Rückweg anzutreten.

Sesnar eilte zu ihm. »Wollt Ihr die Suche etwa jetzt schon aufgeben?«

»Padre, erstens wird in drei Stunden auf dieser verdammten Insel die Sonne untergehen und wenn auch die Wilden zurzeit einen friedlichen Eindruck machen, ziehe ich es vor, bei Einbruch der Dunkelheit in der Festung zu sein. Zweitens haben wir jeden Winkel dieser Schlucht durchforstet und mit Sicherheit werden wir keine weitere Höhle finden. Drittens haben wir fast die Hälfte der Inselbewohner und ich glaube, dass andere freiwillig folgen werden, wenn sie sehen, dass das Leben so weitergeht wie bisher. Abschließend viertens, selbst wenn sich keine weiteren Wilden mehr zeigen, reichen die aus, die wir gefunden haben, um die Felder zu bestellen.«

»Soll das heißen, dass Ihr morgen früh nicht weitersuchen lassen wollt?«

»Genau das soll es heißen, Padre.«

»Wir haben aber noch nicht einen Priester gefunden!«

»Priester, Priester! Wenn sie sehen, dass wir friedlich mit den Bauern umgehen, werden sich sicherlich auch die Priester blicken lassen. Und nochmals, wir haben nur vierzig Soldaten, von denen zehn die Kaserne bewachen, zehn zurzeit auf der Tempelanlage ausharren und wir werden weitere Soldaten brauchen, um die Arbeit der Inselbewohner zu kontrollieren. Ihr werdet Euch aussuchen müssen, was Euch lieber ist. Der Bau der Kapelle oder die Suche nach den Priestern. Alles auf einmal können wir nicht erledigen.«

Am nächsten Morgen zogen die Soldaten aus, um die Inselbewohner zur Arbeit zu führen. Sesnar sah zu, wie die Menschen scheinbar willenlos den Anweisungen gehorchten und sich auf den Feldern und in den Plantagen verteilten. Es schien, dass mehr Menschen in das Dorf zurückgekehrt waren, als er am Vorabend gesehen hatte.

Merron gab drei Soldaten Anweisung, eine Zählung der Inselbevölkerung vorzunehmen. Dann wandte er sich an Sesnar. »Lasst uns mit einigen Soldaten auf den Tempelberg steigen. Dort könnt Ihr meinen Männern Eure Baupläne zur Kapelle erklären.«

»Hauptmann, dürfte ich Euch bitten, den Namen Tempelberg zu vermeiden. Ich hoffe, dass es auf dem Gipfel bald keine Gebäude mehr gibt, die von dem Heidenglauben zeugen. Dann sollte auch der Name des Berges nicht mehr daran erinnern. Darf ich vorschlagen, den Berg künftig Kaskadenberg zu nennen? Mir scheint dies ein Name zu sein, der auch von den Heiden auf Dauer angenommen werden kann.«

»Meinetwegen, Padre.«

Schweigend stieg die Truppe den neubenannten Kaskadenberg hinauf. Nur einmal versuchte Sesnar, das Thema Priester anzuschneiden, doch Merron wehrte mürrisch ab. Die Soldaten, die auf dem Gipfel Wache gehalten hatten, schienen nicht sonderlich begeistert über ihre Ablösung. Sie hegten anscheinend nach wie vor die

Hoffnung auf einen unerwarteten Goldfund, und hatten zur Freude des Padre fast die kompletten früheren Schlafräume abgetragen. Die Soldaten wussten nichts Außergewöhnliches zu berichten, außer einigen seltsamen Klopfgeräuschen, die vom Fuß des Berges kamen, jedoch habe man den ganzen Tag nichts Besonderes erkennen können. In den folgenden Stunden erläuterte Sesnar den Soldaten den Grundriss der Kapelle und überwachte, wie die Steine gesetzt wurden. Sesnar war überrascht, wie zügig die Männer mit ihrer Arbeit vorankamen. Doch er wusste, dass dies weniger am Einsatz der Soldaten, sondern an den exakt gearbeiteten Steinen lag.

Die folgenden Tage verliefen zur Zufriedenheit Merrons und Sesnars. Die Inselbewohner arbeiteten zuverlässig und der Padre nahm stolz zur Kenntnis, dass die Kapelle Tag für Tag um fast zwei Fuß wuchs. Auch die Zählung der Inselbewohner war mittlerweile abgeschlossen und ergab, dass einschließlich der Soldaten dreitausendeinhundertneun Menschen auf der Insel lebten. Allerdings ohne Priester und Novizen, deren Verbleib ein Rätsel blieb.

Der Padre wollte seine Hoffnung aufgeben, als eines Morgens ein junger Mann mit gelbem Gewand vorgeführt wurde. Der Padre erkannte ihn sofort. Es war der Übersetzer, der stets für Calvez tätig gewesen war. Sein gelbes Gewand war zerrissen und schmutzig, er selbst sah übermüdet und ausgehungert aus. Sesnar gab den Soldaten ein Zeichen, den Gefangenen loszulassen und bot ihm einen Platz an.

»Du verstehst, was ich sage?«

Der junge Mann nickte.

»Wie heißt du?«, fragte Sesnar freundlich.

»Man nennt mich Coxlan.«

»Was ist geschehen?«

»Die Priester haben mich aus der Gemeinschaft verwiesen. Sie sagen, ich hätte den Göttern Schande bereitet. Sie sagen, ich hätte eure Sprache erlernen sollen, um Euch zu erklären, dass wir ein Volk sind, das in Frieden lebt. Sie sagen, ich hätte dies nicht richtig getan, denn sonst hätte das Fest der Vereinigung nicht blutig geendet. Ich habe um Nachsicht gefleht, doch die Priester blieben hart.«

Der Padre empfand Mitleid mit Coxlan und legte ihm beschwichtigend die Hand auf die Schulter, doch gleichzeitig erwuchs in Sesnar eine ganz bestimmte Hoffnung.

»Ich werde mit deinen Priestern sprechen und für dich um Nachsicht bitten. Sage mir, wo sie sich aufhalten.«

Der Novize schaute entsetzt auf. »Das darf ich nicht!«

»Warum darfst du das nicht?«

»Die Priester haben es mir verboten.«

»Ich kann jedoch kein gutes Wort für dich einlegen, wenn du mir nicht die Möglichkeit gibst, mit ihnen zu sprechen. Ich versichere dir, du stehst unter meinem Schutz, und auch den Priestern wird kein Leid zugefügt.«

Der junge Mann überlegte und schien sein Gewissen zu prüfen. Schließlich schaute er Sesnar an.

»Ich werde Euch führen.«

Der Padre informierte Merron, der sofort zehn Mann zusammenstellte. Coxlan führte die kleine Schar auf der gepflasterten Straße an der Bucht entlang, vorbei an der kleinen Quelle, von der jedermann Trinkwasser nahm, und kletterte dann behände etwa zehn Fuß den steilen Fels bergan, bog nach rechts ab und war gleich darauf verschwunden. Die Soldaten folgten. Kurze Zeit später meldete ein Soldat, die Höhle sei verlassen, jedoch habe man warme Asche vorgefunden, die Priester könnten nicht allzu weit sein.

Als Coxlan aus der Höhle zurückgekehrt war und neben Sesnar stand, schien der Novize verwirrt zu sein. »Weißt du, wo die Priester hingegangen sind?«

»Nein. Da ich aus der Gemeinschaft ausgeschlossen wurde, hat man mir nicht mehr gesagt, wohin sie gehen werden. Ich habe nur erfahren, dass sich die Priester mit den Göttern vereinigen wollen.«

»Was soll das heißen?«

Coxlan blickte verlegen zu Boden. »Das weiß ich nicht, ich bin noch nicht lange Zeit Novize und nur der Rat der Priester weiß, was beim Fest der Vereinigung geschieht.«

Sesnar glaubte, dass Coxlan ihm bei der Suche nach den Priestern nicht helfen konnte. Es gelang ihm jedoch, den sichtlich genervten Merron zu überreden, zehn Soldaten weiterhin nach den Priestern suchen zu lassen. Er selbst machte sich mit dem Novizen auf den Rückweg zur Kaserne. Seine dunklen Befürchtungen behielt der Padre für sich. Anlässlich des Festes der Vereinigung wurde ein Priester getötet, oder er tötete sich durch eigene Hand, zumindest war er spurlos verschwunden. Sollten nun alle Priester eine »Vereinigung begehen«, könnte das wiederum bedeuten, dass alle auf irgendeine Art und Weise spurlos verschwanden.

Er versuchte diese Gedanken zu verdrängen und den Novizen auszufragen. So erfuhr er, dass Coxlan mit fünf Jahren zum Waisen geworden war und die Priester ihn aufgenommen hatten. Er wurde von ihnen in die Tagesarbeit eingewiesen. Diese bestand darin, Pflanzen zu setzen, Stoffe zu weben und Kleidung zu färben. Erst als die Priester es für angebracht hielten, nämlich vor zwei Jahren, wurde mit der Ausbildung Coxlans zum Novizen begonnen. Er lernte die Aufzucht und Pflege von Pflanzen, alles über deren Heilkraft und wie man aus ihnen Heiltränke und Tinkturen zubereitete. Er lernte das Erkennen von Krankheiten und deren Behandlungen. Sesnar war mit dem Gehörten zufrieden und bald schien es ihm nicht mehr so wichtig, die Priester ausfindig zu machen. Anscheinend verfügte Coxlan selbst über umfangreiche Kenntnisse.

»Und alles, was du erlernt hast, ist auf diesen Rollen geschrieben?«

»Ich weiß nicht«, erwiderte Coxlan. »Die Zeichen auf diesen Rollen und deren Bedeutung darf ein Novize erst erlernen, wenn er alle anderen Prüfungen erfolgreich abgeschlossen hat.«

Sesnars Magen krampfte sich zusammen und er hatte das Gefühl, er müsse sich übergeben. Er verfluchte die Priester, die offensichtlich alles Wissen gegenüber Fremden zurückhielten.

»Aber das eine oder andere Zeichen kennst du doch bestimmt?«, fragte der Padre hoffnungsvoll. Der junge Mann schüttelte den Kopf. Sie gingen eine Weile schweigend nebeneinander her und Sesnar war froh, als ihn Coxlan nach seinem Glauben fragte. Er berichtete von Gott, dem Ritual der Taufe und von vielem mehr, und Sesnars Freude nahm noch zu, als sich der Novize bereit erklärte, mit Übersetzungsarbeiten bei der Bekehrung der Inselbewohner mitzuwirken.

Vierzehn Tage suchten die Soldaten vergeblich nach irgendwelchen Spuren der Priester. Doch die Verärgerung des Padre hielt sich in Grenzen. Stattdessen freute er sich vermehrt über diesen Misserfolg, entdeckte eine Art Sympathie für die Priester in sich. Coxlan erwies sich als treue Hilfskraft. Er übersetzte die Vorträge und Predigten des Padre anscheinend mit solchen Überzeugungskräften, dass sich etliche Inselbewohner zur Taufe einfanden. Auch der Bau der Kapelle machte sichtbare Fortschritte. Alles in allem konnte er mit der Entwicklung zufrieden sein.

Erik hatte es sich zur Gewohnheit gemacht, täglich nach dem Früh-
stück zum Hotel zu wandern. Er benötigte diese Pausen, um nicht
ganz zum Wrack zu werden. Zum einen tat die Bewegung gut, zum
anderen half es ihm, wenigstens kurz mit Paco zu reden, ehe der in
die Stadt kurvte. Gelegentlich fuhr er auch mit, um seine Vorräte
aufzustocken. Viel benötigte er nicht. Meist nahm er vor dem Heimweg im Restaurant eine Suppe und einen Salat zu sich, er wollte die
Zeit der Träume und des Schreibens schließlich überleben. Ab und
an war er auch in der Taverne eingekehrt, die er bei seinem ersten
Besuch in der Stadt entdeckt hatte und sich mit der Wirtin unterhalten. Es tat gut, einmal nicht über das Geschehen auf der Insel
zur damaligen Zeit zu reden, einmal kurzfristig die Gedanken an
die Träume beiseite zu schieben. Dadurch sammelte sich Erik und
konnte sich gestärkt in Körper und Geist nachmittags wieder an das
Schreiben machen. Noch war die Geschichte der Isla des Cascades
nicht zu Ende erzählt …

AUSBLICK AUF BAND 3
ANKUNFT

Erik ist aufgebracht und entsetzt, dass sein Held Fernando Calvez im Gemetzel der Ureinwohner, befohlen vom machtbesessenen Padre Sesnar, ermordet wird. Auf keinen Fall kann Erik auf die Träume in die Vergangenheit verzichten und spekuliert damit, für immer auf der Isla des Cascades zu verbleiben.

Wer braucht ihn schon in Deutschland?

Währenddessen missioniert der Padre die Inselbewohner, sie sollen ihren heidnischen Glauben ablegen – Sesnar vermutet sogar Rituale mit Menschenopfern – und sich der katholischen Kirche anschließen. Ihre Kinder sollen in einer Schule unterrichtet werden.

Die spanischen Soldaten, die nunmehr seit drei Jahren festsitzen, sehnen sich nach ihrer Heimat, ihren Familien. Durch andauernde Dürre bringen die Felder kaum Erträge, auch das Trinkwasser wird knapp. Von Tag zu Tag werden die Truppen mürrischer und der Padre befürchtet das Schlimmste.

Erik macht sich auf der Insel auf die Suche nach dem Vermächtnis der Priester und kommt so einem unglaublichen Schatz auf die Spur.

Unsere Bücher – eine Auswahl

Ohne Schuld
Victoria Suffrage / Elsa Rieger

Sie sind wie Sonne und Mond, Feuer und Wasser. Gemeinsam träumen sie davon, als Designerin und Model die Metropolen der Welt zu erobern. Stattdessen wird Nina mit siebzehn schwanger, ausgerechnet von dem Mann, den Jenny wollte. Die Freundschaft der Frauen kriselt, zerbricht aber nicht. Bis Tommy, Ninas Sonnenschein, tödlich verunglückt und beide Frauen verantwortlich scheinen. Nina, weil sie nicht aufgepasst hat und Jenny, weil sie das Gartentor offenließ. Getrieben von Schuld, ohne eine Aussprache, zerbricht ihr großer Traum. Um ihn zu retten, brechen die Frauen ihre Zelte in Wien ab und wollen ihr Glück in Südfrankreich suchen. Doch die Vergangenheit reist mit.

E-Book und Taschenbuch

Träume bleiben ohne Reue
Victoria Suffrage

»Und wenn es bis zum Ende nur noch einen einzigen schönen Moment gibt, einen, wie ich unzählige in den letzten Tagen erlebt habe, dann hat es sich gelohnt.« (Edda Mochnitz). Edda, schnodderige Ex-Puffmutter, lebt im Altenheim und pflegt ihr Image als Scheusal. Darin wird sie bestärkt, als sie die tödliche Diagnose ALS erhält. Innerlich beginnt Edda sofort, ihren Abgang zu planen. Wilma, Eddas neue Mitbewohnerin, begegnet deren Gehässigkeit mit Herzlichkeit. Nach Anfangsschwierigkeiten erklärt sich Wilma sogar bereit, Edda bei ihrem Abgang mithilfe der »Beklopptengang« zu unterstützen. Der Altenpflegeschüler Vincent nennt sie »mon général«, wühlt unerlaubt in Schränken, die Schülerin Laura hat auf nichts Bock und schleudert das Jesuskind an die Wand. Und was wollen der Herrgott in Eddas Badezimmer und der schwarze Vogel auf dem Fensterbrett?

E-Book und Taschenbuch

Ein Mann wie Papa
Elsa Rieger

Die Geschichte trägt vielfach autobiografische Züge, ist aber dennoch ein Roman. Marie, Buchhändlerin, 47 Jahre alt, geschieden, ist jedes Mittel recht, um ein Treffen mit Paul zu arrangieren. Der Trick, sie würde ein Buch über ihn schreiben, funktioniert. Prompt willigt er ein, doch nach einem ersten Date macht er sich rar und taucht nicht einmal mehr in der Stammkneipe auf. Kurz vor Weihnachten, als Marie die Hoffnung schon aufgegeben hat, gibt Paul endlich bekannt, dass er nun soweit ist, sich auf eine Beziehung einzulassen. Maries Glück scheint so nah, würde Paul nicht zum Prüfstein ihres ganzen bisherigen Lebens. Maries Impulsivität und ihr allzu großes Herz lassen sie von einem Konflikt in den nächsten stürzen. Da ist noch ihre drogenabhängige Schwester Julia, für die sie sich verantwortlich fühlt und ihr fast schon erwachsener Sohn Max, den sie wie eine Löwin liebt. Nebenbei versucht sie, Pauls Vorstellungen von einer ausgeglichenen, reifen Beziehung zu erfüllen, für die sie sich ganz schön verbiegen muss.

E-Book und Taschenbuch

... also nachm Regenbogen um sechs Uhr abends
Victoria Suffrage

Demenz, Alter, Verlust ... mit ihrem Buch nimmt sich die Autorin Victoria Suffrage schwieriger Themen an. Dennoch besticht das Buch durch seine Leichtigkeit und einen tiefsinnigen Humor. Mit dem Witwer Paul und dem Altenpfleger Alex zeichnet sie liebevolle Figuren, authentisch und nah.

»Melde gehorsamst, ich bin blöd, Herr Oberlajtnant«, meint Paul, knapp an die achtzig, mit Sonnenschein im Herzen und manchmal auch im Kopf. Obwohl das Leben ein Arschloch ist. Muss ja weitergehen, irgendwie. Seine Frau Lissy ist gestorben, wartet auf ihn »nachm Regenbogen um sechs Uhr abends«. Und die 43-jährige Tochter schreit. Fast immer. Besonders, wenn Nuschi nicht da ist, das Katzenviech. Könnte er aushalten, gäbe es nicht die teuflische Nachbarin. Oder ist sie der siebenköpfige Drache? Wenigstens ist da Alex, sein Winnetou und Altenpfleger mit Hingabe und Humor. Dann ist Nuschi weg und es bleiben nur noch zwei Tage, bis Alex für immer gehen will. Paul und Alex machen sich auf. Mit einer Kühltasche. Eine Abschiedsreise nach Prag zur Moldau? Unterwegs lernen sie einen Tschechen kennen, den falschen «Gott».

Wird es die letzte Reise sein? Weiß Vojtech die Antwort auf alle Fragen, und welches Geheimnis bedrückt Alex?

E-Book und Taschenbuch

Heleneland
Elsa Rieger

Zwischen Realität und Fantasie taumelt Helene. Auf der Suche nach sich, der Liebe und der Wirklichkeit. Helene weiß nicht, wohin mit ihren Gefühlen. Sie baut sich eine Fantasiewelt, die manchmal beglückend, manchmal zum Fürchten ist. Aber »Heleneland« hilft dem Kind, dann der jungen Frau, die Welt da draußen als eine von vielen Möglichkeiten zu sehen. Eines ist gewiss: Helene sucht sich selbst, versucht sich zu lieben. Tief in sich spürt Helene, dass es eine Lücke, ein Familiengeheimnis gibt, das ihrem Glück im Weg steht.

E-Book und Taschenbuch